Stefan Schweizer

Mord an der Keizersgracht

Stefan Schweizer

Mord an der Keizersgracht

Kriminalroman

edition krimi

Stefan Schweizer. Mord an der Keizersgracht.
Hamburg, edition krimi 2024
1. Auflage 2024
ISBN: 978-3-949961-13-7
Dieses Buch ist auch als eBook erhältlich und kann über den Handel oder den Verlag bezogen werden.
ePub-eBook: ISBN 978-3-949961-14-4
Lektorat: Andrea Simon, Flörsheim
Satz: Julia Walch, Bad Soden
Cover: Annelie Lamers, Hamburg
Bildnachweis: Madrugada Verde/stock.adobe.de
Bibliografische Information der Deutschen Nationalbibliothek:
Die Deutsche Nationalbibliothek verzeichnet diese Publikation in der Deutschen Nationalbibliografie; detaillierte bibliografische Daten sind im Internet über https://www.dnb.de abrufbar.

Die edition krimi ist ein Imprint der Bedey & Thoms Media GmbH, Hermannstal 119k, 22119 Hamburg.

---

https://www.edition-krimi.de
Gedruckt in Europa

Prolog

Er wendete das teure Kristallglas mit dem Whiskey für 2.000 € die Flasche in der Hand hin und her, schnupperte an dem Glas und nahm einen Schluck. Nichts, kein Brennen, jedoch breitete sich eine wohlige Wärme in seinem Körper aus. Dieser Stoff war fantastisch, und wenn er wollte, konnte er bis an sein Lebensende täglich eine Badewanne davon trinken. Aber Geld allein war nicht alles. Und Geld war keine Garantie für Glück!

Ein wenig durch das edle Getränk besänftigt und dennoch mit einem Stachel des ewigen Zweifels behaftet, blickte er aus dem hohen Fenster auf die Gracht, die sich als dunkle Masse in Richtung Ijsseelmeer schlängelte. Auf der Straße war es ruhig, obwohl die Nacht noch nicht ganz hereingebrochen war. Amsterdam war und blieb eine Kleinstadt. Vielleicht kein Dorf, wie einige behaupteten, aber eine kleine Stadt. Und er fühlte sich inzwischen als König dieser Stadt. Wie Napoleon hatte er sich selbst gekrönt. Nur eine Josephine war ihm bisher verwehrt geblieben, was nicht zuletzt an seinen hohen Ansprüchen lag, die er an die Dame seiner Wahl stellte.

Seine Herrschaft war allumfassend. Sie berührte die bürgerliche Sphäre ebenso wie die Bereiche des Kriminellen, was nicht unüblich war. Viele Bürger dieser Stadt hatten mit solch einem Spagat kein Problem. Im Gegenteil, ein Großteil des sagenhaften Reichtums dieser Gemeinde war genau auf dieser Doppelgesichtigkeit ökonomischen Erfolgs gegründet worden. In den inneren Zirkeln dieser Stadt lachten sie über die naiven Vorstellungen der Besucher, hier werde der Wohlstand ausschließlich auf ehrliche Weise generiert und einfach von Generation zu Generation weitervererbt. Dabei hatten sich alle großen Familien, die er kannte, und das waren beinahe alle, früher oder später die Hände schmutzig gemacht. Entscheidend war doch allein die Tatsache, sich nicht erwischen zu lassen.

Die neue Aktion war von seinem Kontaktmann an ihn herangetragen worden. Sie klang vielversprechend. Ein satter Gewinn in Höhe einer sechsstelligen Summe, ohne dass er dafür auch nur einen Finger zweimal krümmen musste. Doch zuerst hatte er mit der Zustimmung gezögert.

Doch dann hatte er eine geniale Idee gehabt. Vielleicht war es möglich, aus der Aktion etwas Größeres zu machen. Sie konnte eine Möglichkeit darstellen, alte Rechnungen zu begleichen. Davon hatte er mindestens einen ganzen Tresor voll. Andere hätten sich mit dem Hier und Jetzt zufriedengegeben, das zugegebenermaßen fantastisch war. Doch niemand wollte sehen, wie viel Blut, Tränen, Schweiß und Enttäuschungen mit dem heutigen Status quo verbunden waren. Aber er konnte nichts für sein Gedächtnis, das keine Kränkung, keinen Kränkenden vergaß und stets auf Vergeltung aus war.

Außerdem bereitete es ihm Freude, Menschen wie Schachfiguren hin und her zu schieben. Wenn er also alte Rechnungen mit der neuen Aktion begleichen wollte, erforderte das mehr Überlegung und Weitsicht als konventionelle Beutezüge. Aber genau darin lag für ihn jetzt der Reiz.

Ein weiterer Schluck des Edelgetränks befeuerte seine Fantasie. Ja, so würde es ihm gelingen, Personen, die seinem Weg nach oben Steine in den Weg gelegt hatten, die Rechnung dafür zu präsentieren. Das würde sein kühl berechnendes Gehirn befriedigen. Außerdem bot es ihm die Chance, emotionale Verletzungen aufzuarbeiten. Verletzungen, die nie verheilt waren. Verletzungen, die anderen vielleicht minimal und nicht der Rede wert erschienen, die aber nach wie vor sein Ego belasteten.

Doch er zauderte. Wieso konnte er nicht über seinen

Schatten springen und Fünfe gerade sein lassen? Darauf fand er keine Antwort. Es war, wie es war. Für seine Persönlichkeitsstruktur konnte er nichts. Gegen die Macht der Gene konnte er nichts ausrichten. Als er alle Verästelungen und Wendungen des neuen Projekts bedacht hatte, war er zufrieden. Er rieb sich die Hände. Ausgezeichnet. Das wäre vielleicht sogar sein bisheriges Meisterstück. Die Eingeweihten würden wissen, wem die Aktion zuzuschreiben war. Und die anderen Trottel, die nur seine Fassade und sein Äußeres entdeckten, interessierten ihn sowieso nicht.

Er griff nach dem Wegwerfhandy, das neben dem Whiskeyglas lag und tippte eine Nummer ein. Nach dreimaligem Läuten hörte er, wie abgehoben wurde. Kein »Hallo«, kein »Wie geht's« und vor allem keine Namen. Nur sein »Die Grachtentour kann beginnen«. Danach legte er sofort auf, ohne eine Antwort abgewartet zu haben. Nach dem Anruf blickte er den Billigartikel voller Abscheu an. Scheußlich, sich mit so etwas herumschlagen zu müssen. Aber es war nicht zu ändern, denn ein solches Handy konnte nicht zurückverfolgt werden. Nachdem er das Ding sorgfältig abgewischt hatte, würde er es sofort in einem Mülleimer entsorgen. Vielleicht war das ein wenig übertrieben, aber besser als eine zweistellige Anzahl von Jahren in einem holländischen Gefängnis zu verbringen. Den Gegenstand würde er in eine Papiertüte packen und diese in der Nähe des Sexmuseums im Rotlichtviertel entsorgen. Von da aus würde keine Spur zu ihm führen. Da war er sicher.

»Jetzt bist du endlich dran, mein Schätzchen«, murmelte er laut vor sich hin, erhob sich und freute sich auf den Spaziergang in seiner Geburtsstadt. Die Zeit der großen Abrechnung war endgültig gekommen.

Zur gleichen Zeit, einige Kilometer entfernt in einem anderen Stadtteil von Amsterdam

In der kleinen Autowerkstatt roch es nach Schmieröl, altem Metall, kaltem Zigarettenrauch und Schweiß. Es herrschte eine angespannte Atmosphäre und sieben Männer gingen eifrig verschiedenen Tätigkeiten nach. Zwei Männer machten sich an den Nummernschildern der Daimler Limousine zu schaffen. Sie schraubten die alten Tafeln ab und brachten die gefälschten Autokennzeichen an.

»Was ist mit der Lackierung?«, fragte der Mann mit nordafrikanischem Erscheinungsbild, der sich am Heck der Limousine zu schaffen machte, den Mann, der auf der Werkbank ein neues Kalaschnikow-Modell akribisch auseinanderbaute und die Einzelteile sorgfältig einölte.

»Die Lackierung kann so bleiben. Wir müssen uns keine unnötige Arbeit machen«, antwortete der Gefragte und inhalierte den Rauch seiner Zigarette tief in die Lungen, bevor er den Kippenstummel auf den Boden schnippte. »Was ist mit den Sturmhauben?«, wandte er sich an einen weiteren Mann, der auf einem Drehschemel saß und die Funktionstüchtigkeit einer Panzerfaust Punkt für Punkt überprüfte. »Sind die alle vorhanden?«

Der bereits etwas ältere Mann mit einem typisch orientalischen Schnurrbart seufzte, unterbrach seine Arbeit und blickte in die Runde.

»Sind wie vereinbart einsatzbereit«, meinte er. »Aber der Boss hat befohlen, dass wir dieses Mal ein wenig von den alten Gewohnheiten abweichen sollen, um die Bullen auf eine falsche Fährte zu locken.«

Mit Zufriedenheit nahm er wahr, dass alle Männer zwar Fragezeichen in ihren Gesichtern hatten, ihm aber treu ergeben zunickten. Keine Frage, in diesem engeren Zirkel hatte er das Sagen. Vorsichtig legte er die Panzerfaust aus sowjetischer Produktion auf den Betonfußboden, erhob sich von seiner Sitzgelegenheit und ging zu einem Pappkarton, der chinesische Schriftzeichen trug. Er bückte sich und holte ein in Plastik verschweißtes Viereck heraus, in dem sich ein rotblauer Stoff mit weißen Mustern befand.

»Sollen wir uns als Cowboys verkleiden?«, ulkte der Mann, der am Heck der Luxuslimousine stand. »Ich dachte, das sind immer die Guten.«

Es folgte Gelächter, das klarmachte, dass diese Männer der hartgesottenen Art angehörten. Ein Gelächter, das einem das Blut in den Adern gefrieren lassen konnte und dem zu entnehmen war, wie viel Böses diese Männer bereits auf dem Kerbholz hatten.

»Nein«, entgegnete der Schnauzbärtige. »Die Idee ist, dass wir die Amsterdamer Polizei möglichst lange darüber im Unklaren lassen, mit wem sie es zu tun haben.«

»Davon bin ich ohnehin ausgegangen«, meinte der Mann mit der Kalaschnikow ohne jeglichen Hauch von Ironie und seine braunen Augen blickten finster drein, weil er an einige Begegnungen mit ebenjener Polizei dachte, die er lieber vermieden hätte.

Plötzlich herrschte absolute Stille in der Werkstatt, und es wurde klar, dass keiner der hier Anwesenden auch nur das geringste Risiko eingehen wollte, in die Fänge der Staatsmacht zu geraten, um sich für ein paar Jährchen bei Vollpension bei Vater Staat einzumieten.

»Schon klar«, entgegnete der Anführer ruhig und sandte einen beinahe feindseligen Blick in Richtung des Experten für Feuerwaffen, der daraufhin den Kopf senkte. »Kein unnötiges Risiko eingehen, dafür aber für maximale Verwirrung sorgen. Männer, ich werde euch später noch haarklein in die Details unseres Plans einweihen, anders geht es ja gar nicht. Nur so viel: Unser Unfallfahrer soll dieses Tuch als Maskierung vor das Gesicht ziehen. Die Polizei wird lange rätseln, ob sie es mit Trotteln oder Profis zu tun hatte. Sie sollen sich bereits an der Durchführung des Überfalls die

Zähne ausbeißen, einerseits professionell, dann wieder amateurhaft. Dann können sie sich schlecht einen Reim auf die Täter machen.«

Es folgte aufgeregtes Gemurmel.

»Dabei hatte ich gedacht, wir stünden kurz davor, Prinzessin Amalia zu entführen und jetzt soll ich dieses hässliche Ding vor das Gesicht binden«, sagte der jüngste der Gruppe, der bisher nicht gesprochen hatte, und die ganze Zeit damit beschäftigt war, grüne Bierkisten aufeinander zu stapeln.

»Alles zu seiner Zeit«, meinte der Chef missmutig. »Aber nun wieder an die Arbeit, meine Herren. Unsere Bankkonten füllen sich schließlich nicht von alleine. Dafür müssen wir schon etwas tun.«

1.

Königlicher Palast

Einiges hatte sich in der Zwischenzeit zum Guten entwickelt. So war es Freddy inzwischen möglich, einfach einmal erleichtert aufzuatmen, statt dauernd die Stirn in Falten zu legen und um jeden Atemzug zu kämpfen. Die Zeiten der großen Panik und schwerwiegenden Krankheit waren zwar vorbei, aber die Nachwehen dauerten an. Doch heute war es ihm möglich, wieder ein einigermaßen normales Leben zu führen, wofür er dankbar war. In den Zeiten der tiefsten Depression hatte er das nicht mehr für möglich gehalten. Diese Veränderungen bedeuteten zwar nicht nur Licht und Sonnenschein, aber immerhin war die tiefschwarze Nacht kein Dauerzustand mehr. Die Zeiten der großen Auseinandersetzungen und der Dunkelheit waren also keineswegs komplett aus seinem Leben verschwunden, lagen aber mit einem komfortablen Sicherheitsabstand hinter ihm. Dennoch war er sich bewusst, dass alles jederzeit wiederkommen konnte. Diese Möglichkeit in Betracht zu ziehen, war nur realistisch.

Seit ein paar Wochen, vielleicht schon seit einem halben Jahr, hatte er das Gefühl, seine Bestimmung endlich gefunden zu haben und angekommen zu sein. Er hatte nicht mehr das Gefühl, das Kreuz dieser Welt allein tragen zu müssen. Manchmal ertappte er sich dabei, erstaunt festzustellen, wie einfach und schön das Leben doch sein konnte. Eine veränderte Einstellung, deren Leichtigkeit ihn manchmal beinahe zu erdrücken drohte.

Diese Stadt bildete seit Jugendtagen einen wichtigen Bestandteil für die Stabilisierung seines Lebens und war sein absoluter Sehnsuchtsort. Wenn es zwischen Menschen Seelenverwandtschaften gab, dann konnte es seines Erachtens so etwas auch zwischen einer Stadt und bestimmten Menschen geben. Seit er 16 Jahre alt gewesen war, hatte Freddy viel Zeit in Amsterdam verbracht. Und heute lebte er hier und hatte sich seinen Jugendtraum erfüllt. Er teilte die Meinung vieler nach Amsterdam Zugezogener, dass es sich nach Heimat anfühlte, sobald sie den Innenstadtbezirk von Amsterdam betraten. In Abwandlung eines Sprichworts war er der Meinung, Heimat war da, wo er mit dem Herzen wohnte. Das war bei ihm in Amsterdam der Fall, darüber konnte es keine zwei Meinungen geben. Die neue Heimat gab ihm Halt und Stärke. Auch wenn nicht alle Narben verheilt waren, so standen einerseits die Chancen gut, dass dies demnächst der Fall sein würde. Andererseits hatte ein Psychiater ihm gesagt, er müsse sich unbedingt auch um Stabilität und Ruhe bemühen, sonst könne er jederzeit wieder Opfer der großen Depression werden, die ihn dann vielleicht völlig verschlingen würde.

Am heutigen Tag gab es aber nicht nur innerlichen Sonnenschein, die Sonne schien auch wuchtig am Firmament, was für Amsterdam nicht selbstverständlich war, da der Wettergott es nicht immer gut mit der größten Stadt der Niederlande meinte. Der Palast lag am Ende des Damraks und stellte die letzte Station der Sightseeing-Tour dar. Dieses Mal handelte es sich um eine fröhliche Gruppe von Touristen aus dem Rheinland, die an einer Flusskreuzfahrt mit einem eintägigen Stopp in Amsterdam teilnahm. Freddy hielt diese Gruppe für einen Prototyp des neuen Tourismus', der Amsterdam seit einiger Zeit auszeichnete. Dies deckte sich mit der Stadtentwicklung der letzten Jahrzehnte. Weg vom Schmuddelimage mit Drogen und käuflichem Sex, zurück zur prächtigen Metropole, die einst das Herz des kulturellen und ökonomischen Europas bildete.

Die unterschiedlichen Entwicklungsschritte Amsterdams hatte er hautnah mitgekriegt. In den 80er- und 90er-Jahren des 20. Jahrhunderts hatte die Stadt eine Hochphase in Sachen Drogentourismus, die viele Anwohner nicht gutgeheißen hatten und was dazu geführt hatte, dass die niederländische Metropole von den Reisezielen vieler Touristen gestrichen worden war. Heerscharen von jungen Deutschen, Franzosen, Engländern, Spaniern und Italienern waren mit Rucksäcken, Bärten und verratzter Kleidung ein fester Bestandteil des städtischen Erscheinungsbilds gewesen. Diese Touristen waren meistens zwischen 18 und 30 Jahre alt, Schüler, Studierende und Lebenskünstler. Ab und zu auch Menschen, die bereits in der Mitte des Lebens angekommen waren und sich einmal wieder jung fühlen wollten. Bereits ab zehn Uhr am Morgen waren die jungen Touristen damals in der Stadt auf den Beinen gewesen, da sie in den Hostels früh aus den Zimmern geworfen wurden, damit diese geputzt werden konnten. Und was lag für diese Touristen näher als direkt den ersten Joint des Tages im Coffeeshop zu »genießen«? Eben, nichts. Dieses urban kulturelle Image war vor 20, 30 und 40 Jahren eine Selbstverständlichkeit gewesen. Der Anblick der Drogentouristen hatte ebenso zum Amsterdam Besuch gehört wie das palettenweise Kaufen von Bierdosen bei Albert Heijn. Der Punkt war, auch diese Art von Touristen hatte viel Profit generiert. Aber egal, wie viel diese Touristen kifften oder Geld im Rotlichtmilieu verprassten, das alles ließ sich nicht ins Unendliche steigern. Deshalb hatte der Stadtrat Amsterdams eine grundsätzliche Änderung angestrebt. Zahlungskräftiges, gehobenes Publikum mit Familie war nun die Zielgruppe. Ein Abendessen in einem Steakhouse brachte dann mehr Cash ein, als eine Woche lang Bierdosen beim Discounter zu kaufen.

Wie unterschiedlich das Amsterdam von heute im Gegensatz zu dem von früher war. Nicht, dass es heute keine Cannabis-Liebhaber oder Coffeeshops mehr gab, auch wenn die Zahl der Letzteren abgenommen hatte. Das Sterben der Coffeeshops war durch Verordnungen der Stadtverwaltung forciert worden, denn plötzlich durften diese den Betrieb nicht mehr in der Nähe einer Schule aufrechterhalten. Hinzu kam, dass das Erscheinungsbild der Stadt an der Amstel ein anderes geworden war. Ordentlicher, übersichtlicher und moderner. Viele Amsterdamer waren froh, das ehemalige Schmuddelimage, das einen einmaligen Mix aus Westernstadt, Cannabis und käuflicher Liebe im Rotlichtbezirk darstellte, losgeworden zu sein. Niederländer aus anderen Städten unterstellten den Metropolenbewohnern Habsucht und Amsterdamer galten in den restlichen Niederlanden als gefühlskalt. Das änderte nichts am Ergebnis. Amsterdam war wieder wer. Eine europäische Metropole voller Historizität und Stolz. Amsterdam kam inzwischen wieder der ihr gebührende Rang in der Welt zu.

Bei seiner Touristengruppe handelte sich um Menschen, die zwischen 50 und 60 Jahren alt waren. Die älteren von ihnen waren sicherlich schon in Frührente gegangen und andere schauten erfreut dem baldigen Ruhestand entgegen. Er hatte zwei Paare ausgemacht, die Enkelkinder dabeihatten. Das fand er süß, aber er wusste, vor zwanzig Jahren hätte ihn ein solcher Anblick in dieser Stadt nachdenklich gestimmt.

Die Sonne schien in all ihrer Pracht auf den Palast und spiegelte sich wie pures Gold in seinen majestätischen Fenstern wider. Für Amsterdamer Verhältnisse war das Wetter traumhaft. Angenehme 23 Grad und keine Wolke am Himmel. Aus Erfahrung wusste er, dass der Sommer hier auch ganz anders aussehen konnte. Wie viele triste Regen- und Wolkentage hatte er in Amsterdam im Juni, Juli oder August bereits erlebt? Unzählige und dennoch hatte die Stadt ihm stets ein wohliges Heimatgefühl vermittelt, ganz unabhängig vom Wetter. In dieser Hinsicht unterschied sich Amsterdam für ihn eklatant von Berlin, denn dort hatte ihn dasselbe miese Wetter im Sommer von der Stadt entfremdet.

Freddy erkannte, dass einige der Touristen noch Zeit benötigten, um zu seinem Regenschirm in der deutschen Nationalfarbe zu gelangen. Er mochte es nicht, den Schirm als Erkennungszeichen mitzutragen, aber der Chef der Touristenagentur, Gerrit, bestand darauf, da er es sich nicht leisten konnte, Kunden bei einer Tour zu verlieren. Sein Chef war eine schillernde Figur. Ein Macher, temperamentvoll, lustig und ein ausgezeichneter Alleinunterhalter. Ein oder zwei Mal hatte Gerrit nach ein oder zwei Bieren zu viel allerdings einige Andeutungen über seine Vergangenheit gemacht. Als Polizist und erfahrener Mann war es Freddy möglich gewesen, feine Zwischentöne aus dem Gesagten herauszuhören. In Gerrits Leben war anscheinend nicht immer alles glattgegangen und als junger Mann hatte er wohl auch manches Mal jenseits des Gesetzes agiert. Wahrscheinlich mit nordafrikanischen Banden, aber Gerrit hatte es immer wieder verstanden, im richtigen Augenblick mit seinen wehmütigen Erzählungen über die Vergangenheit aufzuhören.

Als Gerrit ihm das erste Mal von dem Schirm erzählt hatte, war seine Reaktion ein ungläubiges Lachen gewesen. Was an sich ein Wunder war, aber immerhin konnte er inzwischen wieder lachen und die Vorstellung, dass Touristen bei einer Stadtführung verloren gingen, amüsierte ihn. Er hatte diese Stadt von Grund auf selbst erkundet und war stolz darauf, im Innenstadtbezirk jeden Baum und jede Asphaltritze zu kennen.

»Es ist doch ganz normal, wenn Touristen verloren gehen«, hatte ihm Gerrit aufgrund seiner Reaktion erklärt. »Stell dir vor, du gehst mit einer Reisegruppe zum Bahnhof Centraal, aber einer aus der Gruppe möchte sich bei Febo eine leckere Krokette aus dem Automaten gönnen. Schon hundertmal passiert. Kein Scheiß, Mann.«

»Hm, das kann ich gut verstehen, hehe. Ich liebe die Sate-Kroketten von Febo auch. Aber deswegen gehe ich doch nicht gleich verloren. Ich denke, du unterschätzt die Fähigkeiten deiner Klientel, Gerrit. Nur weil sie gut zahlen, heißt das nicht, dass sie ihren Verstand im Hotel lassen.«

»Doch!«, hatte ihm sein temperamentvoller Chef widersprochen. »Wenn es sich um ältere Leute handelt, sind die unter Umständen nicht mehr schnell genug, um mit dem Tour-Tempo mitzuhalten. Sie haben zum Beispiel kein Kleingeld und müssen erst an der Theke wechseln. Oder das entsprechende Fach des Essensautomaten klemmt, was häufig passiert, wie du wohl am besten weißt.«

Freddy nickte, denn die Kroketten von Febo waren eine seiner großen Schwächen.

»Dann muss die betroffene Person warten, bis ein Imbiss-Mitarbeiter das Ding repariert. Wie kann ich es dir nur erklären? Hm, mal weg vom Essen, vielleicht wird es dann klarer: Viele Männer gehen mit Absicht im Rotlichtviertel verloren, kein Scherz. Andere möchten nur kurz in eine Kneipe, um sich schnell einen Muntermacher reinzupfeifen. Du kannst sagen, was du willst, aber ich bestehe auf dem Schirm. Mein Unternehmen, meine Regeln. Wenn du hier arbeiten möchtest, ist der Schirm Bedingung. Dieses riesige Ding erkennt man auch als alter Mensch aus fünfhundert Metern Entfernung. Glaub mir, das rettet so manchen Kunden und beschert dir am Ende der Tour mehr Trinkgeld. Sag bloß, dagegen hast du was einzuwenden.«

Klar, gegen Gerrits Order war nichts zu machen, also hatte er schnell den Widerstand gegen das Monstrum eingestellt. Was zur Folge hatte, dass er nun bei jeder Stadtführung dieses unsägliche Ungetüm mit sich führen musste. Doch das änderte nicht das Geringste an seiner positiven Einstellung seinem neuen Job gegenüber. Er liebte den Kontakt mit fremden Menschen, ihnen vergnügliche Stunden zu bereiten und einiges an Wissen über seine Lieblingsstadt preiszugeben.

Doch Fremdenführer war nicht Freddys einziges berufliches Standbein. Dafür reichte das Geld nicht. Und wenn Freddy ehrlich zu sich selbst war, wusste er nicht, welcher seiner beiden Jobs ihm mehr zusagte, ihn stärker erfüllte und den Wunsch nach Selbstverwirklichung besser zu realisieren half. Die Juristerei war nun einmal ein gänzlich anderes Feld. Als Tourist Guide war er privilegiert, den Urlaubern die Stadt zeigen zu dürfen, die er über alles liebte und als Rechtsanwalt übte er den Beruf aus, den er vor fast zwei Jahrzehnten an der Juristischen Fakultät der Humboldt Universität erlernt hatte, um Menschen dabei zu helfen, ihr Recht zu bekommen. Doch nach der bravourösen Beendigung seines Studiums mit Auszeichnungwar alles anders gekommen als ursprünglich gedacht. Sein Leben hatte eine andere Wendung genommen und im Rückblick wusste er nicht mehr, wie es dazu gekommen war. Statt in eine angesehene Sozietät einzutreten, die ihn mit Kusshand genommen hätte, hatte er sich für den Höheren Dienst beim Landeskriminalamt Berlin beworben und war dort mit offenen Armen empfangen worden. Vater Staat freute sich über gut qualifizierte Diener, die sich freiwillig und nicht aus Mangel an Alternativen für ihn entschieden. Was folgte, waren spannende, manchmal fast existenzielle Abenteuer als Polizeibeamter, die ihm aber mit der Zeit aufs Gemüt geschlagen waren. Insofern war es heute beinahe egal, was für einen Job er machte, Hauptsache, er musste sich nicht mehr berufsbedingt mit Schwerverbrechern und abscheulichen Verbrechen herumschlagen. Die immense berufliche Belastung als Polizist hatte ihn schließlich in diese unglaublich scheußliche Krankheit geführt, für die es seit einiger Zeit nur noch einen englischen Namen zu geben schien: Burnout. Ausgebrannt sein. Nicht mehr können. Nur noch die Hülle seines Selbst sein. Er kannte alle inhaltlichen Schattierungen des Begriffs nur zu gut.

Wenn er das unsägliche Wort für diese Krankheit hörte, zuckte er zusammen. Am schlimmsten fand er, dass viele Menschen ihn nicht richtig ernst nahmen und ihm unverblümt zu verstehen gaben, dass sie die Krankheit für eine Modeerscheinung und ihn für einen Simulanten hielten. Als ob er freiwillig auf den Zug der Zeit aufgesprungen war, um ein angeblich schönes Leben führen zu können. Was für ein

Hohn, denn das Leben mit dieser Krankheit war die reinste Hölle gewesen. Aber auch mit diesen hässlichen Unterstellungen hatte er konstruktiv umzugehen gelernt, allerdings hatte es eine Weile gedauert.

Zu seiner Zufriedenheit realisierte er, dass die Gruppe inzwischen eng genug beisammenstand. Also konnte er loslegen und alle würden ihn ohne Probleme verstehen können, vorausgesetzt, die Hörgeräte einiger Teilnehmer funktionierten.

»Meine sehr geehrten Damen, meine sehr geehrten Herren«, begann er ein wenig antiquiert, was aber gut ankam, und versuchte dabei, den allgemein sehr ausgeprägten Charme der Rheinländer noch zu überbieten, denn das versprach ihm vermutlich ein saftiges Trinkgeld, »wer von Ihnen kann mir sagen, vor welchem wichtigen Gebäude Amsterdams wir uns befinden? Also hier, genau an dem Platz, an dem wir uns befinden«, fügte er sicherheitshalber für Tagträumer oder diejenigen, die wegen der fremden Betten schlecht geschlafen hatten, hinzu.

»Dat is doch dat Rathaus«, antwortete prompt eine blondgefärbte, vollschlanke Dame, die bereits über 60 Jahre alt war, aber jünger aussah

Jedenfalls wirkte ihre Erscheinung dynamisch, was ihr den Hauch von jugendlicher Frische zukommen ließ. Freddy lächelte aufmunternd und hob den rechten Daumen in die Höhe. Dabei nahm er sich vor, bei der nächsten richtigen Antwort zu klatschen, da das die Touristen mehr freute als das schlichte Daumensymbol.

»Aber handelt es sich denn nicht um den Königspalast?«, schaltete sich ein Mann um die Mitte 50 ein, von dem Freddy ausging, dass er Lehrer war.

Der Mann bemühte sich von Beginn an auffällig darum, sich durch gepflegtes Hochdeutsch vom Rest der Gruppe abzusetzen. Die meisten der Zuhörer schienen sich nicht sicher zu sein, wer von den beiden Antwortenden recht hatte. Abwechselnd sahen sie wie bei einem Tennismatch zwischen den Antwortgebern hin und her. Freddy entschied sich für eine salomonische Lösung und klatschte in die Hände, um beiden Gruppenteilnehmern den ihnen gebührenden Beifall zu zollen.

»Meine Dame und mein Herr, erstaunlicherweise haben Sie beide recht und ich werde Ihnen sofort verraten, warum.«

Es folgte heiteres Gelächter, das er nicht unterbrach. Die Stimmung in der Truppe war ausgezeichnet. Das machte die Arbeit mit ihr angenehm.

»Jetzt machen Sie mal bitte ein wenig zügig, junger Mann!«, meldete sich ein Mann mit grauen, beinahe weißen Haaren zu Wort. »Wir wollen uns schließlich noch im Coffeeshop eindecken, bevor wir uns wieder auf das Kreuzfahrtschiff begeben. Mein Enkel hat mir eine riesige Einkaufsliste mitgegeben, und ich hätte auch gern etwas für zu Hause mitgenommen.«

Wie schon des Öfteren während der Tour erntete der Senior erheitertes Gelächter, aber auch irritierte Blicke. Doch die Frau des Vorlauten versetzte ihm einen kräftigen Stoß in die Rippen, was ihn offensichtlich irritierte. Den Rippenstoß hatte er allein schon für die anmaßende Anrede »junger Mann« verdient. Das gehörte sich nicht.

»Da müssen Sie sich einen Augenblick gedulden«, entgegnete Freddy und bremste sich gerade noch, ein gehässiges »Opa« dranzuhängen. »Sie werden noch schnell genug zu Ihrem Gras kommen.«

Jetzt war der Lautsprecher ein Opfer seiner eigenen Avancen geworden. Freddy war sich sicher, dieser Mann hatte nie in seinem Leben einen Joint geraucht, würde es auch nicht mehr tun, liebte es aber umso mehr, vor dem Publikum den Klassenclown zu geben. Dafür nahm der Mann dann auch Kollateralschäden mit seiner Frau ebenso in Kauf, wie sich dem Gelächter der anderen auszusetzen. Also entschloss sich Freddy kurzerhand eins draufzupacken, denn Rücksichtnahme sah er bei solchen Typen, die es darauf anlegten, nicht ein.

»Sie werden verstehen, in Sachen Coffeeshops kann ich Ihnen keine Tipps geben«, verkündete er mit fester Stimme und blickte den Entertainer an, »sonst gerate ich in Verdacht, prozentual an dem Geschäft beteiligt zu sein«, versuchte Freddy den Tanzbären ein wenig von der Leine zu lassen, um das potenzielle Trinkgeld zu steigern, auf das er, wenn er ehrlich war, angewiesen war. »Schließlich sind wir hier nicht auf einem Basar in Marrakesch.«

Das Trinkgeld war wichtig, wenn auch nicht entscheidend. Das Leben in Amsterdam war trotz seiner Bescheidenheit nicht günstig.

»Da is et doch auch schön«, grölte jemand aus der hinteren Reihe.

»Falls Sie aber nach dem Besuch im Coffeeshop Hilfe benötigen, um den richtigen Anlegeplatz Ihres Schiffes zu finden, werde ich Ihnen gerne helfen«, hängte Freddy einen weiteren Kalauer hinten dran.

Die meisten Mitglieder der Touristenschar bogen sich vor Lachen, während andere ostentativ auf die Uhr blickten und wegen des Lautsprechers genervt schienen. Wer wusste schon, was der Mann den ganzen Tag über von sich gab, und als Mitglied einer Reisegruppe war es schwer, sich vor dem Gehabe solcher Typen zu schützen.

»Meine Damen und Herren«, setzte Freddy zum Finale an, »der Palais op de Dam heißt zugleich Koninklijk Paleis. Also einerseits der Palast auf dem Dam, was wiederum sehr gut dazu passt, dass wir uns hier am Ende des Damraks befinden, der zum Bahnhof Centraal führt, der Ihnen sicherlich allen ein Begriff ist.«

Da er mit dem Rücken zum Palast stand, zeigte seine Hand nach links. Amsterdam war seit jeher eine Stadt mit verschachtelten Straßen, Wegen und Brücken, aber die Chance, sich nicht zurechtzufinden, war gering. Nur, wenn ihn jemand korrigierte, gab Freddy seine Vereinfachungen zu und lobte den Kritisierenden ob seines guten Wissensstands in Sachen Amsterdam.

»Die Bauzeit dieses imposanten Gebäudes betrug sage und schreibe siebzehn Jahre. Natürlich ist diese Zeitspanne vor dem Hintergrund der Bauzeit anderer historischer Bauwerke nicht sonderlich groß. Während der Entstehungszeit befand sich Amsterdam in einer Phase der Hochkonjunktur, die heute gerne als »goldenes Zeitalter« bezeichnet und deren Renaissance von vielen alteingesessenen Familien in Amsterdam heute wieder herbeigesehnt wird. Amsterdam bildete damals das Zentrum eines gigantischen Überseeimperiums, dessen Pfeiler aus dem Handel mit exotischen Waren bestanden. Die Ostindien Kompanie wird Ihnen vermutlich ein Begriff sein.«

Zustimmendes Gemurmel und nickende Köpfe bestätigten seine Behauptung.

»Der Architekt Jacob van Campen errichtete das Gebäude im niederländisch-klassizistischen Stil als Rathaus, was auf Niederländisch das Stadhuis heißt. Insofern stimmt es, wir befinden uns hier vor dem ehemaligen Rathaus. Aber ab 1808 diente dieses Prachtstück niederländischer Baukunst ausschließlich als Königlicher Palast. Die Königsfamilie nutzte von 1939 bis heute den Palast zudem als Gästehaus für wichtige Staatsgäste und zu Repräsentationszwecken.«

Wie immer an dieser Stelle machte er eine wohl akzentuierte Pause, um dem Publikum die Gelegenheit zu geben, sich mit Fragen oder Kommentaren einzuschalten. Er fand diese Art einer interaktiven Stadtführung viel spannender und unterhaltsamer als solche, bei der ausschließlich der Fremdenführer die Wortgewalt innehatte. Vielleicht war es auch eine Frage, was für ein Charakter man war, aber ihm war der Austausch mit seinen Mitmenschen ebenso wichtig, wie in seiner Lieblingsstadt leben und arbeiten zu dürfen. Während seiner Erkrankung hatte er darauf verzichten müssen, viel Interaktion mit Menschen zu haben. Die innere Einsamkeit hatte ihn beinahe aufgefressen, aber zu viel menschliche Interaktion war damals beinahe noch schlimmer gewesen.

»Wo hat denn die niederländische Königsfamilie heute ihren Sitz?«, fragte prompt die junggebliebene Blonde und ihr Gesicht zeigte, wie sie selbst nach der Antwort zu ihrer Frage suchte, die sie wahrscheinlich in einem der Klatschblätter bei ihrem Coiffeur gelesen, aber inzwischen vergessen hatte.

»Die niederländische Königsfamilie hat ihren Sitz im Palast Huis ten Bosch in Den Haag«, antwortete er schnell, bevor ein ganz Gewitzter ihm zuvorkommen konnte, was er an dieser Stelle unpassend gefunden hätte.

Ein allgemeines »Ah« folgte.

»Noch als Letztes: 1956 wurde auf dem Platz, auf dem wir uns gerade befinden, das Nationalmonument hinter Ihrem Rücken erbaut.«

Alle Köpfe drehten sich wie auf einen Befehl hin zu der Statue um. Als sich seine Schäfchen wieder ihm zuwandten, war es Zeit, das Finale einzuläuten.

»Das Palastgebäude und das Monument wurden beide zum Rijks Monument erklärt. Mit diesem letzten Hinweis beende ich zeitbedingt meine Stadtführung und hoffe, Ihnen Amsterdams schönste Seiten ein wenig nähergebracht zu haben. Ich sage das nicht jeder Gruppe. Aber mit Ihnen hat es wirklich Spaß gemacht. Vielen Dank! Falls Sie noch Fragen haben, zögern Sie nicht auf mich zuzukommen. Ich werde Ihnen noch einige Zeit für Ihre Fragen zur Verfügung stehen.«

Der Applaus war angemessen kräftig und Freddy ließ sich deshalb sogar dazu hinreißen, wie ein Rockstar oder Schauspieler eine Verbeugung anzudeuten. Ein circa achtzigjähriger Mann mit Deckelglatze und Tonsur, der sich bisher völlig mit Bemerkungen zurückgehalten hatte, drängte sich eilig als Erster zu ihm vor. Er hielt einen 5-Euro-Schein in der Hand, schien aber noch nicht gewillt zu sein, das Trinkgeld Freddy sofort auszuhändigen. Das kannte er zur Genüge: Menschen, die das Gefühl hatten, der Guide müsse sich seine Zusatzeinnahme dadurch verdienen, ihnen persönlich zur Verfügung zu stehen. Der Mann hatte einen knallroten Kopf, was wahrscheinlich eher mit seiner Aufregung als mit dem strahlenden Sonnenschein zusammenhing. Er räusperte sich und trat verlegen von einem Fuß auf den anderen.

»Wie stehen Sie denn zu den Behauptungen, die leider immer noch, auch in der neueren deutschen Geschichtsschreibung, aufgestellt werden, die Deutschen hätten die Niederländer bis 1945 ausgebeutet und unterdrückt?«

Innerlich zuckte Freddy zusammen, denn das deutsch-niederländische Verhältnis litt heute immer noch unter dem zum Glück längst vergangenen Joch der deutschen Besatzung während des 2. Weltkriegs. Der Gesichtsausdruck des Mannes verhieß nichts Gutes. Die Anspannung und die Bereitschaft, Menschen mit einer anderen Meinung gnadenlos überzeugen zu wollen, waren eindeutig erkennbar. Wer ihn auf diese Art und Weise fragte, besaß meistens versteckte Sympathien für die Nazis. Auch in seiner eigenen Herkunftsfamilie gab es ein dunkles Kapitel, das er jedoch am liebsten für immer vergessen hätte. Also musste er sich um eine diplomatische Antwort bemühen. Doch der Alte kam ihm zuvor.

»Wissen Sie, ich bin nämlich weitläufig mit dem ehemaligen Reichskommissar der Niederlande, Arthur Seyß-Inquart verwandt«, legte der an der Geschichte des 2. Weltkriegs und dem 3. Reich interessierte Rentner nach. »Familiärer Zusammenhang sollte meiner Meinung nach nicht nur auf dem Papier bestehen …«

Also hatte ihn sein Bauchgefühl nicht nur nicht getrogen, der Mann legte zwar unterschwellig, aber unübersehbar, seine Sympathien für die Besatzer offen – eine schwierige Kiste, für die er sich allerdings aufgrund seiner Erfahrungen eine Strategie zurechtgelegt hatte.

»Oh, darüber müssten wir uns einmal ausführlicher, idealerweise bei einem Kaffee oder einem Glas Bier unterhalten«, gab er seine Standardantwort, wobei er bemerkte, wie auf einmal die Mundwinkel des rüstigen Rentners nach unten zeigten. »Allerdings bin ich der Meinung, dass die nationalsozialistische Besatzung großes Unrecht begangen hat.«

Die Mundwinkel hingen noch weiter nach unten, und eine längere Diskussion stand zu befürchten.

»Ich habe auch eine Frage«, grätschte unvermittelt die blonde Dame hinein und missmutig drückte der mit Seyß-Inquart weitläufig Verwandte ihm den 5-Euro-Schein in die Hand, murmelte etwas Unverständliches und trollte sich unzufrieden von dannen.

Bis er die letzte Frage der Gruppe beantwortet hatte, vergingen weitere fünfzehn lange Minuten. In der Summe war die Tour gut gelaufen und Freddy hatte knapp 100 Euro Trinkgeld eingestrichen, was ihm nicht nur materiell über die Runden half, sondern auch sein Ego streichelte, das unter seiner Erkrankung schwer gelitten hatte. Er blickte auf die Rado, die ihm seine Ex-Frau Monique zum 40. Geburtstag geschenkt hatte. Das war noch gar nicht so lange her, aber es kam ihm vor, als lägen ganze Epochen dazwischen. Er konnte sich nicht einmal mehr ansatzweise an das Glück erinnern, das damals vielleicht Bestandteil seines Lebens gewesen war, denn durch die hinterhältige Erkrankung hatte sich alles geändert. Wirklich alles. Aber je weniger er daran dachte, umso besser ging es ihm. Also musste er das Monster, das jederzeit wieder zuschlagen konnte, für immer in seinem Inneren verbannen.

Freddy rieb sich zufrieden die Hände. Der Nachmittag war jung und die Sonne würde erst in einigen Stunden untergehen. Also wäre es vielleicht am besten, sich in einem gediegenen Café am Nieuwmarkt ein Plätzchen zu sichern, um die Sonne zu genießen und Stadt und Leute zu beobachten. Am nächsten Tag musste er früh raus, denn sein niederländischer Freund Rudy, der eine der renommiertesten Amsterdamer Anwaltskanzleien führte, hatte ihm mitgeteilt, er solle einen neuen Fall mit einer deutschen Touristin als Angeklagter übernehmen. Nicht mehr und nicht weniger Informationen hatte er herausgerückt, aber er würde selbst herausfinden, wie der Fall gelagert und was die beste Verteidigungsstrategie war.

Auf dem Weg zum Café würde er auf der Damstraat in einer ganz speziellen Käserei einkehren, deren Marke mit dem Namen der Stadt glänzte und noch ein Old davorsetzte, was sich vor allem auf den Reifegrad des Käses bezog und zugleich das Gefühl hervorrief, etwas Besonderes zu genießen. Und das stimmte in jeder Hinsicht. Alter, nordholländischer Gouda war eine seiner großen Schwächen und obwohl er trotz seines Alters gut in Form war, überfiel ihn ein schlechtes Gewissen, wenn er zu viel von dem ausgesprochen leckeren Käse aß. Aber es war wichtig, die eigene Seele ab und an zu streicheln. In Gedanken überlegte er, ob er sich bereits auf dem Nachhauseweg ein wenig von dem Prachtkäse gönnen sollte. Warum auch nicht? Es gab nichts und niemanden, was oder wer dagegensprach.

2.

Singelgracht

Einen Tag später saß Freddy beinahe um dieselbe Uhrzeit, zu der er die Touristen der Flusskreuzfahrt verabschiedet hatte, in einem alten niederländischen Kaffeehaus, das durch eine schmale Straße von der Gracht getrennt wurde. Direkt an der Gracht waren kleine Tische aufgestellt worden, um den Umsatz zu steigern. Diese Plätze waren besonders bei Touristen begehrt. Er hingegen bevorzugte den Platz im Außenbereich, der näher an der Theke lag, weil er aus Erfahrung wusste, dass die an der Gracht aufgegebenen Bestellungen eine Weile dauerten.

Weil er für seine Verabredung zu früh da war, hatte er sich schon einen Cappuccino kommen lassen. Inzwischen war er daran gewöhnt, dass die Niederländer jede Kaffeespezialität mit einem leckeren Gebäckstück versüßten. Nun gut, seiner Linie würden die niederländischen Leckereien nicht schaden, denn seit seiner Erkrankung und Scheidung hatte er 15 Kilogramm abgenommen. Während der Dienstzeit als Polizist hatte er sich vor allem aus Kompensationsgründen mit Pommes, Chips, Süßigkeiten und anderem ungesundem Kram vollgestopft. Während seiner Erkrankung hatte er hingegen manchmal vergessen, überhaupt zu essen.

Sein Morgen in der luxuriösen Anwaltskanzlei war durchwachsen verlaufen. Wie immer hatte er sich gefreut, seinen alten Kameraden Rudy wiederzusehen, den er bereits seit seines Jura-Studiums kannte. Rudy hatte sich in der Zwischenzeit sehr verändert. War er früher einmal recht aufbrausend und beinahe unberechenbar gewesen, so schien ihm der berufliche Erfolg mehr innere Gelassenheit und Stabilität zu verleihen. Freddys deutsche Klientin hatte sich als schwieriger Fall erwiesen. Kompliziert war das treffende Wort. Eindeutig eine schwierige Zeitgenossin. Frau Dörte Rebecca Hansen trug, obwohl sie derselbe Jahrgang war wie er, immer noch voller Stolz ihre braunblonden Dreadlocks, die ihr bis zur Schulter reichten. Ihr äußeres Erscheinungsbild wurde durch ein paar bunte Kleidungsstücke vervollständigt, die in den 70er-Jahren bei Hippies wahrscheinlich in gewesen waren. Hinzu kam ein penetranter Körpergeruch, den Freddy, trotz der zwischen ihnen liegenden Entfernung von zirka zwei Metern, als unangenehm wahrgenommen hatte. Sicherlich duschte sie nicht mehr als einmal die Woche, vielleicht weil es schlecht für das Karma oder ihr inneres Gleichgewicht war. Ihre grauen Augen hatten sich bei dem Gespräch zwischen Anwalt und Mandantin auf nichts fokussieren können und ein richtiggehender Dialog hatte sich nur zögerlich und unter großen Anstrengungen entwickelt. Nach etlichen Nachfragen und seinem Beharren, dass ihm als Anwalt bestimmte Dinge bekannt sein müssten, um die Verteidigung verantwortungsvoll übernehmen zu können, war die folgende, für Freddy unglaubliche Geschichte zum Vorschein gekommen. Frau Hansen war mit ihrer 17-jährigen Tochter vom westfälischen Bielefeld in das kosmopolitische Amsterdam gekommen, um die liebe, kleine Frauke in die Welt des Cannabis einzuführen. Freddy hatte sich nach der Verkündung des sensationellen Sachverhalts kurz an seinen Stuhllehnen festhalten müssen, um nicht unter den Tisch zu rutschen.

Wie konnte man einer Minderjährigen, noch dazu der eigenen Tochter, eine Sache nahebringen wollen, die, wenn überhaupt, ausschließlich Erwachsenen vorbehalten sein sollte? Wie auch immer, die Menschen waren unterschiedlich und jeder hatte das Recht, nach seiner Fasson glücklich zu werden, solange niemand mit dem Gesetz in Konflikt kam, was hier aber nicht der Fall gewesen war. Nach einer ausführlich, in den schönsten Farben beschriebenen, ausgiebigen Tour durch Amsterdams beste Coffeeshops, waren Mutter und Tochter dort gelandet, wo vor der Gentrifizierung der europäischen Metropole einmal das größte Rotlichtviertel Europas gewesen war. Was genau Frau Hansen und Frauke dorthin gelockt hatte, war ihm nicht so richtig klar geworden. Heute gab es in Amsterdam zum Glück nur noch eine überschaubare sündige Meile, die sich dennoch immer noch bei den Touristen aus aller Herren Länder einer großen Beliebtheit erfreute.

In einem der vielen kleinen Läden, die es im Rotlichtviertel gab, hatten sich Mutter und Tochter zwei 0,5 Liter Dosen hiesiges Bier gekauft und waren mit den grünen Dosen ziemlich benebelt an den Grachten entlang gebummelt. An dieser Stelle hatte Freddy an den plumpen, aber unter deutschen Touristen beliebten Wortwitz denken müssen: »Wenn du in Amsterdam ordentlich bekifft bist, musst du achtgeben, dass du nicht in eine Gracht krachst«. Natürlich hatte er sich gehütet, eine Andeutung in diese Richtung zu machen. Offensichtlich hatte das Mutter-Tochtergespann die überall deutlich angebrachten Warnhinweise der Gemeinde- und Stadtpolizei Amsterdams übersehen. Um die Attraktivität der Altstadt für Touristen mit Familien zu steigern, war im Amsterdamer Rathaus beschlossen worden, dass im Rotlichtviertel Alkohol ausschließlich in Kneipen und in Restaurants konsumiert werden durfte. Bei Zuwiderhandeln, also dem öffentlichen Trinken und Herumtragen von Alkohol, drohte eine Strafe von knapp 100 Euro. Als ein Amsterdamer Gesetzeshüter der Stadtpolizei die Beiden auf das Verbot freundlich aufmerksam machte, sie zudem höflich bat, die nicht einmal zur Hälfte geleerten Dosen Bier im nahegelegenen Mülleimer zu entsorgen und es bei einer mündlichen Belehrung belassen wollte, waren bei Mutter Hansen, warum auch immer, alle Sicherungen durchgebrannt. Vielleicht zählten schlechte Erinnerungen an ihre Jugend und die möglicherweise damit verbundene Kombination von Cannabis und Polizisten zu den Auslösern ihres Verhaltens und den folgenden Aussagen.

»Ich kann mein Bier trinken, wo ich möchte!«

»Das ist Faschismus!«

»Die Schweine können uns doch nicht alles vorschreiben!«

»Wenn ich mit euch fertig bin, werdet ihr um Gnade betteln!«

Auf jeden Fall war es zu einem zuerst lautstarken und danach handgreiflichen Streit zwischen Frau Hansen und dem Polizisten gekommen, mit dessen juristischen Auswirkungen er sich nun beschäftigen musste. Zwei weitere Stadtpolizisten mussten dem bedrängten Ordnungshüter zur Hilfe eilen, um die Situation in den Griff zu kriegen, Frau Hansen zu beruhigen und sie und die Tochter danach zum Verhör aufs Polizeipräsidium zu bringen.

»Ah, schön, dass du schon da bist«, riss ihn eine angenehm klingende weibliche Stimme, die im Niemandsland zwischen Alt und Sopran angesiedelt war, aus seinen Gedanken.

Er blickte auf und Lieke van Dijk strahlte ihn in all ihrer Schönheit und Erhabenheit an.

»Lieke«, rief er überrascht aus, obwohl sie ja verabredet waren, »ich freue mich so sehr, dich wiederzusehen. Schön, dass du da bist.«

Vor ihm stand eine jung wirkende Frau, die einen Meter fünfundachtzig und damit genau fünf Zentimeter größer war als er. Die Beine waren äußerst lang, schienen in den Himmel zu ragen und besaßen die für ihn perfekte Form: weder zierlich und zerbrechlich noch stämmig oder elefantös. Zudem besaß sie schön geformte Brüste. Er stand auf und sie tauschten temperamentvolle, aber züchtige Küsschen aus. Dabei dateten sie sich bereits eine ganze Weile. Einmal mehr wurde ihm bewusst, dass Lieke größer war als er, was aber keinen von beiden störte. Das Wachstum musste in der Genetik der meisten Holländerinnen begründet sein oder an der seit Jahrhunderten hier betriebenen Milchwirtschaft liegen. So oder so: Viele Niederländerinnen waren große und starke Frauen.

»Nicht nur du freust dich, das kann ich dir versichern«, sagte sie, lachte, zwinkerte ihm zu und warf ihre prächtigen Locken über die Schulter nach hinten.

Da Freddy wusste, aus welch bourgeoise-reichen Kreisen Lieke stammte und da er sich für einen waschechten Gentleman hielt, rückte er ihr den Stuhl zurecht und setzte sich erst, als sie sich hingesetzt hatte.

»Oh, du hast dir bereits etwas zu trinken geholt«, stellte Lieke mit ihrem angenehm klingenden holländischen Akzent fest und in ihren lebhaften Augen blitzte ein klein wenig Schalk auf. »Gut. Für Amsterdamer Verhältnisse ist es auch recht warm. Geradezu ein tropischer Sommer.«

Sie zwinkerte ihm vertraulich zu, was er erwiderte.

»Ja, ich wusste nicht genau, wann du kommst. Da dachte ich, eine kleine Koffeinspritze wäre ganz okay.«

»Solange du dich nicht vor unserem Treffen betrinkst, Freddy, kannst du dir bestellen, was du möchtest. Ich hoffe, jetzt bist du wach genug.«

Freddy glaubte winzige Lachfältchen ausmachen zu können und aus Erfahrung konnte er bestätigen, wie gerne sie lachte.

»Sieht das nach einem wilden Besäufnis aus?«

Beide gackerten eine Runde, bevor der Kellner, der gerade am Nebentisch Bestellungen aufgenommen hatte, sich zuvorkommend an Lieke wandte.

»Ich hätte bitte gerne einen Café au Lait«, bestellte sie und kaute ein wenig verlegen auf ihren Lippen herum, als ob sie eine schwere Entscheidung treffen müsste.

Trotz aller vordergründigen Fröhlichkeit schien Freddy zu bemerken, dass etwas auf Liekes Seele lastete. Vielleicht täuschte er sich auch. Aber sie wirkte ein wenig neben der Spur, auch wenn sie sich viel Mühe gab, davon nichts nach außen dringen zu lassen. Er hoffte inniglich, dass es nichts mit ihrer Beziehung zu tun hatte. Der Worst Case wäre, wenn sie ihm gleich erzählen würde, dass es ihr leidtut, aber dass sie die sich zwischen ihnen anbahnende Beziehung doch beenden müsste.

»Für mich bitte noch mal einen Cappuccino«, orderte er und, da er gerade Lust darauf hatte und hoffte, Lieke dadurch ein wenig zu unterstützen, »und ein Stück Apfelkuchen bitte.«

Holländischen Apfelkuchen mit Rosinen fand Freddy großartig.

»Mit Slagroom?«, erfolgte postwendend die Frage des jungen, blonden Kellners mit der dynamisch hoch gegelten Sturmfrisur.

Freddy lehnte dankend ab, denn Schlagsahne war in seinem Alter vielleicht doch ein wenig zu viel des Guten.

»Äh, bringen Sie mir bitte auch ein Stück Apfelkuchen«, gab sich Lieke nun doch einen Ruck, aber ein seltsamer Glanz in ihren Augen bestätigte seinen Eindruck, dass sie innerlich von einer Sache in Beschlag genommen wurde. »Aber auch ohne Schlagsahne«, fügte sie schnell hinzu und lächelte ein wenig verlegen zuerst den Kellner und schließlich Freddy an, der eisern schwieg.

»Sehr gerne!«

Nachdem der Kellner wieder in das Lokal zurückgegangen war, schien das Gespräch zwischen den Turteltauben nicht richtig in Gang kommen zu wollen. Freddy erzählte lustige Anekdoten seines Falles von heute Morgen, aber so richtig schien Lieke bei den geschilderten Sachverhalten nicht zum Lachen zumute zu sein. Der Fall war auch alles andere als lustig, auch wenn niemand groß zu Schaden gekommen war. Lieke wiederum schilderte Freddy ausführlich, aber auch ein wenig gestresst, die umfangreichen Vorbereitungen für den 85. Geburtstag ihres Vaters.

»Momentan sind wir bei, halt dich fest, Freddy, 300 geladenen Gästen«, sagte sie und schickte ihrer Aussage einen Seufzer hinterher. »Aber meine Mutter ändert die Gästeliste ständig. Sie ist aufgeregt wie ein junges Küken und möchte meinem Dad den schönsten Geburtstag ever bereiten. Dann sind es wahlweise mal nur 50 exklusive Gäste und ein paar Minuten später möchte sie dann doch wieder jeden einladen, der auch nur ganz entfernt mit uns bekannt ist. Und das sind eine Menge Leute, so zirka 1.000 Personen. Also die Schönen und Reichen von Amsterdam.«

Ihre Blicke trafen sich und Freddy signalisierte, dass er die ironische Dimension des Ganzen durchaus erfasste. Was war das für ein seltsamer Glanz in ihren Augen, den er sonst noch nie wahrgenommen hatte? Das konnte doch nicht etwa Angst sein. Vor was sollte eine Lieke van Dijk denn auch Angst haben? Dennoch wurde er das Gefühl nicht los, Lieke war ein wenig anders als sonst und tief in seinem Herzen ergriff ihn die Furcht, dass sie diesen Termin ausgesucht hatte, um ihm freundschaftlich zu erklären, sie würde sich an jemanden fest binden, aber dieser Jemand sei nicht er.

»Weißt du, für meine Mutter ist gesellschaftliche Repräsentation immer wichtig. So wohlhabend Amsterdam auch ist und wie kosmopolitisch es sich auch gibt, es ist und bleibt ein Dorf, in dem jeder jeden kennt. Zumindest in den sogenannten besseren Kreisen.«

»Dein Vater wird so oder so einen standesgemäßen Geburtstag feiern«, versuchte er sie aufzumuntern. »Unabhängig davon, wie viele Gäste eingeladen werden.«

»Ja. Ihm wäre es am liebsten, das Ganze würde so unspektakulär wie möglich in unserem Haus an der Prinsengracht vonstattengehen, aber meine Mutter hängt an gesellschaftlichen Konventionen und sogenannten rauschenden Festen. Sie erinnert ihn daran, welche Verantwortung er gegenüber seinen Ahnen und der Familientradition hat.«

Es wurde deutlich, Lieke war auf ihre Herkunft nicht nur stolz, sie erzeugte auch gemischte Gefühle in ihr.

»Und auf wessen Seite stehst du? Auf der deines Vaters oder der deiner Mutter?«

Von dieser Frage überrascht, blickte sie ihm in die Augen und ließ ihren Blick ein paar Sekunden länger als nötig dort verweilen.

»Ich … ich weiß … einfach nicht … und …«

In diesem Moment räusperte sich der hinter ihrem Tisch stehende Kellner und servierte formvollendet den gewünschten Kuchen.

»Ich halte mich in der Regel aus den Streitigkeiten meiner Eltern heraus«, setzte Lieke erneut an. »Es ist nicht gut, zwischen die Fronten zu geraten. Da kann ich nur verlieren, wenn du weißt, was ich meine.«

Er nickte. Außer ihrer sündhaft teuren Tasche kleidete Lieke sich normal, wie viele andere Frauen in ihrem Alter auch. Da war nichts Exklusives oder Luxuriöses, was Freddy ihr zugutehielt, denn er wusste, im Prinzip konnte Lieke sich all ihre Wünsche erfüllen, und den Rest ihrer Tage verbringen, ohne auch nur einen Finger krummzumachen.

»Nun gut«, nahm sie den Faden wieder auf. »Mich interessiert eigentlich nur, wen ich zur Geburtstagsfeier meines Vaters einladen möchte.«

Freddy musste aus heiterem Himmel husten, denn er glaubte zu verstehen, worauf das Ganze hinauslief. Um seine Verlegenheit zu überspielen, nahm er ein ordentliches Stück Apfelkuchen, das ihm wie immer mundete. Er bemerkte, dass sie ihn dabei keine Sekunde aus den Augen ließ. Es war an der Zeit, Stellung zu beziehen, aber er entschied sich für die diplomatische Variante.

»Du wirst sicherlich deine besten Freundinnen und Freunde einladen«, brach er die peinliche Stille. »Das wäre doch nur ganz natürlich so …«

Doch Lieke schüttelte zu seiner Überraschung sachte den Kopf.

»So meine ich das nicht, Freddy«, antwortete sie.

Er hatte das Gefühl, es würde eng um seinen Hals werden und konnte nur unter großen Mühen normal weiteratmen. Aber er spürte auch ein wohliges Gefühl im Magen, das er seit Jahren sehnlichst vermisst hatte.

»Ach so«, gab er sich so unbedarft wie möglich, entschlossen alles auf eine Karte zu setzen, denn irgendwann musste er ja einmal Nägel mit Köpfen machen. »Ich glaube, jetzt verstehe ich, was du meinst. Du hast sicherlich mehr männliche Bewerber als jede niederländische Prinzessin.«

Autsch, da war sein Mundwerk mal wieder flinker als sein Gehirn gewesen.

»Wie bitte, Freddy?«

Sie verzog ihre vollen Lippen zu einem süßen Schmollmund und er ärgerte sich wegen seiner ungeschickten Wortwahl und dem ziemlich deplatzierten Vergleich.

»Äh, ich meine, auch wenn wir noch nicht explizit darüber geredet haben, hast du doch sicher einen Mann in Aussicht, der dich heiraten möchte, oder Lieke? Ich meine, wir beide verstehen uns ausgezeichnet, aber bisher haben wir uns noch nicht über dieses Thema unterhalten. Du hast doch bestimmt einen festen Freund oder Verlobten, auch wenn du bisher nie eine Andeutung gemacht hast, oder? Entschuldige bitte, wenn ich so direkt rüberkomme, aber für mich ist es jetzt wirklich an der Zeit, dir diese eine Frage mal zu stellen. Sonst beginne ich mir noch Dinge einzubilden, die nicht wahr sind.«

Vielleicht hatte er sich vollends um Kopf und Kragen geredet, aber ihr Blick wurde zum Glück wieder deutlich weicher.

»Nein, Freddy, ich habe weder einen festen Freund noch einen Verlobten. Ich dachte, das hättest du verstanden. Man muss nicht immer alles ausbuchstabieren, um sich zu verstehen.«

Am liebsten hätte er sich für sein ungeschicktes Verhalten selbst ein paar runtergehauen, aber die Schmetterlinge in seinem Bauch vollführten Kapriolen und vor lauter Glück wusste er weder ein noch aus.

»Ich habe seit langer Zeit keinen richtigen Partner mehr gehabt«, fuhr sie fort und fixierte ihn. »Und davor waren es mehr Jugendspielereien. Inzwischen bin ich für so was zu alt, wenn du weißt, was ich meine. Ich suche tatsächlich nach einem festen Freund, hm, vielleicht sogar einem Lebenspartner.«

In dem Blick, den sie ihm schenkte, war eindeutig ein Vorwurf zu sehen. Wie hatte er mit der Aussage über die männlichen Bewerber nur so taktlos sein können? War sie vielleicht lediglich aus Angst davor entstanden, von ihr eine Wahrheit zu erfahren, die ihn verletzen konnte? Selbst wenn, das gab ihm nicht das Recht, ihre Gefühle zu verletzen.

»Es tut mir leid, wenn ich dich nicht von Anfang an richtig verstanden habe«, sagte er aufrichtig und ergriff intuitiv ihre linke Hand, die sich angenehm warm anfühlte. »Ich wollte deine Gefühle nicht verletzen.«

Sie zog ihre Hand nicht weg und suchte den direkten Augenkontakt mit ihm. Ein seltsamer Glanz ging von ihren tiefblauen Augen aus.

»Wie lange kennen wir uns, Freddy?«

Er räusperte sich und tat, als ob er nachdenken müsse.

»Das dürfte inzwischen beinahe ein Jahr her sein. Vielleicht auch ein wenig länger.«

»Und wie häufig haben wir uns in dieser Zeit getroffen?«

Schnell überschlug er im Kopf die Anzahl der Treffen, beschloss aber, seine Antwort vorsichtig zu formulieren, um keinen weiteren Fauxpas zu begehen.

»In Rudys Kanzlei haben wir uns kennengelernt und dann …«

»Nein, das meine ich damit gewiss nicht«, gab sie ihm einen deutlichen Hinweis.

»Ach so. Also, im Restaurant, Café und in Cocktailbars waren wir bestimmt schon über zwanzig Mal«, antwortete er und spürte, dass ihr Blick weiter auf ihn fokussiert blieb.

»25 Mal, Freddy«, korrigierte sie ihn. »Ich kann mich an jedes einzelne Mal gut erinnern.«

Es war ihm peinlich, denn sie hatte die genaue Anzahl der Treffen im Gegensatz zu ihm sofort im Kopf parat. Was wohl bedeutete …

»Was glaubst du denn eigentlich, wieso ich mich seit einiger Zeit zweimal im Monat mit einem Deutschen treffe, der sich als Tourist Guide und Anwalt für Deutsche verdingt?«

Uff, jetzt wurde es ernst. Um Zeit zu gewinnen, gönnte er sich einen weiteren Bissen von seinem Kuchen, der ihn unter normalen Umständen in Verzückung gesetzt hätte, ihm jetzt aber als willkommene Staffage diente.

»Weil wir uns gut verstehen?«, antwortete er mit einer Gegenfrage und hatte sich dafür entschieden, aus Angst enttäuscht zu werden, immer noch nicht aufs Ganze zu gehen.

»Ja«, seufzte sie, »das tun wir definitiv, Freddy. Aber wenn wir so weitermachen, werden wir uns noch in zehn Jahren nachmittags zum Kaffeetrinken verabreden und uns lediglich gut verstehen.«

Keine Frage, er musste Stellung beziehen, auch wenn er sie aus Verlegenheit gerne gefragt hätte, was so schlimm daran war, sich einfach gut zu verstehen. Sein Herz schlug bis zum Hals. Lieke war die einzige Frau, die ihn seit seiner Scheidung überhaupt interessiert hatte.

»Ich«, setzte er erneut an und griff nach ihrer anderen Hand, »möchte nichts überstürzen, um nicht enttäuscht zu werden. Außerdem war und bin ich mir nicht ganz sicher, wie deine Empfindungen für mich sind und es liegt ein gewaltiger gesellschaftlicher Unterschied zwischen uns …«

Ihr strenger Blick brachte ihn zum Verstummen, bevor er in weitere Fettnäpfchen treten konnte.

»Was seid ihr Männer kompliziert«, nahm sie das verbale Ruder in die Hand. »Wir können uns das Leben schwerer machen, als es ist. Eigentlich ist das Leben ganz einfach. Also, der Geburtstag meines Vaters ist in vier Monaten. Und ich würde vorschlagen, dass ich dich, wenn wir uns bis dahin immer noch so gut oder vielleicht ein bisschen besser verstehen, gerne dorthin mitnehmen würde. Punkt.«

Jetzt herrschte bei Freddy richtiggehend Atemnot. Ein bunter Reigen Schmetterlinge flatterte wild in seinem Bauch umher. Er schloss die Augen und konnte sein Glück kaum fassen. Das hätte er nie zu hoffen gewagt, niemals.

Er blickte ihr verträumt ins Gesicht. Ihre Haare waren eine Mischung aus braun und blond, wie er es liebte. Sie gingen ihr bis zur Schulter und ihre natürliche Lockenpracht verlieh ihrer Silhouette eine wahnsinnige Präsenz, die er anziehend fand. Die Stirn war weder übermäßig ausgeprägt noch flach und ihre Ohren perfekt proportioniert. Darunter befanden sich die tiefblauen Augen, in denen er stundenlang versinken könnte und die eine magische Anziehungskraft auf ihn ausübten. Ihr Gesicht war nahezu perfekt symmetrisch. Sie hatte hohe Wangenknochen und ebenmäßige, weiß strahlende Zähne, die ausschließlich von der guten Pflege und nicht von den Restaurationsbemühungen eines Zahnarztes herrührten. Ihr Mund war perfekt und die vollen Lippen luden zum Küssen ein. Eine dezent geformte Nase und ein schön geschwungenes Kinn gingen in einen langen Hals über. Ihre Haut war im Sommer angenehm gebräunt, tendierte aber im Herbst und Winter zum nordeuropäischen Weiß.

Am meisten bewunderte er ihre Natürlichkeit, denn an Lieke war nichts künstlich. Kein Schönheitschirurg hatte jemals Hand an sie gelegt.

»Lass uns gleich zum Bloemenmarkt spazieren«, schlug er vor, als er aus seiner Gedankenwelt erwachte, »denn jetzt muss ich erst einmal mit meinen Gefühlen klarkommen, denn …«

Gerade rechtzeitig brach er seine Aussage ab, aber ihr zauberhaftes Lächeln verriet ihm, dass sein Vorschlag genau das war, was sie von ihm erwartet hatte.

»Genau das wollte ich auch vorschlagen. Aber jetzt haben wir uns beide so lange Zeit gelassen, dass es auf ein paar

Minuten mehr oder weniger auch nicht ankommt. Außerdem ist es hier ganz nett.«

Freddy wurde von seinen Glücksgefühlen förmlich überwältigt und musste mit der Contenance kämpfen, um sein Glück nicht wie ein Fünfzehnjähriger in die Welt hinauszuposaunen. Dennoch irritierte ihn ihr Anliegen, noch länger hierzubleiben. Was stimmte mit ihm als ehemaligem Polizisten nicht, denn er konnte sich nicht erklären, warum sie um alles in der Welt noch in diesem sehr netten, aber keineswegs überdurchschnittlich guten Café länger bleiben wollte? Er wurde das Gefühl nicht los, dass es nach wie vor eine Sache gab, die Lieke belastete.

»Wollen wir uns einen Piccolo gönnen?«, fragte sie mit anzüglichem Augenzwinkern. »Dann läuft es sich umso beschwingter und der Bloemenmarkt ist noch schöner als ohnehin schon …«

Alles, was Freddy in den letzten Wochen nicht einmal in seinen kühnsten Träumen zu hoffen gewagt hatte, schien nun Wirklichkeit zu werden. Er atmete ein paar Mal tief durch, um die Millionen von Schmetterlingen in seinem Bauch zu bändigen. Um sich nicht völlig von seinen Glücksgefühlen überwältigen zu lassen, bestaunte er die vor ihnen liegende Gracht, auf der eines der Partyboote mit jungen Männern fuhr, die ihre Oberkörper entblößt hatten, Bierflaschen oder Cocktails in den Händen hielten und herumkrakeelten. Solche Touren waren der letzte Schrei in Amsterdam – die größeren Touristenboote seines Freundes Gerrit, deren Merkmal in scheppernden Ansagen durch den Lautsprecher bestand, wurden auch noch gebucht, aber wer etwas auf sich hielt, mietete sich ein kleines Holzboot mit eingebauter Bar. Innerlich drohte Freddy zu platzen, denn er wusste nicht, wohin mit seinem Glück. Aber eine mahnende Stimme rief ihn zur Räson. Nichts übertreiben und nichts überstürzen. Mit Monique hatte er sich einst auch im 7. Himmel befunden, um dann umso härter in der Hölle aufzuschlagen.

»Was darf ich Ihnen noch bringen?«, fragte der junge Kellner, der eine schwarze Schürze einer populären belgischen Biermarke trug.

»Bringen Sie uns bitte eine Flasche Prosecco«, zeigte sich seine holländische Freundin emanzipiert, was ihm gut gefiel. »Aber bitte den ganz trockenen.«

»Sehr gerne!«

Der junge Mann deutete einen erfreuten Diener an, denn der trockene Prosecco war ein Codewort für den teuersten auf der Karte, und verschwand, wodurch er die Fähigkeit der Niederländer zwar nicht unterwürfig, aber doch sehr serviceorientiert zu sein, einmal mehr bestätigte.

»Ich weiß eigentlich vor lauter Glück gar nicht, was ich sagen soll«, stammelte Freddy vor sich hin.

»Oh, da kann ich dir helfen«, witzelte Lieke, beugte ihren Oberkörper über den Bistrotisch und drückte ihm einen sanften Kuss auf die Lippen, was ihn überraschte, und zugleich Glücksgefühle auslöste, die er gar nicht fassen konnte.

Ihre Lippen waren weich und zart. Bestimmend und direkt. Fordernd.

»Das ist einfach nur ein Traum«, sagte er. »Ich möchte diesen Augenblick für ewig festhalten.«

»Erstens wirst du mich vielleicht für immer festhalten und dann wird es noch ganz andere Momente geben, die wahrscheinlich noch viel schöner sein werden.«

3.

Berlin – Amsterdam

Als sich die Flasche mit dem ausgezeichneten Prosecco dem letzten Drittel zuneigte, wurde Freddy innerlich immer nervöser, was Lieke zu bemerken schien. Aber auch sie schien aus irgendeinem Grund ein wenig angespannt zu sein. Als lebenskluge Frau entschied sie sich dazu, für Ablenkung zu sorgen.

»Erzähl mir mal ein wenig über deine Arbeit als Polizist in Berlin«, schlug sie deshalb vor. »Ich finde, das ist ein aufregender Job und möchte wissen, was du dabei so alles erlebt hast.«

»Aufreibend vielleicht, aber nicht so aufregend wie das alles hier«, erwiderte er und wirkte dabei so unbeholfen wie ein 15-Jähriger bei seinem ersten ernsthaften Date. »Aber natürlich habe ich manche berufliche Abenteuer erlebt.«

Er schmunzelte und ließ seinen Blick über die vielleicht zwei Meter fünfzig breite Straße gleiten, die zwischen dem schmalen Gehweg an der Gracht und dem Café lag, um seine Angebetete vor lauter Glück nicht die ganze Zeit anzustarren. Als er die Singel nach links und rechts herunterschaute und dann wieder zurück zur nahegelegenen Gracht, kam ihm plötzlich ein alter Fall in den Sinn, der bereits über zehn Jahre zurücklag und den er in einem hinteren Areal seines Gehirns abgelegt hatte.

»Hm, welche Geschichte du wohl interessant finden könntest?«, überlegte er. »Okay, ich werde ein wenig aus dem Nähkästchen plaudern«, begann er, während er den Oberkörper straffte und einen Schluck Prosecco nahm, der ausgezeichnet mundete. »Diese Straße hier erinnert mich an einen Fall in Berlin, bei dem ein Überfall auf einen Geldtransporter eine Rolle spielte.«

»Oh, das ist aber aufregend«, meinte Lieke förmlich elektrisiert. »Ich ahne schon, was du sagen möchtest. Dieser Ort würde sich perfekt für einen Raubüberfall auf einen Geldtransporter eignen, oder?«, fügte sie hintenan, wobei ihre Stimme seltsam brüchig klang.

Zuerst schluckte Freddy, denn so viel kriminalistischen Sachverstand hätte er ihr nicht zugetraut. Aus irgendeinem Grund schienen beide trotz der sich klärenden persönlichen Situation gewisse Beklemmungen zu spüren.

»Ja«, begann er den Faden aufzunehmen, »genau richtig. Die Langestraat ist für so einen Hinterhalt durchaus geeignet. Wenn der Geldtransporter in dieses Nadelöhr hineinfährt«, dabei zeigte er nach links Richtung Hauptbahnhof, »dann müssten die potenziellen Räuber ihm den Weg von hinten und von vorne abschneiden. Dadurch wäre dem Geldtransporter jeder Fluchtweg versperrt.«

Täuschte er sich oder funkelten Liekes Augen gerade, wie er sie noch nie zuvor gesehen hatte und hing sie wirklich an seinen Lippen? Ein wenig hatte er vor dem gemeinsamen Spaziergang und all dem, was dann folgen würde, Bammel, aber es handelte sich um ein großartiges Gefühl, endlich als Mann wieder einmal Interesse am anderen Geschlecht zu finden.

»Nun, wenn ich an einer solchen Aktion teilnehmen würde, würde ich ein Auto hinter dem Geldtransporter querstellen. Dann ist der Fluchtweg nach hinten komplett versperrt, und in die Gracht zu flüchten, ist auch keine Option.«

Beide lachten, aber mit angezogener Handbremse.

»Das Timing muss bei so einer Operation bis auf die Millisekunde stimmen«, dozierte er weiter. »Also kurz nachdem der rückwärtige Fluchtweg abgeschnitten wurde, müsste zum Beispiel ein Transporter die Brouwersgracht entlangfahren und die Singel von vorne blockieren. Dann säße der Geldtransporter in der Falle.«

Lieke hielt sich schockiert die Hand vor den Mund.

»Du weißt schon, dass hier ab und zu tatsächlich Geldtransporter vorbeifahren«, sagte sie und ihre wunderschönen blauen Augen drückten eine komplexe Mischung von Emotionen aus.

»Ja, ihr Niederländer müsst ja irgendwo mit eurem unermesslichen Wohlstand hin«, witzelte Freddy und biss sich sofort auf die Zunge, als er ihren kritischen Blick wahrnahm.

In einer Übersprungshandlung stand er auf und schenkte formvollendet den Rest des italienischen Rebensaftes in die stylishen, zylinderförmigen Gläser.

»Der Raubüberfall in Berlin wurde von einem arabischen Clan in der Nähe des Tempelhofer Feldes verübt«, fuhr er fort. »Die Straßenkonstellation entsprach beinahe völlig der hiesigen, nur dass es keine Gracht gab.«

»Okay«, hakte Lieke ein. »Keine Gracht, sondern einfach eine graue Berliner Straße?«

»Genau«, nahm er ihre Steilvorlage an. »Der Cash-Truck wurde von zwei Limousinen, einem schwarzen 5er-BMW mit getönten Scheiben und einem schwarzen Audi A 8, der auch verdunkelte Fenster hatte, vorne und hinten blockiert.«

»Und was passierte dann?«, Lieke schien den Fortgang der Geschichte kaum abwarten zu können.

»Aus dem hinteren Auto stiegen vier mit Maschinengewehren bewaffnete und mit Sturmhauben bekleidete Personen aus. Aus dem vorderen Auto kletterten drei Männer, zwei mit Maschinengewehren und einer mit einer Panzerfaust bewaffnet. Einer blieb sitzen …«

»Der Fahrer des Fluchtfahrzeugs?«

Freddy feuerte eine imaginäre Pistole auf sie ab, denn ihm gefiel, wie sehr Lieke trotz ihrer privilegierten Herkunft im Hier und Jetzt verwurzelt war.

»Exakt. Die Beute musste also vom Transporter nach vorne getragen werden. Hätten sie das hintere Auto als Fluchtfahrzeug genommen, wäre das Risiko vorhanden gewesen, dass ihnen ein unbeteiligter Autofahrer den Weg abschneidet. Zum Glück waren die beiden Wachmänner alte Hasen. Ihnen lag nichts daran, mit dem eigenen Leben das Geld zu verteidigen, das sie für andere Menschen beschützen sollten. Die Wachmänner wurden am Straßenrand gefesselt und geknebelt. Innerhalb von vier Minuten schaffte die Bande das ganze Geld aus dem Transporter in das Fluchtfahrzeug. Da es kurz vor Weihnachten war, handelte es sich um viel Geld. Sehr viel Geld sogar. Danach haben sie das hinten blockierende Fahrzeug, also den 5er-BMW, in Brand gesteckt und zur Explosion gebracht. Außerdem haben sie im Transporter eine brennbare Flüssigkeit verteilt und angezündet. Unsere Experten gingen davon aus, dass sie das gemacht haben, um Spuren, wie beispielsweise Aerosole mit DNA oder andere DNA-Spuren zu vernichten, denn inzwischen gibt es neue Methoden, auch aus unglaublich geringfügigen Resten Spuren von DNA zu extrahieren.«

»Und du hast die bösen Jungs dann irgendwann geschnappt, nicht wahr, Freddy? Es würde mich sehr wundern, wenn dir jemand entkommt.«

War der letzte Satz ein eindeutig zweideutiges Kompliment, so zeigte die Frage, wie wenig Lieke über die tatsächliche Polizeiarbeit Bescheid wusste.

»Natürlich habe ich sie nicht allein geschnappt«, antwortete er wahrheitsgemäß. »Das war einmal mehr perfekte Teamarbeit gewesen, wie sie für mein Team kennzeichnend war. Zunächst schienen die Täter wie vom Erdboden verschluckt. Es gab keine Hinweise auf ihre Identität und keine Tatortspuren, obwohl wir wirklich jeden Stein umgedreht haben. Ein richtig vertrackter Fall. Deshalb sind wir systematisch vorgegangen. Wer konnte einen derart professionellen Überfall in dieser Form durchführen? Militante Linke, Rechtsextremisten, Islamisten, Ex-Militärs oder sogar Elitepolizisten selbst? Zudem haben wir sofort in Richtung arabische Clans ermittelt, da eine solche Bewaffnung und Organisation bei den arabischen Clans in Berlin jederzeit schnell machbar ist. Aber es hätten wie gesagt genauso gut russische Profis oder serbische Ex-Militärs sein können.«

»Aber doch keine Polizisten, oder?«, hakte sie nach und ihre Stimme verriet, dass sie in diesem Punkt irgendwelche Zweifel zu hegen schien.

»Hm, na ja, theoretisch schon.«

»Wie habt ihr den Fall denn dann gelöst, wenn es keine Spuren gab? Wirklich keine Augenzeugen oder irgendwelche noch so winzige DNA-Spuren?«

»Nein, gar nichts. Augenzeugen gab es, ja, aber da die Täter komplett vermummt waren und auch die Kleidung mit Paketband geschlossen hielten, war es uns unmöglich, auch nur die geringsten Hinweise zu finden. Auch im abgefackelten BMW gab es keine Spuren, ebenso wenig wie beim später auch abgebrannten Fluchtfahrzeug. Da waren wirkliche Profis am Werk.«

»Das klingt nicht gut, aber du hast mir ja verraten, dass du den Fall gelöst hast. Wie ging es dann weiter?«

»Wie so häufig kam Kommissar Zufall ins Spiel. Ein paar Tage später haben wir ein Clan-Mitglied bei einem Autodiebstahl erwischt. Keine große Sache an sich. Der Typ war jung und noch recht grün hinter den Ohren. Der Autoklau sollte seinen Initiationsritus darstellen, was aber kräftig in die Hose ging, weil er zu viele Anfängerfehler machte. Dann stellte sich heraus, dass der Typ, den wir festnehmen konnten, charakterlich ziemlich soft war. Meistens beißen wir bei erfahrenen Gangstern aus dem Clan-Milieu auf Granit. Die schweigen wie ein Grab und warten, bis ihnen das beste Anwaltsteam, das es in Berlin gibt, zur Seite steht. Nicht so dieser junge Mann, der Hamid hieß. Keine 18 Jahre alt, also noch minderjährig mit Aussicht auf eine Jugendstrafe. Hamid schien also eher zur weichen und gefühlsbetonten Sorte von Menschen zu gehören. Da er bereits wegen kleinerer Vergehen wie Diebstahl, Körperverletzung, Widerstand gegen die Staatsgewalt und Drogenhandel Ärger mit der Justiz gehabt hatte, war es von unserer Seite aus nicht vollkommen unrealistisch, ihm massiv mit Knast zu drohen. Alles Kleinigkeiten, die ihm aber im Zusammenhang mit dem Autoklau auf die Füße zu fallen drohten. Wenn du einem richtig abgewichsten Gangster mit fünf Jährchen kommst, zuckt der nicht mal mit der Wimper. Hier löste die Aussicht für die nächsten fünf Jahre den Ku'damm nicht mehr zu sehen, richtiggehend Panik aus.«

Das Lächeln, das er jetzt an den Tag legte, gehörte zum alten Freddy, der vor seiner Erkrankung ein Powermensch gewesen war, ein mit allen Wassern gewaschener Polizist, der keine Furcht vor dem Teufel hatte.

»Und der hat dann gesungen?«, wirkte sie beinahe fiebrig, den Fortgang des Geschehens zu erfahren.

Aus ihrem Wort klang das Wort »gesungen« beinahe niedlich. Offenbar hatte sie auch keine Ahnung davon, dass bei einem Verstoß gegen die Omerta der Clans nicht selten die Todesstrafe drohte.

»Ja, in der Tat. Er konnte uns Hinweise zu den Hintermännern, Planern und Ausführenden des Überfalls geben. Dann haben wir uns Schritt für Schritt herangetastet und konnten tatsächlich vier der acht Täter überführen und verurteilen.«

Ihrem Gesicht war nicht anzusehen, ob sie das gut oder für verbesserungswürdig hielt.

»Und die anderen drei oder vier Personen, die auch am Raubüberfall beteiligt gewesen waren?«

»Leben bis heute in Freiheit. Gegen bestimmte Personen hatten wir gewisse Verdachtsmomente und Indizien, konnten aber nichts niet- und nagelfest beweisen. Kein Richter in der Bundeshauptstadt strengt ein Verfahren gegen Clan-Mitglieder an, wenn die Beweislage nicht wirklich eindeutig ist.«

»Oh, das ist aber dumm. Na ja, nicht dumm, aber das verleiht den Verbrechern doch das Gefühl von Allmacht, oder?«

»Na ja, die Verbrecher sind ja nicht auf den Kopf gefallen. Im Gegenteil und das macht sie ja so gefährlich. Die Pointe kommt erst noch.«

»Ach? Erzähl schnell weiter.«

»Ja. Ich war der Einzige in unserem Team, der annahm, dass der Überfall nicht ausschließlich von den Clan-Mitgliedern geplant wurde, sondern dass es Hintermänner gab.«

»Wie bist du darauf gekommen?«

»Meine Kollegen haben ihre Ermittlungsansätze ausschließlich an der Beute in Cash orientiert. Das waren auch glatte 1,2 Millionen Euro. Klar, wer sollte da an ein anderes Motiv denken?«

»Die Beutesumme finde ich auch nicht gerade wenig.«

»Völlig richtig. Aber das war noch nicht alles. Der Transporter hatte an diesem Tag das Gemälde eines berühmten deutschen Malers dabei. Das sollte an ein Museum ausgeliehen werden und das Museum hat diese Aufgabe an die Sicherheitsfirma vergeben.«

Wie immer beim Thema Kunst strahlte Liekes Gesicht. Sie war eine bedeutende Mäzenin für aufstrebende niederländische Künstler.

»Ein Nolde oder Gemälde von Kirchner?«

»Good guess, du würdest eine prima Polizistin abgeben. Aber das ist das Problem. Es handelte sich um einen bekannten Künstler, der aber bei Weitem nicht die Prominenz der von dir genannten Malern besaß.«

»Also handelte es sich um ein sogenanntes Liebhaberstück? Für Kunstinsider, sozusagen.«

»Genau. Ich gehe auch heute noch von folgendem Szenario aus. Ein Kunstliebhaber hat durch Indiskretionen innerhalb der Sicherheitsfirma von dem Gemäldetransport erfahren. Dann hat er die Clan-Leute angeheuert, um den Coup für ihn durchzuziehen. Doch die haben sich gedacht, warum nicht gleich Nägel mit Köpfen machen und die gesamte Beute mitnehmen? Im Prinzip war das sogar das Glück des potenziellen Auftraggebers. Denn hätten sie nur das Gemälde mitgenommen, hätten wir unsere Ermittlungsarbeit von Anfang an in eine ganz andere Richtung gelenkt.«

»Der Besitzer des Gemäldes scheidet wahrscheinlich als Tatverdächtiger aus, oder? Ich meine, es gibt ja Fälle, in denen Besitzer von Wertgegenständen einen Diebstahl vortäuschen, um die Versicherungsprämie einstreichen zu können.«

Täuschte er sich, oder hatte ihre Stimme bei der Frage und der Aussage einen etwas schneidenden Ton angenommen?

»Absolutely. Wir haben das eingehend überprüft, aber keine Anhaltspunkte gefunden, die dafürsprechen. Außerdem haben die Detektive der Versicherung jede Menge Staub aufgewirbelt und keinen Stein auf dem anderen gelassen. Die können bei solch hohen Versicherungssummen richtig unangenehm werden. Nichts, nichts und wieder nichts.«

»Hm, das glaube ich. Bei manchen Fällen ist einfach der Wurm drin«, meinte sie und warf einen kritischen Blick auf die leere Flasche, als ob sie auf ein bestimmtes Zeichen wartete.

Dann legte sie einen fünfzig und einen zwanzig Euroschein auf den kleinen Unterteller, auf der die Rechnungen lagen. Er bemerkte, wie ihre Hand ein wenig zitterte und schrieb es der Aufregung über die sich klärende Liebesbeziehung zu. Anschließend schaute sie nachdenklich auf ihre goldene Rolex und er hatte erneut das Gefühl, sie warte auf etwas. Freddy hatte ihre Handlungen wahrgenommen, aber nun entschied er, dass es Zeit war einzuschreiten.

»Ich würde gern die Rechnung übernehmen«, wehrte sich Freddy, obwohl es beinahe zu spät dafür war. »Es ist mir wirklich nicht recht …«

Bereits nach den ersten Worten hatte Lieke einen resoluten Gesichtsausdruck aufgesetzt.

»Blödsinn. Daran wirst du dich ab jetzt gewöhnen müssen, wenn du mit mir zusammen sein möchtest«, schnitt Lieke ihm das Wort ab. »Ich bin eine emanzipierte Frau und es gibt keinen einzigen, stichhaltigen Grund auf der Welt, wieso eine Frau ihre männliche Begleitung nicht einladen dürfte. Wir befinden uns im 21. Jahrhundert und in Nordeuropa. Alles klar?«

Freddy bemerkte ein ungutes Gefühl in der Brust. Die Art, wie sie das gesagt hatte, machte klar, dass in diesem Punkt kein Widerspruch geduldet wurde. Also war es am besten, wenn er schwieg, es sei denn, er wollte das junge Pflänzchen ihrer Beziehung gefährden.

»Du musst mich bitte kurz entschuldigen«, meinte Lieke und ihr Blick zeigte ins Innere des Lokals, was er sofort richtig verstand. »Danach können wir sofort losgehen. Übrigens, hast du heute Abend schon eine Verabredung zum Essen? Falls nicht, fände ich es eine großartige Idee, wenn wir beide in meiner kleinen Wohnung an der Keizersgracht etwas kochen könnten.«

War Freddy beim Erzählen der alten Polizeigeschichten tatsächlich wie von Lieke beabsichtigt ein wenig von seiner aufflammenden Liebe abgelenkt gewesen, so holte ihn diese Tatsache nun umso stärker ein. Beinahe fühlte er sich von den Ereignissen ein wenig überrumpelt. Aber hatte Lieke nicht recht, nach all den Monaten die Sache zwischen ihnen jetzt endlich zu klären, falls irgendwie möglich, zum Positiven? Nach all den Monaten des gegenseitigen Herantastens und des um den heißen Brei Herumredens? Trotz all seiner Angst, sich noch einmal bis zur letzten Faser einem anderen Menschen zu verschreiben und dabei enttäuscht zu werden? Er liebte sie und schätzte ihre Offenheit, ihre Entschlossenheit und ihren Mut. Und das waren ja nur ihre inneren Werte. Denn für ihn war Lieke auch eine der schönsten Frauen, die er in seinem Leben bisher gesehen hatte.

»Also, wie sieht es aus?«, riss sie ihn aus seinem Gedankenkino heraus. »Haben wir nach unserem Spaziergang noch eine Verabredung zum Dinner, oder nicht? Auch wenn es sich nur um niederländische Hausmannskost handelt ...«

»Natürlich, Lieke. Entschuldige bitte. Ich bin noch nicht ganz bei mir und kann im Moment mein Glück noch gar nicht richtig fassen.«

Ihr Gesicht strahlte. Sie nahm erneut seine Hände, beugte sich vor und küsste ihn. Dieses Mal deutlich länger und mit mehr Emotionen. Ihre Lippen fühlten sich so himmlisch an, dass Freddy am liebsten gejauchzt und sein Glück in die Welt hinausgeschrien hätte.

4.

Überfall im Herzen Amsterdams

Plötzlich, wie aus heiterem Himmel, überschlugen sich die Ereignisse und alles kam ganz anders. Von der rechten Seite der Singel her ertönte ungewöhnlicher Lärm. Der vollbeladene, grüne Heineken Laster schnitt eine äußerst rasante Rechtskurve, streifte dabei den Bordstein und nur durch einen Sprung zur Seite konnte sich ein italienisches Pärchen in Sicherheit bringen. Intuitiv ergriff Freddy Liekes Hand und drückte sie fest.

»Was ist denn jetzt los?«, fragte sie und ihr Gesicht wurde schlagartig ein paar Nuancen bleicher, aber sie klang nicht wirklich überrascht. »Hoffentlich nichts …«

Der Fahrer des LKW verlor die Kontrolle über das Gefährt und stand panisch auf der Bremse. Als Nächstes brach geräuschvoll seine Hinterachse aus.

»Mist, das sieht nicht gut aus«, antwortete Freddy, der instinktiv in Alarmmodus versetzt wurde. »Vielleicht ein Notfall am Steuer«, versuchte er die aufkommende Panik im Voraus zu dämpfen. »Ein Herzinfarkt oder …«

Jetzt stand der Bierlaster quer auf der Straße, blockierte sie komplett und keine zwei Sekunden später gab es einen heftigen Aufprall. Ein in einem hässlichen graubraun gestrichener Geldtransporter der Firma Brinks konnte nicht rechtzeitig bremsen und fuhr frontal auf ihn auf. Glas zerbrach und Flaschen, Kisten sowie Fässer kullerten auf die Straße. Eine Menge Bier begann von der Seite des Lasters auf die Straße zu tropfen.

»Scheiße«, entfuhr es Freddy. »Was zur …?«

»Das sieht nicht gut aus«, ergänzte Lieke, die sich schnell

gefangen zu haben schien und über den ersten Schock bereits hinweg war. »Hoffentlich ist niemand verletzt worden«, sagte sie voller Inbrunst.

Freddy bewunderte sie, da sie das Geschehen von ihrem Platz aus inzwischen völlig cool verfolgte.

»Ein Verkehrsunfall«, meinte sie, klang aber nicht überzeugt. »Das kommt hier immer wieder mal vor. Kein Wunder bei diesen engen Straßen und Gassen.«

Durch den Aufprall waren die Motoren der beiden Fahrzeuge abgewürgt worden. Der Geldtransporter hatte sich an der massiven Stoßstange ein paar Beulen eingefangen und auch die Motorhaube wies geringfügige Beschädigungen auf. Das Gesicht des LKW-Fahrers, der eine Fliegersonnenbrille von Ray Ban und ein schwarz-rotes Käppi mit der Aufschrift I love Amsterdam trug, lag blutend auf dem Armaturenbrett, denn der Airbag war, warum auch immer, nicht ausgelöst worden.

Doch dann kam Leben in den Mann, er öffnete die Tür und torkelte etwas benommen auf die Straße. Seine Ray Ban Sonnenbrille war gesplittert und stellte nur noch ein dunkles Spinnennetz dar, aber die Mütze, die seine Vorliebe für Amsterdam zum Ausdruck bringen sollte, hing trotz des Aufpralls immer noch tief in seinem Gesicht. Dann klappte er aus heiterem Himmel zusammen, lag leblos auf der Straße und vollführte Zuckungen, die auf schwere Verletzungen hinweisen konnten. Blut tropfte von seiner Stirn auf die Pflastersteine. Ein Sicherheitsmann des Cash-Trucks stieg nach einigem Zögern in seiner grau-braunen Uniform mit einem Pistolenhalfter am Gürtel aus, während der andere den Rückspiegel im Auge behielt und unschlüssig das Mikrofon in der Hand hielt.

»Wir sollten die Polizei verständigen«, meinte Freddy, aber Lieke war wohl nicht bei der Sache, sodass seiner Ansage vorerst keine Taten folgten, da auch er wieder völlig schockiert auf das Unfallgeschehen achtete.

Der Sicherheitsmann kniete sich zu dem verletzten Fahrer herunter, hatte aber seine Rechte ganz in der Nähe des Revolvergriffs, jederzeit bereit, danach zu greifen. Der Verletzte zuckte in unregelmäßigen Abständen und japste nach Luft.

Hoffentlich hat er keinen Herzinfarkt, sondern nur einen Schock erlitten, dachte Freddy. So schwer kann die Verletzung vom Aufprall eigentlich nicht sein. Dafür war die Aufprallgeschwindigkeit zu gering gewesen.

Doch dann nahm das Geschehen erneut eine überraschende Wendung, denn wie von Zauberhand hielt der am Boden liegende Mann plötzlich eine Pistole in der Hand und richtete diese auf den Sicherheitsmann, der schlagartig kreidebleich wurde.

»Verdammt, das ist doch ein Überfall«, stammelte Freddy und war zu keiner weiteren Handlung imstande.

Viele der Caféhausgäste flüchteten panisch ins Innere des Lokals. Auch er wollte sich jetzt erheben, um seine Freundin in Sicherheit zu bringen, aber sie legte sanft ihre Hand auf seinen Arm.

»Ist das Ganze nicht furchtbar aufregend?«, flüsterte sie, und er hörte ein leichtes Beben aus ihrer Stimme heraus. »Lass uns hierbleiben und einfach sehen, was passiert. Du warst ja früher Polizist und kennst solche Situationen, aber ich habe noch nie etwas so Aufregendes live miterlebt. Es wird uns schon nichts passieren. Du wirst doch auf uns achtgeben, oder?«

»Natürlich«, antwortete er, war sich aber durchaus bewusst, dass es eigentlich die falsche Antwort war, denn vernünftig wäre es gewesen, sich in Sicherheit zu bringen. »Ich denke, wir sollten dennoch …«, sagte er deshalb, verstummte aber sofort wieder, da sie ihn mit einem scharfen Blick zum Schweigen brachte.

Dann beobachtete sie beinahe regungslos das Geschehen und machte keine Anstalten, sich auch nur ansatzweise fortzubewegen. Aus seiner langjährigen Berufserfahrung heraus stufte Freddy den Sachverhalt als äußerst gefährlich ein. Er sah durchaus die herrschende Gefahr, aber er wagte nicht, Lieke zu widersprechen oder gar als Feigling vor ihr dazustehen.

Inzwischen hatte der Bewaffnete wie von Zauberhand ein hässliches rotes Tuch mit blauem Muster vor das Gesicht gezogen, sodass er nicht mehr identifiziert werden konnte. Zudem hatte er in der Zwischenzeit den Sicherheitsmann entwaffnet und hielt diesem eine Glock direkt an die Schläfe, während er den erbeuteten Revolver der Sicherheitsfirma in der Rechten hielt.

Ein Linkshänder, bläute Freddy sich ein, denn ihm war sofort klar, dass er in dieser Sache als Zeuge würde aussagen müssen und ihm war bewusst, wie sehr die Amsterdamer Kollegen bei ihren Ermittlungen auf jedes noch so kleine Detail angewiesen waren.

Jetzt war es mehr als deutlich, der Zusammenbruch des Typs auf der Straße war reines Theater und eine ausgezeichnete Täuschung gewesen. Im Gesicht des im Geldtransporter verbliebenen Fahrers mischten sich Unglauben, Angst und Ratlosigkeit. Sein Mund stand halb offen, beinahe so, als ob er die ganze Zeit etwas sagen wollte, aber seine Lippen bewegten sich nicht und das Mikrofon in seiner Hand bewegte sich auch keinen Zentimeter.

»Nimm die Hände weg vom Mikrofon, sonst stirbt dein Kollege«, brüllte der Kriminelle. »Nimm die Hände hoch, damit ich sie sehen kann. Richtig hoch, und zwar sofort, sonst knallt es!«

Offensichtlich wog der derart grob Angesprochene seine Chancen ab oder versuchte, sich krampfhaft daran zu erinnern, wie in einem solchen Fall, laut Lehrbuch der Sicherheitsfirma, zu verfahren wäre. Auch das kannte Freddy, denn der Schock ließ die Menschen auch sorgfältig einstudierten Rituale vergessen. Jetzt ließ der Fahrer das Mikrofon tatsächlich einfach auf den Boden des Lasters fallen, legte dann aber blitzartig den Rückwärtsgang ein. Der Cash-Truck fuhr mit vollem Karacho die wenigen verbleibenden Meter zurück und knallte auf eine schwarze Daimler Limousine, die hinter ihm stand und den Rückweg blockierte. Jetzt hing er fest, ohne Aussicht, entkommen zu können.

Bei vielen Schwerkriminellen wäre jetzt Schluss mit Lustig und sie würden längst schießen, dachte Freddy und versuchte, sich die Körperumrisse und Besonderheiten in den Bewegungsabläufen zu merken. Aber hier handelt es sich um Vollprofis, die sehr wohl wussten, dass die Differenz zwischen einem bewaffneten Raubüberfall mit oder ohne Mord einige Jährchen betrug.

Der neuerliche Crash war wohl das Zeichen, auf das das zweite Team gewartet hatte, denn aus dem Daimler stiegen nun drei Männer, auch ganz in Schwarz gekleidet, die Sturmhauben, Militärstiefel und Handschuhe trugen. Zwei von ihnen waren mit einer Kalaschnikow bewaffnet, der Dritte trug sogar eine Panzerfaust.

Richtig spannend, fand Freddy, denn die Verbrecher hier arbeiteten mit einer ganz anderen Methodik als die Räuber in Berlin. Recht riskant, den sich quer stellenden Bierlaster nur mit einem Mann mit einer Pistole zu besetzen und die gesamte schwere Artillerie indem den Rückweg blockierenden Auto mitzuführen. Wer hält denn dem Daimler den Fluchtweg frei? Vielleicht blockiert ein weiteres bewaffnetes Bandenmitglied vorne die Straße …? Fragen über Fragen tauchten in Freddy Gehirn auf …

Während einer der Männer hinter dem Geldtransporter stehenblieb, begab sich der mit der Panzerfaust auf die rechte Seite des Beuteobjekts und war damit nur wenige Meter von dem Tisch entfernt, an dem Lieke und er Platz genommen hatten, und präsentierte ihnen seinen kräftigen Rücken.

Der hat bestimmt im Gefängnis hart trainiert, lautete Freddys erster Gedanke. Ganz eindeutig Knasterfahrung, ergänzte er, als er sah, wie umsichtig, aber dennoch weitgehend gelassen, der Mann die Gegend nach möglichen Gefahrenquellen scannte, ohne dabei die Panzerfaust aus der Hand zu legen oder das Bedrohungspotential für den Fahrer zu verringern

Lieke drückte inzwischen fest seine Hand. Ihre Hand war weder schwitzig noch bemerkte er einen rasenden Puls.

Das ist die Frau, die du dein Leben lang gesucht hast, sagte ihm deshalb eine Stimme in seinem Kopf. Nicht nur innerlich und äußerlich, sie hat auch in der größten Gefahrensituation eine beinahe sagenhafte Ruhe weg, die selbst ich als ehemaliger Polizist nur bewundern kann.

Doch dann vergaß er alles Amouröse, denn das Geschehen zog ihn wieder völlig in den Bann. Er überlegte noch einmal kurz, ob es Sinn machen würde, sich in das Geschehen einzuschalten, aber er hatte keine Waffe dabei und wollte vor allem Lieke nicht gefährden. Da sie zu nah am Geschehen und in Schussweite waren, entschied er sich dagegen, mit dem Handy zu versuchen, die Polizei zu rufen. Das würden sicher schon andere, die in sicherer Entfernung standen, erledigen.

»Aufmachen!«, brüllte der Maskierte und zielte mit der Panzerfaust direkt auf das Fahrerhäuschen. »Sofort aufmachen!«

Doch der Fahrer schien in einer Art Schockstarre zu verharren. Da ging nichts. Gar nichts. Keine Regung, nur blankes Entsetzen.

»Mach auf, du kleine Ratte, sonst ist dein Kollege tot«, versuchte der Bierwagenfahrer den Druck zu erhöhen und fuchtelte für Freddys Geschmack ein klein wenig hektisch mit seinen beiden Handfeuerwaffen herum, was ihn zu der Frage führte, wieso ausgerechnet dieser Typ einen so wichtigen Posten bei dem Überfall einnahm.

»Mist, der Sicherheitstyp steht komplett unter Schock«, sagte Freddy leise. »Hoffentlich ist er schlau genug, den Transporter zu öffnen, sonst wird es gleich richtig unangenehm. Ich weiß nicht, wie ich helfen kann, verdammt.«

In der Zwischenzeit hatte sich einer der beiden mit der Kalaschnikow bewaffneten Männer auf die andere Seite des Geldtransporters gestellt. Freddy erkannte sofort, dass die Gangster auf diese Art und Weise Gefahr liefen, sich selbst ins Kreuzfeuer zu nehmen, was ein blutiger Anfängerfehler war, und sofort korrigiert wurde. Folgerichtig bewegte sich der mit der Panzerfaust Bewaffnete direkt vor den Geldtransporter und richtete seine Waffe frontal auf den Sicherheitstruck.

»Das ist die letzte Warnung!«, schrie er. »Mach die Tür auf, sonst schießen wir. Jetzt!«

Der Verbrecher mit der Pistole blickte genervt auf eine Uhr, die er unter den Handschuhen hervorholte. Freddy registrierte die Hautfarbe. Die konnte von einem dunkelhaarigen Niederländer stammen, der nicht nur jede freie Minute am Meer verbrachte, sondern auch zu Hause ein Solarium hatte. Oder es handelte sich um eine Person mit einem nordafrikanischen oder zentralasiatischen Migrationshintergrund. Auf jeden Fall sprach er akzentfrei Niederländisch.

»Drei Minuten noch!«, brüllte der Mann mit dem Tuch vor dem Gesicht und gab damit seinen Kumpanen eine scheinbar im Voraus vereinbarte Botschaft.

Freddy schluckte, denn jetzt wurde es für alle eng. Der Zeitdruck wurde zum größten Feind für die Sicherheit von Leib und Leben aller Beteiligten. Immer noch saß der im Auto befindliche Sicherheitsmann wie zur Salzsäule erstarrt da. Nur seine beinahe blauen Lippen bebten und bewegten sich, vielleicht betete er.

»Jetzt reicht's!«, brüllte der links vom Truck stehende Gangster und feuerte eine Maschinengewehrsalve auf das Fahrerfenster. Es bildeten sich unzählige Spinnennetze, aber das kugelsichere Glas hielt stand, denn für einen Durchbruch war nicht einmal annähernd genug Munition verschossen worden.

Liekes Hand grub sich nach den Schüssen fest in seine

und er spürte ihren inzwischen doch rasenden Puls. Kein Wunder, denn die Schüsse waren keine drei Meter von ihnen entfernt abgegeben worden.

Das ist alles Show, redete sich Freddy ein. Wenn sie es drauf angelegt hätten, wäre das Fenster durch Spezialmunition und längere Schusssalven durchschossen worden. Die Typen wollen keine allzu lange Haftstrafe riskieren und sichergehen, dass niemand verletzt wird.

Endlich ertönte das lang ersehnte Geräusch – die Entriegelung des Laderaums.

»Yeah!«, brüllte der Gangster mit der Panzerfaust. »Los Männer!«

Der Mann mit der Kalaschnikow richtete seine Waffe auf den Sicherheitsbeamten, der aus dem Auto ausgestiegen war und nickte dem Kollegen mit der Pistole zu. Schnell wie ein Blitz bewegte sich dieser dann Richtung Laderaum. Die Tür ging tatsächlich auf und Freddy hegte große Hoffnungen, dass das Spektakel unblutig zu Ende gehen würde. In der Ferne glaubte er, bereits Polizeisirenen zu hören.

»Gleich ist es vorbei«, flüsterte er und drückte ebenfalls Liekes Hand. »Ganz ruhig bleiben. Alles wird gut.«

Ihr kaum zu hörendes »Oooch, das ging aber schnell« fand er gewagt, aber tatsächlich waren erst einige Minuten seit Beginn des Überfalls vergangen. Ihre mutige Einstellung war ihm zehnmal lieber als eine Frau, die sich vor ihrem eigenen Schatten fürchtete, wie es bei Monique und ihrer Mutter meistens der Fall gewesen war.

»Auf den Boden legen, schnell«, befahl der Mann mit der Maschinenpistole.

Der Wachmann zögerte eine Sekunde und aus dem Stand heraus griff er völlig überraschend nach dem Lauf der Kalaschnikow, um sie nach unten zu drücken. Damit hatte der Kriminelle nicht gerechnet und bemühte sich angestrengt, wieder die Kontrolle über das Sturmgewehr zu gewinnen. Freddy spürte, wie sein Herz bis zum Hals schlug. Jetzt hatte er Angst. Sogar Todesangst, denn nun war das schlimmste Szenario überhaupt eingetreten, da einer der Sicherheitsmänner Widerstand leistete.

»Auf den Boden legen, schnell«, flüsterte er, aber Lieke schien etwas in ihrer großen Louis Vuitton Tasche zu suchen. »Los, Lieke, auf den Boden ...«

Doch da ertönten bereits Schüsse. Eine Salve, die in den Himmel ging. Dann holte der Vermummte aus und schlug den Gewehrkolben mit voller Wucht auf den Kopf des Widerständigen. Die Gewehrmündung bewegte sich hin und her und plötzlich folgte aus dem Nichts heraus eine weitere Salve. Ohne zu überlegen, hechtete Freddy in Liekes Richtung, warf sich schützend auf sie und riss sie zu Boden. Erneut ertönten Schüsse. Dann wieder Schüsse. Den Gangstern gingen die Nerven durch. Da war nichts mehr von professioneller Gelassenheit zu spüren.

»Shit, das war verdammt knapp«, japste er am Boden liegend. »Hoffentlich ist der Spuk bald vorbei, sonst kommt noch jemand ernsthaft zu Schaden.«

Dann erst hörte er das Röcheln, spürte, wie eine warme Flüssigkeit durch sein weißes Hemd drang und blickte in Liekes wunderschöne blaue Augen, die sich aber seltsam verdrehten.

»Lieke, was ist mit dir?«, fragte er sie und legte sich ein wenig zur Seite, damit sein Gewicht nicht mehr auf ihr lastete. »Lieke!«

Er blendete alles andere vollständig aus. Es ging nur noch um sie, denn als er sich ein wenig zur Seite gerollt hatte, sah er das Einschussloch in ihrem Brustbereich.

Verdammt, das könnte das Herz sein, dachte er voller Verzweiflung. Hoffentlich nicht das Herz, nicht das Herz, nur nicht ihr Herz!

Das Blut sickerte unaufhaltsam aus der Wunde.

»Nein!«, brüllte er. »Lieke, bleib hier, hier bei mir.«

Geistesgegenwärtig zog er sein Hemd aus, um damit die

Blutung zu stoppen. Voller Verzweiflung schlug er mit der rechten Faust auf ihre schwarze Luxustasche, spürte dort einen harten Gegenstand und plötzlich wurde die Welt um ihn herum schwarz.

5.

Nieuwezijds Voorburgwal

Doch die wohltuende und ihn vor allem Übel der Welt schützende Dunkelheit und Stille hielten nicht lange an, denn sein weiterarbeitendes Unterbewusstsein suggerierte ihm, dass er Liekes Leben retten musste, koste es, was es wolle. Noch mit geschlossenen Augen spürte er, wie Lieke schneller atmete. Offensichtlich rang sie mit dem Tod. Er öffnete die Augen und wurde von der Grausamkeit der Realität brutal überrascht. Also presste er wie ein Verrückter sein inzwischen vollgeblutetes Hemd auf die Wunde, um die Blutung zu stillen.

»Ein Arzt!«, schrie er voller Verzweiflung. »Hier wird dringend ein Arzt benötigt. Ist hier ein Arzt?«

Doch niemand reagierte auf seinen Hilfeschrei, vielmehr herrschte eine Kakophonie von Stimmen. Menschen rannten wie aufgeschreckte Hühner hin und her.

»Lieke, bleib hier, Lieke, du musst uns eine Chance geben, bitte!«, flehte er seine Geliebte an, doch deren Augenlider flatterten nur kurz und senkten sich dann wieder. »Unsere Liebe hat noch gar nicht begonnen. Du musst hierbleiben, sonst weiß ich nicht, was ich tun soll, bin verloren, bleib hier …«

Doch Lieke reagierte weder auf sein Schreien noch auf das heisere Flüstern. Sie gab keinen Laut des Schmerzes von sich und schien sich in einer Art Zwischenwelt zu befinden.

»Ein Arzt! Wo ist ein Arzt?«

Wieder erfolgte keine Reaktion. Er war bei Weitem nicht der Einzige, der nach Hilfe rief. Aus allen Richtungen ertönten verzweifelte Schreie, die dringend Hilfe herbeiflehten und viele Menschen flüchteten kreuz und quer in alle Richtungen, was bei solch einem Szenario eigentlich dumm, aber durchaus verständlich war. Dann ertönten wieder Schüsse.

Eindeutig wieder AK 47, analysierte er anhand des Schussgeräuschs.

Die Schüsse lenkten ihn von Liekes Zustand ein wenig ab und riefen den Instinkt hervor, der ihm als Polizist schon mehr als einmal das Leben gerettet hatte. Ohne seine lebensverlängernden Maßnahmen zu unterbrechen, zwang er sich, durch die umgefallenen Tische und Stühle weitgehend geschützt, den Blick auf die Straße zu richten.

»Jeder noch so kleine Hinweis ist wichtig, um diese Arschlöcher, diesen Abschaum zu schnappen ...«, redete er sich ein, denn sein Hass gegen die Täter war bereits jetzt unglaublich groß und seine Augen wurden zu kleinen Schlitzen. »Diese verdammten ...«

Zwanghaft versuchte er, sich alle Eindrücke unwiderruflich in die Festplatte seines Gehirns einzuprägen. Er hatte sein Zeitgefühl verloren, aber er wusste von früher, professionelle Banden arbeiteten mit der Präzision eines Schweizer Uhrwerks. Also konnten die drei Minuten, die die Gangster laut dem Ausruf eines ihrer Mitglieder noch gehabt hatten, nicht ganz verstrichen sein, auch wenn es ihm wie eine Ewigkeit vorkam. Immer noch hörte er die ihm durch Mark und Bein gehende Stimme des Gangsters, der bisher das Wort geführt hatte, also dem Mann mit dem roten Tuch und dem braunen Teint am Arm, dessen Gesicht er vor lauter Aufregung zu Beginn nicht richtig gesehen hatte. Und wenn es ihm als Ex-Cop schon so gegangen war, hegte er wenig Hoffnung, dass es bei anderen Augenzeugen anders war. Seine Sicht spielte vor Aufregung verrückt und vor lauter Anstrengung sah er kleine, flimmernde Sternchen. Aber dann zwang er sich regelrecht dazu, vollkommen präsent zu sein, was im Unterbewusstsein Wunden hinsichtlich seines alten Berufs aufriss.

Keine Schwäche, redete er sich Mut zu, keine noch so kleine Schwäche. Für Lieke! Und für mich! Für uns! Für unsere Zukunft!

Dann sah er gerade noch, wie die Gangster die Aktion beendeten und flüchteten. Vor dem Heineken Laster stand inzwischen wie von Zauberhand ein schwarzer Audi A 8, der, vollgepackt wie ein Kleinbus mit vermummten und schwarz gekleideten Gestalten, einen regelrechten Kavaliersstart mit quietschenden Reifen hinlegte. Wo kam denn dieses Auto her? Bei diesem Aufwand handelte es sich beinahe um eine militärische Aktion großen Ausmaßes. Verzweifelt versuchte Freddy, die Anzahl der Köpfe in dem Auto zu zählen. Doch dazu war das Auto bereits zu weit entfernt und sein Sichtwinkel war ungünstig. Aber es handelte sich um mindestens sieben Personen, so viel stand fest. Vielleicht auch acht, sollte sich einer der Bande hinter den Vordersitzen am Boden zusammengekauert haben oder aber in einen dafür extra präparierten Kofferraum gestiegen sein. Das schwarze Gefährt beschleunigte gefühlt innerhalb von 7 Sekunden auf 100 Kilometer und verschwand wie ein Blitz aus seinem Gesichtsfeld. Bei den hiesigen Straßenverhältnissen war das kein ungefährliches Unterfangen und sprach für die Ortskenntnisse der Gangsterbande.

Wo wollen die nur hin?, fragte sich Freddy und legte sich eine geistige Karte der Gegend zurecht, die aber so verwinkelt und verschachtelt war, dass es beinahe unendlich viele Möglichkeiten gab, sich zu verkrümeln.

Auf jeden Fall Richtung Autobahn, um Abstand zwischen sich und den Tatort zu bringen. Oder hatten die Gangster ganz in der Nähe ein Versteck, in dem sie sich eine Weile verkriechen würden, bis sich der erste Staub gelegt hatte? Dann folgte plötzlich der nächste Schock. Es gab eine gigantische Explosion, die seine Ohren nicht nur für einige Sekunden lang betäubte, sondern deren Schockwellen geradezu durch seinen Körper fluteten. Automatisch wandte er seinen Kopf nach links. Dort sah er einen orangefarbenen Feuerball. Die schwer bewaffneten Kriminellen hatten das zweite Auto aller Wahrscheinlichkeit nach per Zeitzünder in die Luft gesprengt.

Das sind Vollprofis, dachte er, als er aus den Augenwinkeln die brennende schwarze Luxuslimousine sah. Die wollen keine Spuren hinterlassen und gehen dafür über Leichen. Bei so einer Detonation kommt es höchstwahrscheinlich zu Kollateralschäden.

Von jetzt an zog sich jede Sekunde wie eine kleine Ewigkeit dahin. Er hatte den Eindruck in der Hölle zu schmoren und konzentrierte sich wieder auf Lieke. Zu seinem Schrecken schien sie schwächer zu werden. Nur noch schnelle ärztliche Hilfe konnte sie vor dem sicheren Tod bewahren. Freddys einziger Trost war, dass sich die Polizeistation in der Nähe befandund Hilfe deswegen sicher schnell eintreffen würde. Dennoch waren es die längsten Minuten seines Lebens, bis tatsächlich medizinische Hilfe vor Ort war.

Als Freddy zwei Stunden später im futuristisch anmutenden Glasgebäude der Polizei in Nieuwezijds Voorburgwal 35 saß, fühlte er sich nicht nur um Jahre gealtert, sondern niedergeschlagen wie seit den schwersten Tagen seiner Erkrankung nicht mehr. Er saß in einem Büro, das einem überregionalen Team der Kriminalpolizei zur Verfügung gestellt worden war. Aus dem Fenster des 5. Stocks sah er hinunter auf die Autoschlangen und die Trams, die sich unermüdlich ihren Weg durch die Heerscharen von Touristen und Einheimischen pflügten. Was würde er dafür geben, alles ungeschehen machen zu können? Alles, wenn er ehrlich war. Wirklich alles!

Der ihm gegenübersitzende Kommissar gehörte noch der alten Schule an und schaute bereits freudig dem herannahenden Ruhestand entgegen. Er war knapp sechzig Jahre alt und hatte volles, graues, gelocktes Haar, das sein Gesicht ein wenig an Blumenkohl erinnern ließ. Der Gesichtsfarbe nach zu urteilen, hatte Herr Nijland wahrscheinlich extrem hohen

Bluthochdruck, was durch die hässliche, braunorangene Farbe seines Sakkos noch unterstrichen wurde. Darunter trug er ein blaues Hemd, das er vollständig zugeknöpft trug. Trotz des Abstands zwischen ihm und Freddy, der durch einen ausladenden Funktionsschreibtisch hergestellt wurde, konnte er deutlich den penetranten Zigarettengeruch riechen, der zu ihm herüberwehte. Der Kommissar gehörte also der aussterbenden Sorte der Raucher an und machte daraus auch kein Geheimnis.

An der Singel war Freddy zwei Stunden vorher tausend Tode gestorben, bis Lieke endlich von den Rettungssanitätern versorgt worden war. Diese hatten ihn sofort höflich, aber bestimmt, zur Seite geschoben und begonnen, Lieke Erste Hilfe zu leisten, doch er war ihr nicht von der Seite gewichen, bis sie tatsächlich im Krankenwagen lag. Den wenigen Hinweisen nach, die Freddy den Wortwechseln der Sanitäter entnehmen konnte, war sie schwer verletzt worden, es sah aber nicht völlig hoffnungslos aus. In der Quintessenz war klar, dass sie zumindest eine Chance zu überleben hatte, aber sicher war nichts.

»Sind Sie ein Angehöriger dieser Frau?«, hatte ihn der stämmige Rettungssanitäter mit dem kahl rasierten Schädel gefragt.

Freddy hatte wahrheitsgemäß verneint, wollte sich aber automatisch mit in das Rettungsfahrzeug hineindrängen, um Lieke zur Seite zu stehen.

»Nein, wenn Sie nicht verwandt sind, dürfen Sie nicht mitfahren!«

Meister Propper hatte ihm dann kurz entschlossen die Tür vor der Nase zugeschlagen, bevor der Krankenwagen mit Blaulicht losraste.

»Inspektor Nijland, Polizei«, hatte ihn daraufhin der Mann mit dem Blumenkohlgesicht angesprochen, der ihm jetzt gegenüber saß und einen etwas verlorenen Eindruck machte. »Haben Sie den Überfall beobachtet?«, hatte die typische Frage gelautet, während er sich eine Zigarette mit einem blauen Einwegfeuerzeug anzündete.

»Ja. Ich war dabei, als der Überfall passierte. Ich habe einiges gesehen, aber zuerst möchte ich unbedingt wissen, wie es meiner Freundin geht und …«

Doch der Inspektor hatte routiniert abgewunken – lass stecken, ich weiß, was du willst.

»Sie können ihre Freundin am meisten unterstützen, wenn Sie uns helfen, die Verbrecher zu fangen. Warten Sie bitte hier und gehen Sie auf keinen Fall weg. Ich bin sofort wieder bei Ihnen.«

Aus diesem Sofort waren in Freddy Innerem sich endlos hinziehende Minuten geworden, die einer kleinen Ewigkeit glichen.

Freddy hatte in der Zwischenzeit Liekes Tasche gefunden, die achtlos auf dem Boden lag. Als er sie ein wenig ungeschickt hochgehoben und dabei ein wenig schräg gehalten hatte, war zu seinem großen Schrecken eine Pistole herausgefallen. Zuerst hatte Freddy das Ganze für ein Produkt seiner überhitzten Fantasie gehalten und wollte die Tatsache einfach ignorieren. Doch sie lag ohne jeglichen Zweifel auf dem Boden. Es handelte sich um eine völlig neu aussehende Pistole der Marke Walther aus süddeutscher Produktion.

Verdammt, was ist denn hier los?, hatte Freddy sich beinahe verzweifelt gefragt, ob er nicht vielleicht doch unter Halluzinationen litt.

Aber die Waffe hatte direkt vor ihm auf dem Boden gelegen und war eindeutig keine Einbildung seinerseits gewesen.

»Ich denke, wir sollten uns mal ein wenig eingehender auf dem Polizeirevier unterhalten«, hatte ihn Nijlands Stimme, die hinter seinem Rücken ertönt war, beinahe zu Tode erschreckt.

Hatte der Typ ihn etwa die ganze Zeit beobachtet oder handelte es sich um einen Zufall?

»Sie scheinen mir ein interessanter Zeuge zu sein«, fuhr der Polizist in gleichgültigem Ton fort. »Und die Pistole rühren Sie nicht an, verstanden?«

Die Frage hatte scharf geklungen. Jetzt hatte Freddy keine Gelegenheit mehr gehabt, die Waffe zu verstecken. In seinem Kopf lagerten in etwa eine Million Fragezeichen. Was, verdammt noch mal, hatte eine funktionstüchtig aussehende Waffe in Liekes Handtasche zu suchen? Wieso nahm sie dieses Ungetüm zu einem Date mit ihm mit? Waren die Waffe und der Überfall zwei nicht miteinander verbundene, aber synchron stattfindende Ereignisse? Oder gab es doch einen Zusammenhang, was Freddy sich beim besten Willen nicht vorstellen konnte. Die Geschichte war für ihn so absurd wie unglaublich und er wollte Lieke eine Menge Fragen dazu stellen.

Das klingelnde Diensttelefon riss Freddy plötzlich aus seinen Überlegungen. Nijland hob nach dem zweiten Läuten ab, meldete sich kurz mürrisch und kurz angebunden, hörte aufmerksam zu, bevor sich seine Miene schlagartig verfinsterte. Zum Abschied schnaubte er einmal kräftig in den Hörer, den er anschließend mit Schwung auf die Telefongabel warf.

»Hm, Herr Walz, meine Kollegen von der Technik haben die bei ihrer Freundin gefundene Waffe bereits einer ersten kriminaltechnischen Untersuchung unterzogen. Es handelt sich um eine fabrikneue, gebrauchsbereite Pistole.«

Freddy hielt vor Spannung einige Sekunden lang die Luft an. Das durfte doch nicht wahr sein.

»Das ist ein mysteriöser Umstand«, fuhr der Kommissar fort. »Beinahe verdächtig, würde ich sagen. Auf jeden Fall erklärungsbedürftig. Und Sie wissen wirklich nicht, wieso oder wofür Ihre Freundin Lieke van Dijk eine geladene Waffe mit sich herumträgt?«

Möglichst unauffällig schluckte Freddy, als ob das als Schuldeingeständnis verstanden werden könnte.

»Nein, ich habe wirklich nicht die geringste Ahnung«, antwortete er wahrheitsgemäß und blickte in Nijlands graugrüne Augen, deren müder Ausdruck durch die herunterhängenden Lider und die schwarz unterlaufenenTränensäcke noch unterstrichen wurden. »Es war mir überhaupt nicht bewusst, dass Lieke eine Waffe besitzt. Ich weiß nicht einmal, ob sie schießen kann oder nicht. Was sie mit einer scharfen Waffe wollte, entzieht sich meiner Kenntnis. Obwohl ich nichts sagen möchte, was Lieke in irgendeiner Form schaden könnte, weiß ich wirklich nicht mehr. Für mich ist dieser Sachverhalt ebenso fragwürdig und unbefriedigend, wie für Sie. Aber ehrlich gesagt, ist das für mich momentan zweitrangig. Lieke kämpft ums Überleben. Wir alle wissen nicht, ob sie jemals wieder völlig gesund wird. Sie ist doch das Opfer des Überfalls und nicht die Täterin. Und sobald es ihr wieder besser geht, wird sie sicherlich eine plausible Erklärung für die Waffe liefern. Sie werden sehen. Glauben Sie mir.«

Nijlands Gesichtsausdruck glich trotz des eifrigen Plädoyers demjenigen aller Polizisten, die diese seit Jahrhundert beinahe überall auf der Welt zur Schau stellten. Undurchdringlich, unzufrieden, aber auf das Opfer lauernd.

»Haben Sie denn sofort erkannt, dass es sich um eine funktionstüchtige Waffe handelt, als sie auf den Boden gefallen ist, Herr Walz? Ich meine, bei den heutigen Nachbildungen ist es nicht immer leicht zu erkennen, ob es sich um ein Original oder eine gut gemachte Kopie einer Waffe handelt.«

Für den Bruchteil einer Sekunde wägte Freddy seine Antwort ab, sah dann aber die Sinnlosigkeit seines Unterfangens ein, zu lügen, um Lieke schützen zu wollen. Außerdem weigerte er sich zu akzeptieren, dass sie überhaupt des Schutzes bedurfte. Dieses wunderbare Wesen hatte nichts falsch gemacht, da war er sicher und das Missverständnis würde sich bald von alleine auflösen. Erstens würde Nijland alles über ihn in Erfahrung bringen und zweitens gab es hoffentlich nicht die geringste Notwendigkeit zu lügen, da Liekes Gewissen sicherlich so blütenweiß wie ein frisch gestärktes Hemd war.

»Ja, Herr Kommissar, ich war mir sofort ziemlich sicher, dass es eine scharfe Waffe war. Allerdings muss ich Ihnen recht geben. Bei den heutigen Nachbildungen ist das manchmal schwer zu beurteilen, ohne die Pistole untersucht zu haben.«

»Ah, Sie verfügen also über Erfahrungen mit scharfen Waffen? Habe ich das richtig herausgehört? Oder warum waren Sie so sicher?«

Trotz der belastenden Ereignisse unterdrückte Freddy ein Schmunzeln, denn zum ersten Mal in seinem Leben war er der Verhörte, während er es früher gewesen war, der die Zeugen nach verwertbaren Informationen ausquetschte.

»Ich kenne mich mit Waffen aus. Das gehörte zu meinem Beruf dazu. Ich war viele Jahre Ermittler beim Landeskriminalamt in Berlin. Insofern sind wir beinahe Kollegen. Äh, Ex-Kollegen«, fügte er hinzu, um keine unnötigen Missverständnisse aufkommen zu lassen. »Ich habe den Dienst nach weit über einem Jahrzehnt quittiert. Aus gesundheitlichen Gründen«, sagte er schließlich, ärgerte sich kurz, mehr preisgegeben zu haben als nötig, sah es aber auch nicht ein, aus seinem Leben gegenüber Nijland ein Geheimnis zu machen.

Nijlands Gesicht hätte nicht ausdrucksloser aussehen können, wenn er gesagt hätte, als Kind wollte er unbedingt Lokomotivführer oder Astronaut werden. Der niederländische Kommissar ging zu seiner Überraschung sehr zurückhaltend mit den ihm anvertrauten Informationen um und enthielt sich auch mimisch jeder Wertung.

Dann folgten einige für Freddy vollkommen verständliche Fragen zum Beziehungsstatus zwischen Lieke und ihm, die er alle nach bestem Wissen und Gewissen beantwortete. Dabei wusste Freddy manchmal selbst nicht genau, wie er auf die Fragen antworten sollte, da zwischen Lieke und ihm ja so vieles noch im Fluss war. In Sachen Beziehung waren zwischen Lieke und ihm die meisten Dinge bisher unausgesprochen geblieben. Erst das letzte Treffen hatte den Knoten in dieser Sache gelöst und dennoch war er im Prinzip immer noch unsicher, was die zwischenmenschliche Zukunft zwischen seiner Freundin und ihm betraf.

»Ich gehe davon aus, dass Sie über die Familienverhältnisse Ihrer Freundin Bescheid wissen«, bohrte Nijland weiter, was Freddy zeigte, dass er den etwas unbeholfen und ungelenk wirkenden Kommissar nicht unterschätzen sollte. »Die Familie van Dijk ist sehr wohlhabend. Um genau zu sein, könnte ich auch steinreich sagen.«

Zum ersten Mal, seit er ihn kennengelernt hatte, umspielte ein Lächeln seine Lippen, aber es war klar, dieses basierte auf reinem Zynismus. Nijland suchte etwas in seiner Schreibtischschublade und platzierte einen blauen Aschenbecher auf die Mitte des Schreibtischs.

»Ja. Die materielle Sorgenfreiheit ihrer Familie hat Lieke dezent angedeutet. Sie ist ein sehr offener und ehrlicher Mensch. Aber ich habe auch von anderer Seite inzwischen häufig gehört, wie wohlhabend die Familie van Dijk ist, um das einmal wenig sensationsheischend und gemäß gehobener Gesellschaftskonventionen zu formulieren. Ich habe in Amsterdam einen guten Freund, der mit den Kreisen der oberen Zehntausend gut vernetzt ist. Dabei handelt es sich um den bekannten Rechtsanwalt Rudy van Jong. Rudy hat mir gegenüber ab und zu erwähnt, was für eine gute Partie Lieke ist.«

Über Nijlands Gesicht huschte ein Hauch des Erstaunens, der sich in einer minimalen Anhebung der rechen Augenbraue zeigte.

»Oh, Sie überraschen mich in der Tat. Das ist beachtlich. Sie kennen also tatsächlich den bekannten Amsterdamer Rechtsanwalt Rudy van Jong. Sind Sie mit ihm befreundet?«

Natürlich spielte es für den Fall keine Rolle, wen Freddy

alles kannte, aber er konnte die Fragetechnik Nijlands gut nachvollziehen, denn manchmal ergaben sich aus scheinbaren Nebensächlichkeiten interessante Spuren für den Fall.

»Ich bin seit langer Zeit mit Rudy befreundet. Seit meinem rechtswissenschaftlichen Studium, um genau zu sein. Wir sind uns damals in der juristischen Fakultät über den Weg gelaufen.«

Nijland schmunzelte.

»Hm. Ach so. Das ist interessant«, behauptete er. »Und die Freundschaft zwischen Rudy und Ihnen hat über so viele Jahre gehalten? Das finde ich erstaunlich, aber auch sehr schön.«

Natürlich war ihm klar, auf was Nijland hinauswollte, also musste er nachlegen.

»In der Tat sind wir bis heute gute Freunde geblieben«, erwiderte er. »Rudy und ich sind inzwischen auch beruflich miteinander verbandelt. Ich übernehme für seine Sozietät an der Prinsengracht ab und zu Fälle, die deutsche Touristen betreffen.«

Nijland zündete sich dezent eine Zigarette an und kippte das Fenster. War so etwas in diesem Gebäude überhaupt gestattet? Nijland schien sich aber keine Sorgen um seine Pension zu machen. Präziser wollte er nicht werden, aber natürlich fasste Nijland sofort nach.

»Dann besitzen Sie also eine Zulassung, die Ihre Arbeit vor Gericht hier ermöglicht?«

Fuck – Nijland war also überhaupt nicht auf den Kopf gefallen, wie er am Anfang gedacht hatte, was aber auch klar war, denn sonst würde er ihm nicht in dieser Funktion gegenübersitzen. Der Kommissar zündete sich dezent eine Zigarette an. War so etwas in diesem Gebäude überhaupt gestattet? Nijland schien sich jedenfalls keine Sorgen um seine Pension zu machen.

»Ich habe in Deutschland ein Jurastudium mit Auszeichnung abgeschlossen und bin in Herrn van Jongs Kanzlei tätig«, nahm er seinem Gegenüber den Wind aus den Segeln, in der Hoffnung, nun ohne weitere Details auskommen zu können.

Aber tatsächlich lag der Hase dort im Pfeffer begraben, wo der Kommissar nachhaken wollte, denn sein juristischer Status vor einem niederländischen Gericht war noch nicht abschließend geklärt, da seine bisherigen Fälle gar nicht bis zu einer Gerichtsverhandlung gediehen waren. Rudy ging davon aus, dass er im Falle eines Falles ohne Probleme vor Gericht auftreten konnte. Doch sicher war das mitnichten. Nachdenklich kaute Nijland auf einem Bleistift herum, wechselte dann wieder zur Kippe zurück und schien für den Augenblick nicht wirklich weiter zu wissen.

Was zur Hölle hast du mit der Pistole in der Tasche vorgehabt?, fragte Freddy innerlich die nicht anwesende Lieke inzwischen schon zum mindestens hundertsten Mal. Wieso bringst du eine scharfe Waffe zu einem Treffen mit mir mit? Hat sich der Überfall rein zufällig ereignet oder bist du …?

Weiter kam er nicht, denn den letzten Gedanken wollte er gar nicht aufkommen lassen. Also war es besser, weiter zu reden, auch auf die Gefahr hin, dass Nijland ihn für unprofessionell hielt, weil er wie ein Springbrunnen ungefragt Informationen preisgab.

»Rudy fragt meine Expertise in Fällen mit deutschen Touristen an«, eierte er deshalb weiter um seinen ungeklärten Status als Assistent Rudys herum. »Das gibt den Angeklagten ein Gefühl der Sicherheit. Sie fühlen sich bei einem Deutschen am besten aufgehoben. Sie kennen doch die Eigenheiten meiner Landsleute. Meistens kommen die Fälle aber gar nicht zur Verhandlung, da sie im Vorfeld bereits eingestellt werden.«

Der Kommissar fasste an diesem Punkt zu seiner Überraschung nicht nach. Überhaupt wusste der Kommissar offensichtlich nicht wirklich, in welche Richtung er das Verhör denn drehen sollte. Er tippte mit dem abgekauten Bleistift unentschlossen auf die Schreibtischplatte und machte ein Gesicht, als ob ihm grauenhaftes Sodbrennen zu schaffen machte, was bei Freddy trotz aller Angespanntheit zu einem witzigen Gedankengang führte.

Der sieht Febo Automaten öfter als die heimische Küche, dachte er also ein wenig bösartig, nicht zuletzt, um den Kopf wieder frei zu kriegen und die Angst in den Hintergrund zu verbannen. Nijland drückte zerknirscht die Kippe aus und wedelte den Rauch ein wenig zur Seite.

»Herr de Jong genießt in Amsterdam ein hohes Ansehen. In den ganzen Niederlanden eigentlich«, behauptete der rotgesichtige Kommissar in einem Tonfall, als ob er sich beinahe wundern würde, dass jemand wie Rudy de Jong, sich mit Freddy überhaupt abgab.

Es folgte eine neuerliche Pause, bei der Freddy dem Kommissar beinahe beim Denken zusehen konnte. Doch solche Eindrücke konnten täuschen. Er nahm sich dennoch vor, das Schicksal dieses Falls nicht allein in dessen Händen zu legen. Hier war er selbst gefordert, das war klar. Um Liekes willen, um seiner selbst willen und um ihrer beider Willen.

»Wurden Sie denn bereits in die Familie van Dijk eingeführt?«, schien der holländische Kommissar einen neuen Einfall zu haben, der sich aber wieder nicht auf die Tat selbst, sondern auf seine persönlichen Umstände in der neuen Heimat bezog.

Die Formulierung hörte sich in seinen Ohren ein wenig unangenehm an, aber er hätte denselben Sachverhalt an Nijlands Stelle auch gefragt, wenn auch mit gewählteren Worten.

»Nein, das war noch nicht der Fall«, antwortete er wahrheitsgemäß. »Aber Lieke hat mir heute mitgeteilt, dass sie mich ihrer Familie beim 85. Geburtstag ihres Vaters vorstellen wollte. In drei Monaten etwa. Das genaue Datum ist mir gerade entfallen.«

Kritisch runzelte Nijland die Stirn und schien mit seinem Latein am Ende zu sein.

»Ach ja, wirklich?«, war alles, was ihm einfiel. »Das klingt in meinen Ohren, als ob Lieke und Sie sich hinsichtlich ihres Beziehungsstatus noch nicht richtiggehend sicher waren.«

Freddy zog es vor, zu schweigen und nickte lediglich. Es war nicht seine Aufgabe, den Kommissar über Gebühr bei seiner Arbeit zu unterstützen und alle Gefühlseinzelheiten, die nur ihn und Lieke etwas angingen, offenzulegen. Gleichwohl würde er selbst alles dafür tun, um die Schwerverbrecher dingfest zu machen. Um Lieke zu rächen, und ihr Gerechtigkeit widerfahren zu lassen. Lieke! Das war überhaupt das Stichwort. Verdammt! Sie saßen hier herum und führten ein Verhör, das sich im Kreis drehte, während Lieke in Lebensgefahr schwebte, und er nichts für sie tun konnte.

»Haben Sie neue Informationen über Liekes Gesundheitszustand erhalten?«, drehte er das Frage-Antwort-Spiel um. »Es muss doch inzwischen bereits Neuigkeiten aus dem Krankenhaus geben. Wissen Sie etwas? Bitte sagen Sie es mir unbedingt ...«

Überrascht blickte Nijland ihn mit dem traurigen Blick eines Dackels an, den die Familie zu Beginn der Sommerferien an der Autobahn aussetzte, weil die Transportkosten, Impfungen und so weiter für einen Aufenthalt des Tieres im Ausland viel zu hoch waren.

»Nein«, antwortete der Kommissar. »Aber sie wird im Krankenhaus gut versorgt. Zum Glück wurde durch den Schuss keine Arterie getroffen, sonst wäre Frau van Dijk schon längst nicht mehr am Leben. Aber nach meinem letzten Kenntnisstand, trauen die Ärzte sich keine eindeutige Prognose zu. Ihr Zustand ist ernst, aber im Augenblick stabil. Wir können nur hoffen.«

Freddy atmete erleichtert auf, immerhin bestand keine akute Lebensgefahr mehr. Dann senkte sich eine unangenehme Stille über das Dienstzimmer. Unverdrossen blickte Nijland auf den Bildschirm seines PCs. Doch auch dort schien er keine Antworten zu finden.

»Okay, Herr Walz«, schien Nijland nun die Kurve kriegen zu wollen. »Offen gestanden werde ich aus Ihnen und Ihrer Freundin nicht recht schlau. Bitte verstehen Sie das nicht falsch. Wir erheben weder gegen Sie noch gegen Frau van Dijk irgendwelche Anklagen oder Beschuldigungen. Dennoch werden wir die Frage beantworten müssen, was sie mit der scharfen Waffe in ihrer Handtasche wollte.«

Es hätte keinen Sinn gehabt, an dieser Stelle zu widersprechen oder den Ahnungslosen zu mimen. Diese Frage trieb ihn mindestens genauso um, wie den werten Kommissar Nijland. Immerhin war sein Interesse daran persönlicher und nicht beruflicher Natur. Was hatte Lieke nur mit der Waffe …?

»Kann ich dann jetzt gehen?«, fragte Freddy, denn er spürte allzu deutlich, dass sich das Verhör festgefahren hatte und es für beide eine Erleichterung wäre, das Ganze zügig zu beenden.

Inzwischen hatte er dem Kommissar mehrfach minutiös den Tatablauf dargestellt und sich dann eingehend allen Fragen gewidmet, die sich mit seiner Person beschäftigten. Nijlands Gesicht wurde noch eine Spur röter als ohnehin schon, und er wand sich auf seinem Stuhl wie ein alter, müder Aal.

»Nun, Herr Walz, dann ist es an der Zeit, dieses Treffen zu beenden«, hob er in offiziellem Ton an und fummelte an der Zigarettenpackung herum. »Bitte verlassen Sie vorläufig nicht das Land. Wir besitzen Ihre Kontaktdaten und Sie die unseren und ich bitte Sie eindringlich, mich umgehend zu benachrichtigen, falls Ihnen doch noch weitere Details zum Überfall oder allem, was dazu gehört einfallen. Im Moment steht es Ihnen jedoch völlig frei, zu tun oder zu lassen, was Sie möchten, aber ich bestehe darauf, stets über Ihren aktuellen Aufenthaltsort informiert zu werden. Haben Sie verstanden?«

»Ich habe nicht vor, Amsterdam beziehungsweise die Niederlande in der nächsten Zeit zu verlassen«, antwortete er wahrheitsgemäß und Nijland nickte zufrieden.

Dann stand Freddy langsam auf, nickte dem Kommissar abschließend zu und bewegte sich Richtung Ausgang, wurde aber kurz davor zurückgehalten.

»Wissen Sie, Herr Walz, die scharfe Waffe lässt mir keine Ruhe«, setzte Nijland dann doch noch einmal an. »Wenn ich ganz ehrlich bin, würde ich sagen, die Vermutung, dass Frau van Dijk und Sie als Abdecker bei einem höchst professionell geplanten, aber schlampig durchgeführten, schweren Raubüberfall mitgewirkt haben, liegt nahe. Da gibt es kein Vertun.«

Diese als Botschaft getarnte Anklage traf ihn wie ein Faustschlag, auch wenn sie aus kriminalistischer Sicht ihre volle Berechtigung hatte. Bei einem Rollentausch würde er ähnliche Schlussfolgerungen, respektive Überlegungen ziehen, keine Frage.

»Aber«, ließ der Niederländer seinen Gedanken weiteren Lauf, »die Familie van Dijk ist für uns zunächst über jeglichen Zweifel erhaben, um das ganz klar zu sagen. Da gibt es nichts, aber auch nicht das Geringste, was für eine Tatbeteiligung sprechen würde. Im Gegenteil, eine solche Annahme scheint mehr als absurd zu sein.«

Nijland ließ den Blick für einen Augenblick auf Freddy ruhen, der bereits die Türklinke in der Hand hielt, sie aber noch nicht nach unten gedrückt hatte.

»Und Ihnen, Herr Walz, traue ich ehrlich gesagt auch keine Beteiligung bei einem Raubüberfall zu. Dafür sind Sie nicht der Typ und …«

Autsch, das saß, auch wenn das Ganze wie ein billiger Inspektor Columbo Abklatsch wirkte. Es war zweifellos eine anmaßende Bemerkung. Ein weiteres Nicken folgte, und er durfte endlich seiner Wege ziehen, was auch sehr gut so war. Denn am liebsten wäre er dem Polizisten nach dessen letzter Aussage an die Gurgel gesprungen. Seine Einschätzung bezog sich bestimmt auf seine Krankheit! Frechheit! Was erlaubte er sich, ihm wegen seiner psychischen Erkrankung, die er in aller Offenheit während des Verhörs geschildert hatte, nicht einmal die Fähigkeit zusprechen zu wollen, bei einem Raubüberfall als Aufpasser mitzumachen? Am liebsten hätte er dem Kommissar auf der Stelle gezeigt, wozu er alles in der Lage war. Nur, das hätte weder Lieke noch ihm kein bisschen weitergeholfen.

6.

Nähe Bahnhof Centraal

Als Freddy nach dem ermüdenden Verhör vor der Polizeistation stand, stopfte er die zu Fäusten geballten Hände in die Hosentaschen und atmete tief durch. Klar war das unangenehm gewesen, aber all seine persönlichen Befindlichkeiten spielten vor dem Hintergrund von Liekes Leben, das an einem seidenen Faden hing, eine untergeordnete, beinahe lächerliche Rolle. Und dennoch war es ihm erheblich gegen den Strich gegangen, von diesem Kommissar Nijland, einem internationalen ehemaligen Kollegen, zumindest indirekt als psychisch schwach und angeschlagen charakterisiert zu werden. Ha, als ob er nicht in der Lage wäre, einen Raubüberfall zu planen und durchzuführen, oder dabei mitzumachen. Bei all dem Wissen, das er besaß. Ihn ärgerte nach wie vor Nijlands »Freispruch«, nichts mit dem Überfall zu tun gehabt zu haben, da er wegen seiner vergangenen Krankheit keine Grundlage dazu sah. So etwas noch von einem Kollegen, dem er nicht einmal zutraute, morgens auf Anhieb seine Zigarettenpackung und sein Feuerzeug für den ersten Sargnagel des Tages zu finden. Na, diesem Typen würde er noch zeigen, wozu er, Freddy Walz, alles in der Lage war. Jetzt war es ohnehin äußerst wahrscheinlich, dass er mit Nijland für längere Zeit in Kontakt bleiben und diesen häufiger treffen musste. Aber einen Fehler würde er nicht machen: Den Mann aufgrund seines Erscheinungsbildes unterschätzen. Der verstand ganz sicher sein Handwerk. Auch wenn es auf den ersten Blick schwerfiel, das zu glauben.

Er bog nach rechts Richtung Hauptbahnhof Centraal ab, ohne ein festes Ziel zu haben. Die Sonne vergoldete den glutroten Backsteinbau des Amsterdamer Hauptbahnhofs. Hunger war und blieb ihm in dieser angespannten Situation ein Fremdwort. Nach Geselligkeit war ihm auch nur bedingt zumute. Aber einfach nach Hause zu gehen, als ob nichts geschehen sei, schien ihm schlicht ein Ding der Unmöglichkeit zu sein. Er wusste genau, dass er sich dann nur selbst quälen, Vorwürfe machen und zerfleischen würde. Einsamkeit war in einer Extremsituation wie dieser, pures Gift.

Vielleicht würde ihn ein kleiner Spaziergang durch das, was von der einstmals so prächtigen Altstadt geblieben war, ein wenig ablenken. Die schönen Grachten, die alten Gebäude, jede Menge Menschen, aber auch Prostituierte, die in verglasten Türeingängen standen und ihre Körper zum Kauf feilboten. Die Liebesdamen erfreuten sich bei zahlreichen männlichen Kunden aus aller Herren Ländern immer noch großer Beliebtheit. Freddy taten die Frauen hingegen leid. Mehrfach hatten Insider aus Amsterdam ihm versichert, viele der Frauen würden den Job freiwillig ohne Zwang machen, wären also selbstbestimmte Unternehmerinnen. Selbst wenn dem so war, gab es immer noch viel zu viele, die von Männern schamlos ausgenutzt und wie Sklavinnen behandelt wurden. Leider hatten viele Männer nicht dieselbe Einstellung wie er und je später der Abend, umso intensiver schoben sich die am käuflichen Sex interessierten Männer durch die engen Gassen und musterten dabei jedes einzelne Schaufenster ganz intensiv, ob etwas dabei war, was ihren Geschmack ansprach. Diese Szenen erinnerten Freddy manchmal an eine Fleischbeschau aus dem landwirtschaftlichen Bereich. Dabei ging es doch hier um Menschen. Menschlicher beziehungsweise unmenschlicher ging es kaum.

Aber es war möglich, das Rotlichtviertel auch selektiver zu besuchen. So konnte er sich bei der Oude Kerk, der ehemaligen Feuerwache Amsterdams, die damals in den 80er- und 90er-Jahren schlimme Zeiten durchgemacht hatte, als sie als Treffpunkt für die europäische Heroinszene herhalten musste und dafür heute umso schöner und glanzvoller erstrahlte, in einer ihm bekannten und überwiegend von Amsterdamern besuchten Kneipe niederlassen und ein oder zwei Biere trinken, um sich ein wenig dem Vergessen hinzugeben und sich von der ganzen Misere abzulenken. Doch anstatt rechts in das Gewirr der kleinen Gassen und der früher einmal äußerst stattlichen Pakhuis an den Grachten einzuschlagen, ging er einfach weiter geradeaus. Er würde bei der Prins Hendrikkade herauskommen und sich dann zu einer Entscheidung durchringen müssen, was ihm gerade wirklich schwerfiel. Er war innerlich sehr bewegt und zugleich äußerst erregt. Seine Unentschlossenheit gefiel ihm nicht, denn sie rief böse Erinnerungen an seine Krankheit herauf. Es war einfach unglaublich, was der Geist mit einem körperlich vollständig gesunden Menschen anstellen konnte. Und die Erkrankung war so plötzlich aufgetaucht wie eine Krebserkrankung oder ein Herzinfarkt für so viele seiner Zeitgenossen. Freddy hatte sich zu Beginn des Burnouts immer tiefer in die Arbeit vergraben und dadurch von weiten Bereichen der Außenwelt abgeschottet. Er hatte damals das Gefühl, nur dann etwas wert zu sein, wenn seine Arbeit erfolgreich verlief. Dabei hatte er völlig übersehen oder unbewusst ausgeblendet, dass die Arbeit für einen Polizisten niemals enden würde, egal, wie vehement er sich als Vertreter der Staatsmacht den Verbrechern und dem Verbrechen entgegenstellte. Aber für ihn zählte in diesen Augenblicken nur noch der kollegiale Schulterklopfer »Gut gemacht!«, »Weiter so!«, und »Ohne unseren Freddy wüssten wir gar nicht, was wir machen sollten«. Das anerkennende Verhalten der Kollegen hatte ihm zu dieser Zeit mehr bedeutet als eine Umarmung von Monique oder seinen Kindern. Deshalb hatte er auch bald nur noch seine Arbeit gekannt und sich von der Familie abgewandt, ohne auch nur ansatzweise absehen zu können, welche fatalen Folgen das einmal haben würde. Dabei liebte er seine Kinder Sophie und Malte von ganzem

Herzen. Sie waren sein Ein und Alles. Doch er hatte sich in dieser Phase seines Lebens mit Leib und Seele dem Kampf gegen das Verbrechen verschrieben und vor der staatlichen und staatstragenden Notwendigkeit der Aufgabe mussten die banalen Bedürfnisse der eigenen Familie hintenanstehen. Denn die Familie war ja da und wieso um alles in der Welt sollte sie plötzlich nicht mehr da sein? Sie war etwas natürlich Gewachsenes, und ihm war nicht in den Sinn gekommen, dass sich daran jemals etwas ändern konnte, auch nicht, wenn er nicht mehr bereit war, emotional und zeitlich in die Familie zu investieren. Das waren unglückliche Umstände, die sich bitter rächen sollten.

In diese düsteren Erinnerungen versunken spürte er, wie plötzlich das Handy in seiner Hosentasche vibrierte. Das konnte doch nicht wahr sein! Konnte Nijland ihn nicht einmal ein paar Minuten in Ruhe seinen Gedanken überlassen? Musste er ihn jetzt, quasi direkt nach dem Verlassen der Polizeistation, direkt erneut kontaktieren? Oder war es das Krankenhaus, das ihm die Todesnachricht von Lieke überbringen würde? Eher unwahrscheinlich, da er nicht mit ihr verwandt war und sich nicht sicher sein konnte, ob Meister Propper die ihm schnell zugesteckte Handynummer überhaupt noch besaß … Mit leicht zitternden und schweißnassen Händen suchte er das Handy heraus und atmete auf, als er sah, dass es eine WhatsApp Nachricht von seinem Chef Gerrit war. Wunderbar, denn Gerrit war ein Pfundskerl und verstand es, aus einem Regentag puren Sonnenschein hervorzuzaubern. Gerrit konnte todtraurige Menschen zum Lachen bringen. Gerrit war ein Prachtkerl, mit dem man Pferde stehlen konnte und der sich einfach weigerte, schlechte Vibes zu akzeptieren. Vielleicht genau das, was er jetzt brauchte. Aber vielleicht ging es auch nur darum, dass er eine außerplanmäßige Tour übernehmen sollte. Er mochte Gerrit über alles, war sich manchmal jedoch nicht ganz sicher, wie sein Kontakt zu ihm aussehen würde, wenn er noch Polizist wäre.

Manchmal hegte er einen leisen Verdacht, dass Gerrit hinter der Fassade seiner grundbürgerlichen Anständigkeit in äußerst einträgliche Geschäfte involviert war – jenseits des Gesetzes. Aber erstens war das lediglich ein Bauchgefühl und zweitens schätzte er den Menschen Gerrit sehr.

Er ging ans Handy und las: G: Hi, mein deutscher Freund. Ich bin gerade in »unserem« Café am Rande des Rotlichtviertels. Wie wäre es mit einem spontanen Bier unter Kollegen?

Die vielen Zwinker-Smileys und anderen Emojis ließen ihn vermuten, Gerrit hätte bereits mehr als nur ein Feierabendbier getrunken. Zuerst wollte er ein klares, kurzes »Nein« als Antwort schreiben, doch dann hielt er inne. Früher oder später würde er ohnehin mit Gerrit über das Vorgefallene sprechen müssen. Und dann passte das jetzt ebenso gut wie zu jedem anderen Zeitpunkt, zumal er den lebensfrohen, immer gut gelaunten Gerrit wirklich gerne hatte.

Also entschied er sich, spontan zuzusagen und drückte den Anrufknopf. Gerrit hörte den Anruf erst spät, denn er meldete sich erst nach mehrmaligem Tuten. Folgender Dialog kam in Gang.

G: Hallo? Wer ist da?

Im Hintergrund spielte laute niederländische Partymusik und eine Kakophonie von Stimmen arrondierte das Gesamtarrangement. Klar, Gerrit war immer da zu finden, wo richtig was los war.

F: Hi Gerrit. Du alter Gauner bist in unserer Stammkneipe am Rande der Altstadt? Dem Café Amstel?

G: Ja, bei deinen kombinatorischen Fähigkeiten musst du unbedingt wieder in den Polizeidienst zurück, Sherlock Holmes. Ich wusste nicht, ob meine Firma das verkraftet, aber für die öffentliche Sicherheit wäre es besser. Komm her und lass uns ein Bier trinken. Nach meiner Rechnung werden wir nicht mehr so jung zusammen feiern können. Ich übernehme auch die Zeche, okay?

Diese Art der harmlosen Frotzeleien gefiel Freddy, denn

so etwas Lockeres hatte es weder mit Vorgesetzten noch mit Mitarbeitern beim Berliner LKA gegeben.

F: Gerrit, ich weiß nicht, ob mir nach Geselligkeit und Bier zumute ist. Das war ein krasser Tag heute.

G: Ach komm schon, stell dich nicht so an, du deutscher Trauerkloß. Ich bin seit 3.30 Uhr auf den Beinen und arbeite, damit bei meiner Familie was auf den Tisch kommt. Aber wir leben nur einmal.

F: Richtig. Aber wenn wir uns sehen, muss ich dir eine ziemlich krasse Geschichte erzählen, die mir heute widerfahren ist.

G: Was richtig Krasses? Das kann ich mir bei dir gar nicht vorstellen, lieber Freddy.

F: Du wirst schon sehen. Dafür musst du dich am Tresen festhalten. Ist aber leider traurig. Sehr sogar.

G: Na, da bin ich mal gespannt. Beeil dich, sonst wird dein Bier noch warm.

Ohne ein weiteres Wort zu wechseln, beendete er nach der Lachsalve seines Freunds das Telefonat, lief ein paar Meter weiter geradeaus und bog auf der Prins Hendrikkade nach rechts ab. Scheinbar unendliche Heerscharen von Touristen zogen ihre Rollköfferchen hinter sich her und verursachten dadurch beinahe genauso viel Lärm wie Autos und Zweiräder. Während er ging, sah er, wie die Touristen konzentriert auf ihre ausgedruckten Wegbeschreibungen blickten oder aber Google Maps konsultierten. Apps, um sich zurechtzufinden, hatte es früher nicht gegeben und trotzdem war er stets wohlbehalten an seinem Ziel angekommen.

Ungeachtet alles Suchens und der Hektik schienen alle Menschen, die in Amsterdam ankamen, guter Dinge zu sein. Vielleicht waren sie ein wenig enerviert von der langen Anreise und dem frühen Aufstehen, aber allein schon die Ankunft in der Stadt und die hier herrschende Energie, die positiven Vibes und die Erinnerungen an frühere Besuche wischten alle Unpässlichkeiten auf einen Schlag weg. Dieses

Gefühl kannte er nur allzu gut. Für ihn hatte es sich früher meistens auch wie eine Erlösung angefühlt, wenn er in Amsterdam eingetroffen war.

Als er an der Basiliek van de Heilige Nicolaas war, blieb er kurz stehen und musterte einmal mehr das Gebäude. Die meisten der Touristen übersahen diese Sehenswürdigkeit, wenn sie das erste Mal in der Stadt aufschlugen. Das hing wohl auch mit dem durchaus traurigen Erscheinungsbild zusammen, das die nicht selten eingerüstete Basilika abgab. Von außen wirkte sie wie ein graues und braunes Ungetüm, das sich durch keinen besonderen Architekturstil auszuzeichnen schien. Dabei fügte sich die Basilika farbtechnisch perfekt in das restliche Stadtbild ein. Doch dies schien im Fall einer Basilika vielleicht zu wenig spektakulär zu sein, um bei Touristen wirklich für Aufsehen oder auch nur kurzes Innehalten zu sorgen. Nicht selten ließ Freddy diese Sehenswürdigkeiten aus seinem touristischen Programm weg, denn nicht wenige der deutschen Touristen wollten nur das sehen, wovon sie bereits gehört oder gelesen hatten, also die Top Sights der Stadt an der Amstel. Und die Basilika gehörte offenbar in den wenigsten Fällen zu den online angepriesenen Sehenswürdigkeiten. Obwohl der Turm der Basilika an vielen Stellen in den Sichtachsen der Stadt präsent war. Aber bezüglich der Basilika war es ihm beinahe unmöglich, ein Narrativ zu entwickeln, das seine Hörer vollends in den Bann zog. Der Architekt des Baus hieß Adrianus Bleijs und die Basilika umfasste Stilnuancen des Neobarock und der Neorenaissance. Nach einer unspektakulären Bauzeit von drei Jahren wurde sie 1887 eingeweiht. Bezüglich der Orgel gab es lediglich zu erzählen, dass sie von Wilhelm Sauer aus Frankfurt an der Oder gebaut wurde, aber es gab wenige Touristengruppen, die lediglich aus Bürgern der neuen Bundesländer bestanden, sodass diese Information meistens nicht für einen »Aha« Effekt sorgte. Natürlich gab es noch viel mehr Informationen über das ihm stets ein wenig unförmig erscheinende Bauwerk. Aber eben nicht wirklich etwas, das sich gut als touristische Sensation verkaufen ließ. Freddy riss sich vom Anblick der Kirche los, denn sein gedankliches Fluchtverhalten und die damit verbundene äußere Regungslosigkeit erinnerten ihn nur erneut an die verdammte Burnout-Erkrankung. Ein Merkmal war gewesen, dass er manchmal an einem unwichtigen Gedanken stundenlang festhing, während es zu anderen Zeiten, aufgrund der Gedankenfülle in seinem Kopf, beinahe unmöglich war, einen bestimmten Gedanken auch nur für drei Sekunden festzuhalten. Für ihn war es nun an der Zeit, menschliche Gesellschaft aufzusuchen, und Gerrit wartete bereits keine zweihundert Meter entfernt auf ihn. Also riss er sich von dem kalten Steingebäude los und brachte den Rest des Weges zügig hinter sich.

Im Café angekommen schlug ihm ein intensiver Duft aus schalem Bier, menschlichen Ausdünstungen und nicht ganz frischem Frittierfett in die Nase. Zum Bier wurden hier Kroketten mit allen möglichen Geschmacksrichtungen serviert. Nicht wenige Gäste bestellten nach einigen Bieren die fettige Speise, um sich danach weiter dem Bier widmen zu können. Die Kroketten machten wieder nüchtern und sorgten gleichzeitig für neuen Durst.

Er kämpfte sich mühevoll den Weg in Richtung Theke frei, denn eins von Gerrits Merkmalen war, wenn er denn einmal in einer Kneipe saß, was gar nicht so häufig vorkam, direkt an der Quelle der Getränke zu sitzen. Die Begrüßung fiel herzlich und mit inniger Umarmung aus. Der Schulterklopfer seines Freundes löste in ihm plötzlich ein großes Wohlbehagen aus. Auf dem Stehhocker neben Freddy lag ein Mantel, aber Gerrit hatte schnell den diesbezüglichen Verursacher identifiziert und ihn höflich gebeten, für seinen deutschen Angestellten den Platz freizumachen, was sofort erledigt wurde.

»Ein kleines Dommelsch, bitte«, bestellte Freddy bei der

blonden Niederländerin mit dem sehr langgezogenen Gesicht das Getränk seiner Wahl.

Die mindestens einen Meter neunzig große Bedienung nickte ihm kurz zu und wandte sich dem Zapfhahn zu, während ihre blauen Augen das Abfüllen sorgsam überwachten. Dann, nachdem sie sorgfältig den nach oben quellenden Schaum abgestrichen hatte, stellte sie das kleine Bierglas direkt vor ihm ab.

Ihr »Alstublieft!« entgegnete er mit einem geschmeidigen »Thank you wel.« Wenn er nicht allzu viel reden musste, konnte Freddy durchaus für einen Niederländer durchgehen. Das Anstoßen mit Gerrit verlief so heftig, dass einiges an Bier verschüttet wurde und den Parkettfußboden tränkte. Klar, heute war nicht sein Tag, gar keine Frage. Er wollte seinem Freund so schnell wie möglich die Ereignisse des Tages erzählen, aber dieser kam ihm mit einer dringenden Frage aus seiner eigenen Agenda zuvor.

»Hast du schon die schreckliche Neuigkeit gehört? Etwas, das heute hier ganz in der Nähe passiert ist?«, wollte der freundliche Holländer begierig wissen. »Es gab einen schwerbewaffneten Raubüberfall, bei dem einige Personen verletzt wurden. Wir sind in Amsterdam einiges in Sachen Verbrechen gewohnt, aber so eine krasse Geschichte haben wir auch nicht alle Tage vorzuweisen. Das ist beinahe wie in Chicago.«

O nein, dachte Freddy, jetzt bin ich mit meinen äußerst traumatischen Erlebnissen bereits Teil des Stadtgesprächs. Ganz Amsterdam ist auf diese Geschichte scharf, während Lieke im Krankenhaus um ihr Leben kämpft und ich vor lauter Sorgen weder ein noch aus weiß. Und mir sitzt dieser knollennasige Kommissar Nijland ein wenig im Nacken, was ich ihm nicht einmal verdenken kann. Was zur Hölle hatte nur die Pistole in ihrer Tasche zu suchen?

Gerrit nötigte ihn, erneut anzustoßen, nicht zuletzt, um wieder seine volle Aufmerksamkeit zu erhalten.

»Ich möchte aber jetzt deine krasse Geschichte hören«, meldete sich Gerrit lautstark zu Wort, wobei eine gehörige Portion Schalk in seinen braunen Augen aufblitzte. »So etwas wie den spektakulären Überfall kannst du mir bestimmt nicht bieten. Dennoch interessiere ich mich immer für die Belange meiner Freunde und Mitarbeiter.«

Gerrit war für einen Niederländer ein wenig klein, besaß dafür aber einen umso kompakteren Körperbau. Sein feuerrotes Haar trug er als eine Art Afro auf seinem Kopf und nichts und niemand brachte ihn dazu, seine Haarpracht zu zähmen. Er behauptete, so würde ihn jeder schnell finden, wenn er denn wolle.

»Gib mir bitte noch einen Moment«, meinte Freddy, trank das kleine Bier aus, knallte das Glas auf die Theke und machte dem netten Meisje hinter der Theke ein Zeichen, sie solle ihm nun ein großes einschenken.

Das erstaunte Gerrit.

»So kenne ich dich gar nicht, Freddy. Bei dir ist doch sonst nach drei kleinen Bieren bereits Feierabend und Zeit fürs Bett. Außerdem schuldest du mir jetzt aber wirklich deine Story. Bist du endlich über Monique hinweggekommen und hast dich in unserem herrlichen Rotlichtviertel einmal prächtig amüsiert?«

Das anzügliche Zwinkern hätte Freddy sonst niemandem verziehen, aber bei seinem Chef lag das anders.

»Nein, Gerrit. Da liegst du falsch. Mir ist nach wie vor nicht danach, mich auf Kosten armer und ausgebeuteter Frauen sexuell auszutoben.«

»Das mit den Kosten ist zweiseitig«, murmelte Gerrit und fixierte ihn. »Aber im Idealfall kommen beide auf ihre Kosten.«

Gerrit prustete über seinen eigenen Witz los. Dann täuschte er ein angestrengtes Grübeln vor. Schließlich formte er eine Pistole, zeigte auf ihn und drückte mit einem Grinsen im Gesicht ab.

»Du hast endlich die Vorurteile, die aus deinem alten Polizistenberuf stammen, überwunden und hast dich einmal so richtig mit gutem marokkanischem Haschisch abgeschossen, was? Habe ich nicht recht? Das habe ich dir ja schon längst empfohlen, aber du wolltest ja nie auf mich hören. Das meiste von dem THC-Zeug hier ist ausschließlich für die Touristen, aber ab und zu ist so ein richtig feiner Joint genau das Richtige, um alte Wunden zu heilen. Das kann dir beinahe jeder Amsterdamer bestätigen. Wir Niederländer rauchen in der Regel nicht häufig Cannabis, aber wenn, dann betrachten wir es als Medizin.«

Klar, Gerrit liebte nicht nur deviantes Verhalten und Denken, sondern Freddy traute ihm noch deutlich mehr zu. Wieder enttäuschte er Gerrit und schüttelte vehement den Kopf über dessen pubertäre Vorstellungen. Als ob ein Joint in seine Lebenswirklichkeit passen würde und ihm tatsächlich helfen könnte. Ein wenig ratlos zuckte Gerrit mit den Schultern, leerte sein Bier und machte prompt der Bedienung ein Zeichen, um zeitnah ein neues zu kriegen. Als er sich ihm wieder zuwandte, hellte sich seine Miene erneut auf. Gerrit war nicht der Typ, der schnell die Flinte ins Korn warf. Der dünne, aber langgezogene Mund formte eine seltsame Grimasse.

»Ich möchte nicht anmaßend sein und du weißt ja, wie du mich nehmen musst. Insofern verzeih die Indiskretion«, flüsterte er nun beinahe verschwörerisch. »Bist du etwa bei Lieke endlich zum Schuss gekommen? Das wäre aber auch höchste Zeit ... Ihr beide dated doch seit Monaten und nichts tut sich. Das ist ja schlimmer als beim Hochadel.«

Innerlich zuckte Freddy wegen Gerrits Behauptung zusammen. Erneut hätte er jetzt allen anderen Menschen auf der Welt für eine solche Übergriffigkeit kräftig die Leviten gelesen, aber nicht dem Mann, der ihn seit über einem Jahr in Lohn und Brot stellte und den er von Beginn an fast in sein Herz geschlossen hatte. Er wusste ganz genau, bei Gerrit war nichts wirklich bösartig gemeint – er war einfach direkt und ehrlich, ohne jeglichen Hintergedanken.

»Hör gut zu, Gerrit«, fasste Freddy den Entschluss, nun reinen Tisch zu machen und ihm einiges und vielleicht sogar alles zu erzählen, »es hat etwas mit Lieke zu tun, aber nicht so, wie du denkst.«

»Haha«, lachte sein Trinkgenosse, »da gibt es doch eigentlich nur zwei Möglichkeiten. Entweder hat sie dich rangelassen oder dir einen Korb gegeben. Freddy, manchmal habe ich den Eindruck, dass du ein ziemlich verklemmter Preuße bist. Wobei die in Berlin es doch mitunter ziemlich krachen lassen, oder?«

Verdammt, haderte Freddy innerlich, das Leben kann eigentlich so einfach sein, wenn man es mit viel Glück und vielleicht etwas krimineller Energie zum angesehenen Geschäftsmann bringt – aber abgesehen von diesem piefigen Sozialneid von meiner Seite – ist Gerrit schon schwer in Ordnung. Wobei ich das gar nicht sicher weiß. Vielleicht hat er sich auch selbst alles aus dem Stand heraus erarbeitet. Beinahe unmöglich, aber ich werde ihn demnächst mal danach fragen.

Während er die heftige Geschichte vom heutigen Tage noch einmal in einer selektiven, aber alle wesentlichen Aspekte enthaltenden Zusammenfassung erzählte, leerten sein Freund und er zwei weitere Biere. Zwischendurch bestellte Gerrit immer wieder einmal einen Genever, um seine Nerven zu beruhigen, wie er zwinkernd und aufmunternd zugleich meinte. Er schien seltsam elektrisiert von der Geschichte und Freddy konnte nicht einschätzen, ob das an der Geschichte oder an Liekes und seiner Beteiligung darin lag.

Obwohl Freddy harten Alkohol hasste, sah er sich aufgrund der Umstände beinahe außerstande, das Angebot seines Freundes abzulehnen, da dieser das als unhöflich und nicht entspannt wahrgenommen hätte. Zumal für ihn mit jedem Bier und jedem Genever die Geschichte in weitere Ferne rückte und ihre aktuelle Bedrohlichkeit verlor. Zumindest gewann er diesen Eindruck. Auf jeden Fall spürte er, wie er sich entspannte und seine Seele aufatmete.

»Nach allem, was ich bisher gehört habe, war das ein sauberer Überfall«, meinte Gerrit und sein Gesichtsausdruck sah seltsam zufrieden aus. »Das hätte auch unter meiner Regie nicht besser laufen können.«

Wieder wusste Freddy nicht, ob er gewisse Sympathien für die bösen Jungs heraushörte, und für den Bruchteil einer Sekunde fragte er sich ernsthaft, ob sein Freund nicht in die Geschichte verwickelt sein konnte, lachte sich aber sofort über diesen Gedanken aus. Aus dieser komplexen Gemengelage heraus passierte es, dass er ganz am Ende noch folgendes Statement von sich gab, obwohl er lange damit gezaudert hatte, diesen Teil der Geschichte auch zu erzählen. Schließlich war das eine mehr als eine krasse Wendung, von der er selbst nicht richtig wusste, wie er damit umgehen sollte.

»Und dann, stell dir vor, Gerrit, fällt Lieke diese geladene und funktionstüchtige Pistole aus der Tasche auf den Boden, quasi direkt vor Kommissar Nijland. Ich habe gedacht, ich bin im falschen Film. Was macht Lieke mit einer scharfen Knarre in ihrer Handtasche? Kannst du mir in dieser Sache vielleicht einen Tipp geben?«

Uff, jetzt hatte er sich allen Frust von der Seele geredet und Gerrit vollumfänglich eingeweiht. Sein Freund riss die Augen ganz weit auf und sah dabei sehr ungläubig aus. Zum Glück machte er keinen Scherz über den möglichen Zusammenhang zwischen dem Date und der Pistole.

»Entschuldige Freddy, aber das hört sich mehr als abenteuerlich an. Beinahe kaum zu glauben. Nie im Leben kann das mit rechten Dingen zugehen«, sagte er dann mit rotem Kopf. »Eine Lieke van Dijk benötigt keine Pistole. Niemals! Die Familie hat ein Heer von Rechtsanwälten, die für sie arbeiten, und der beste davon ist dein Freund Rudy. Wenn

Lieke Probleme hat, besorgt sie sich keine Knarre, sondern schickt dir das beste Anwaltsteam, das unser Land zu bieten hat, auf den Hals. Da kannst du nicht einmal mehr furzen, ohne verklagt zu werden. Die van Dijks müssen sich nicht mehr wie unsereiner die Finger schmutzig machen. Irgendwas stimmt da nicht.«

»Danke«, erwiderte Freddy, »aber dennoch ist die Pistole nicht zu leugnen. Das ist keine Erfindung oder Einbildung von mir. Die Polizei hat die Waffe bereits kriminaltechnisch untersucht. Sie ist nicht nur funktionstüchtig, sondern auch noch durchgeladen gewesen. Gib dir das mal. Und jetzt sagt mir dieser Herr Nijland von der Kripo tatsächlich auf den Kopf zu, Lieke und ich seien im Prinzip Tatverdächtige.«

Gerrit schüttelte vehement den Kopf und zeigte den Vogel.

»Nie im Leben!«, schrie der inzwischen sehr rotgesichtige Gerrit. »Du kannst mir so ziemlich alles erzählen, aber nicht so etwas. Für dich lege ich persönlich meine Hand ins Feuer. Ich kenne wenige Personen, denen ich mehr vertraue als dir, Freddy.«

Erneut bestellte Gerrit zwei kleine Biere und zwei Genever.

»Freddy, ich weiß, dass du in deinem Herzen und insgesamt ein ganz anständiger Mensch bist, da kann es keine zwei Meinungen geben«, sagte sein Chef und bei der Aussage hatte Freddy Mühe, Tränen der Rührung zurückzuhalten. »Und die Familie van Dijk wird niemals in solch ein Verbrechen verstrickt sein. Das ist ausgeschlossen. Ich kenne zwar niemanden der van Dijks persönlich, aber diese Familie genoss und genießt bis zum heutigen Tag eine unglaubliche Reputation in unserer Stadt. Undenkbar! Niemals!«

Darauf stießen sie an und leerten die vier Gläser hastig nacheinander.

»Lass uns mal kurz rausgehen und ein wenig herumlaufen, damit ich meiner Sucht frönen kann«, schlug Gerrit vor, holte eine verbeulte Schachtel Marlboro aus seiner Tasche und blickte Freddy fragend an, der aber entschlossen den Kopf schüttelte.

Zum Glück rauchte er seit Jahren keine Zigaretten mehr.

Gerrit klemmte sich eine weitere Kippe hinters Ohr. Als sie nach dem Bezahlen inklusive ordentlichem Trinkgeld auf dem kleinen Bordstein standen, der eine Straße umfasste, durch die mit viel Geschick eine mittelprächtige Limousine passte, zündete er sich eine Zigarette an und inhalierte den Rauch tief in die Lungen und sein Gesicht zeugte von großer, innerer Wonne. Freddy spürte deutlich Watte in seinem Kopf, die von dem für ihn ungewohnt vielen Alkohol herrührte. Letztlich half es ihm aber, herunterzukommen. Noch war der Sommerabend frisch und die letzten Strahlen der Sonne tauchten die kleinen, höchstens dreistöckigen Häuser, in ein angenehmes Abendlicht. Eine kleine Brücke führte über den winzigen Kanal, dessen Seitenarme beinahe die ganze Altstadt durchzogen und beide bemerkten erstaunt das wunderschöne Element der roten Farbe, die aus der Kombination der Sonnenstrahlen, des Mauerwerks und des Wassers entstand. Für einen Augenblick der inneren Ruhe verweilten sie hier, ließen die Szenerie gelassen auf sich wirken und hielten sich am Brückengeländer wie kleine Kinder, die einfach für den Augenblick lebten, fest. Die kleinen alten Häuser, die links und rechts des Kanals standen, schienen nicht in diese moderne Zeit zu passen. Beinahe schien die Zeit hier im 16. Jahrhundert stehengeblieben zu sein.

»Amsterdam war schon immer der Ort, an dem meine Seele zu Hause ist«, seufzte Freddy und war von so viel Schönheit und Anmut ganz ergriffen. »So, wie es Lieblingsmenschen gibt, habe ich auch Lieblingsorte. Städte, in denen ich mich als Mensch voll angenommen fühle.«

»Ja Freddy, das kann ich gut verstehen. Ich kenne nicht viele andere Städte, aber du hast recht: Es ist verdammt schön hier. Ich würde diese Stadt nie gegen eine andere eintauschen.«

Gemütlich spazierten sie nebeneinander in Richtung Oude Kerk, als Freddy ein an einer Gracht angebrachtes weißes Schild mit Amsterdams Stadtwappen entdeckte.

»Kein Alkohol – 95 € Bußgeld bei Zuwiderhandlung.«

Er machte Gerrit auf das Plakat aufmerksam, der lediglich mit den Schultern zuckte.

»Ja, das haben sie neulich im Magistrat beschlossen«, meinte er. »Der neue Bürgermeister ist ziemlich hinterher, Amsterdam ein anderes Image zu verpassen. Na ja, ob das Alkoholverbot wirklich so Wunder wirkt, wie sie es sich erhoffen, wage ich zu bezweifeln. Aber es ist schön, wieder mal durch das Rotlichtviertel spazieren zu können, ohne ständig über leere Bierdosen oder trinkende Briten zu stolpern. Manchmal war es schon ein wenig zu viel des Guten.«

Trotz der Anspannung des Tages, war es Freddy möglich, eine Runde mit seinem Freund mitzulachen. An der Oude Kerk bog ein Weg nach rechts ab, wo sich die Zone für ganz billigen Sex befand. Hier standen meistens Frauen mit sehr dunkler Hautfarbe, die aus Ghana, Liberia oder sonst woher aus Afrika stammten. Sie verkauften sich – unter dem Siegel der Verschwiegenheit der Kunden – manchmal bereits für dreißig Euro oder noch weniger, obwohl dies offiziell ein verbotener Tarif war. Hier waren die Ärmsten der armen Seelen versammelt. Frauen, die es mit viel Glück und noch viel mehr Unglück im Gepäck wohlbehalten nach Amsterdam geschafft hatten, aber hier nicht viel mehr Rechte und den Wert eines billigen Sachgegenstandes eines Ramschladens besaßen. Dieses unsägliche Thema hatte Freddy schon häufiger umgetrieben und manchmal hatte er überlegt, ob es eine Möglichkeit gab, den armen Frauen irgendwie zu helfen. Aber bisher hatte er keine gefunden, zumal er genug damit zu tun hatte, erst einmal selbst einigermaßen über die Runden zu kommen – finanziell und psychisch. Er und Gerrit waren in diesem Augenblick für drei der beschriebenen Damen des horizontalen Gewerbes deutlich sichtbar.

So klopften diese wie verrückt gegen die durchsichtigen Glasscheiben, um die beiden Männer auf die Vorzüge ihrer Körper und Dienstleistungen aufmerksam zu machen. Am besten war es, so eine direkte Anmache einfach zu ignorieren, um keine falschen Hoffnungen auf einen schnellen Euro zu erwecken.

Als sie die alte Feuerwache passierten, fühlte Freddy beim Anblick der prächtig runden, aber recht kleinen Türme eine innere Ruhe, die ihn meistens an genau dieser Stelle ergriff. Vor Jahrzehnten war dies ein brandgefährlicher Ort gewesen, den er trotzdem häufig aufgesucht hatte und der für ihn, genau wie alle anderen Orte, zu dieser Metropole einfach dazu gehörte. Hier hatten die Junkies offen gefixt und nicht gerade selten, wohlhabend aussehenden Touristen eine blutige Spritze mit der Bemerkung an den Hals gehalten, sie sollten schnell das Geld und die Kreditkarten herausrücken, denn sie hätten AIDS und würden keine Sekunde zögern, dies im Zweifel an sie weiterzugeben. Glücklicherweise gehörten diese dunklen Seiten der Vergangenheit an.

Dennoch lebte und bebte das Rotlichtviertel beinahe wie eh und je und als sie an einem der größten Coffeeshops – einer regelrechten Kette – von Amsterdam vorbeigingen, standen – wie beinahe immer – eine Menge Briten davor, die laut grölten und vor allem sich selbst, ihren Fußballclub und ihr Heimatland feierten. Diese Art von Touristen schätzte Freddy genauso wenig wie sein niederländischer Freund, aber irgendwie gehörte auch das genau hierhin. Es schien ohnehin nur noch eine Frage der Zeit zu sein, bevor das ganze Viertel einer noch radikaleren Gentrifizierung als ohnehin unterzogen wurde, die es wahrscheinlich so in sich haben würde, dass es das alte Herz Amsterdams nur noch in den Erinnerungen der noch Lebenden und in Geschichtsbüchern geben würde.

Auf der Höhe der juristischen Fakultät verlangsamten sich die Schritte und beide zögerten ein wenig. Gerrit sah schon wieder ein wenig durstig aus, was nicht verwunderlich war, schließlich hatte er während des kurzen Spaziergangs fünf Zigaretten geraucht. Dieses Laster würde er wohl mit ins Grab nehmen. Nun gut, jedem seine Freude, solange sie nicht zu Lasten anderer ging.

»Setzen wir jetzt unseren Kneipenbummel fort?«, wollte er von seinem Freund wissen. »Ich denke, nach solch einem Tag würden dir ein paar Bierchen mehr auch nicht schaden. Mir übrigens auch nicht. Oder willst du lieber Genever? Passt das besser?«

Doch Freddy winkte energisch ab, zumal er Gerrits Talent kannte, in Sachen gemeinsamer Alkoholkonsum, alles auf die Spitze zu treiben. Aber auch heute würde es das mit ihm nicht geben.

»Danke, Gerrit, ich für meinen Teil habe heute mehr als genug erlebt und auch zu viel getrunken. Das reicht eindeutig. Bitte keinen Alkohol mehr. Deine Gesellschaft sehr gern, aber ohne weitere Druckbetankung.«

»Das kann ich nicht ganz nachvollziehen, aber in Ordnung. Jedoch glaube ich nicht, dass es gut ist, wenn du jetzt bereits nach Hause gehst und dort allein vor dich hin grübelst. Dafür sind die Ereignisse des Tages noch zu frisch.«

Tatsächlich hatte Freddy bereits der Gedanke an seine kleine, einsame Wohnung ein wenig Furcht eingejagt. Nicht die Wohnung an sich, aber was er dann dort mit sich anfangen sollte. Das würde der reinste Horror werden, keine Frage.

»Ja, aber daran kann ich nichts ändern«, antwortete er wahrheitsgemäß, denn alle Maßnahmen ihn vor dem Alleinsein zu bewahren, bedeuteten nur einen gewissen zeitlichen Aufschub. »So oder so, irgendwann muss ich wieder in die Wohnung zurück.«

Gerrits Gesicht hellte sich schlagartig auf.

»Wozu hast du denn Freunde, Freddy?«

»Die besten auf der Welt«, wich er zunächst aus. »Aber du hast doch eine Idee, Gerrit. Rede nicht so lange um den heißen Brei herum, sondern sag einfach, was dir gerade durch den Kopf geht. Wir haben doch keine Geheimnisse voreinander.«

Der gewitzte Niederländer legte ein entwaffnend lausbübisches Grinsen an den Tag.

»Habe ich dir eigentlich schon von meiner Stadtwohnung erzählt?«

Freddy schüttelte den Kopf.

»Bisher weiß ich nur von deinem schönen Familienanwesen außerhalb des Stadtzentrums. Das riesige Mehrfamilienhaus, das für Holland alle Maßstäbe sprengt.«

»Siehst du, es ist gut, sich immer ein paar Geheimnisse aufzubewahren«, triumphierte der Niederländer. »Meine Familie besitzt seit einigen Jahren ein kleines Appartement, gar nicht so weit weg von hier. Dort übernachte ich manchmal, wenn es wegen der Arbeit wieder einmal später wird oder ich bereits in der Nacht etwas für meine Unternehmen zu erledigen habe.«

Gerrit war in der Tat immer für eine Überraschung gut, aber der Groschen fiel bei Freddy noch nicht ganz und dies zeigte sich offensichtlich auch auf seinem Gesicht.

»Na, dann komm mal mit«, half ihm sein Freund auf die Sprünge. »Ich zeige dir unter der Bedingung absoluten Verschwiegenheit mal meine kleine Wohnung. Eigentlich ist es sowieso höchste Zeit dafür, denn all meine guten Freunde sind mit dem Platz vertraut, außer dir. In der Wohnung gibt es auch ein paar leckere Biere im Kühlschrank. Du kannst es dir ja noch einmal überlegen. Dann können wir gemeinsam den Abend verbringen und du bist auf jeden Fall nicht allein. Wie klingt das?«

Für eine kurze Zeit rang er mit sich, ob er das Angebot annehmen sollte und ob dies vielleicht als ein Zeichen seiner Schwäche gesehen werden könnte, aber selbst wenn, stellte das keinen Hinderungsgrund dar. Vor Freunden durfte man ruhig auch mal Schwäche zeigen.

»Ja, super«, gab er sich dann deshalb einen Ruck. »Dann nehmen wir doch deine Junggesellenbude mal in Augenschein und weihen sie für uns beide ein. Aber mehr als ein weiteres Bier werde ich nicht trinken. Gib dich da keinen falschen Hoffnungen hin, Gerrit.«

Gerrit grinste dennoch wie ein Honigkuchenpferd und klopfte Freddy mit der Bemerkung »Ausgezeichnete Einstellung und auf eins mehr oder weniger kommt es doch nicht an« auf die Schulter. Sie bogen auf der Oude Doelenstraat nach links ab. Auf den Brücken, die über die Grachten führten, blieben sie ein paar Minuten stehen und sahen dabei zu, wie die Sonne das Wasser beinahe in formvollendetes Rotgold verwandelte. Zudem sah es aus, als ob die Sonne sich im Kanal schlafen legen würde. Dies und die Jahrhundertealten Häuser taten es Freddy immer wieder aufs Neue an. Seine am heutigen Tag seit Langem mal wieder stark zerrüttete Seele, schöpfte bei diesem beinahe epischen Anblick neue Kraft und Gelassenheit. Er stellte sich vor, wie die direkt an den Grachten stehenden Pakhuises damals dabei halfen, die kleinen Schiffe zu beladen und zu entladen. Hier hatte er stets den Eindruck, die Zeit wäre stehengeblieben, konserviert für den Augenblick heute. Als sich nach einer Weile Fußmarsch der Weg als von Häusern bebaute Sackgasse herausstellte, blieb Gerrit kurz stehen und tippte ihm auf die Schulter.

»So, mein Freund, jetzt sind wir bald da, in meinem kleinen Elysium. Aber ich muss erst mal deine beruflichen Fähigkeiten testen, denn ich engagiere nur die Besten. Wo befinden wir uns denn hier?«

Zuerst hielt Freddy die Frage für einen schlechten Scherz, doch dann erkannte er den ironischen Zug in Gerrits Gesicht und entschied sich dafür, mitzuspielen, denn es gab nichts zu verlieren. Ganz und gar nichts.

»Wir stehen hier auf der Sint Antoniesbreestraat«, verkündete er im angemessenen Duktus eines Fremdenführers.

»Zur linken Seite befindet sich die kleine, aber sehr exquisite Chinatown Amsterdams. Dort gibt es authentisches chinesisches Essen wie sonst nirgendwo in Europa. Zur Rechten gelangen wir zu einem der schönsten Museen Europas, das viele Bilder des großartigen niederländischen Künstlers Rembrandt beherbergt. Dort angrenzend, findet turnusmäßig ein sehr sehenswerter Flohmarkt statt. Manche der dort zu erwerbenden Objekte sind dubios, aber er besitzt seinen ganz eigenen Charme.«

Er beendete seine Ausführungen mit einem spielerischen Knicks und Gerrit applaudierte zunächst, setzte dann aber eine strenge Miene auf.

»Ein wesentliches Detail hast du aber vergessen, mein Freund«, wurde er spaßeshalber zurechtgewiesen. »Wo hat der großartigste Sohn dieser Stadt seine kleine, aber feine Stadtwohnung?«

Beide kicherten wie Schuljungen, was Freddy ein wenig innerliche Erleichterung verschaffte, aber dennoch nicht sein niedergedrücktes Gemüt, das sich in ständiger Sorge um Liekes Gesundheitszustand befand, wirklich aufzurichten vermochte. Alles war besser, als allein in seiner Wohnung zu sein. Innerlich klammerte er sich an Gerrit.

»Wenn du mich so fragst«, antwortete Freddy jetzt wieder mit ernster Miene, »nehme ich an, du hast die Wohnung in dem Haus, in dem auch der europaweit bekannte Coffeeshop Bluebird residiert, der sich vor allem bei Schweizern und Deutschen aufgrund der fairen Preise und der stets frischen Ware großer Beliebtheit erfreut. Habe ich recht?«

Zu seiner großen Überraschung schien Gerrit wirklich erstaunt zu sein.

»Freddy, du wirst den Polizisten in dir nie ganz verdrängen können. Auch wenn du dir noch so viel Mühe gibst, mit deinem alten Leben abzuschließen. Das steckt einfach zu tief in dir drin. Einmal Polizist, immer Polizist. Zum Glück bist du mein Freund.«

Freddy wollte auf diese seltsame Aussage nicht antworten und so ging Freddy voraus und schloss die Tür auf. Als sie im Hausflur standen, der etwas größer als eine Jubiläums Briefmarke aus Übersee war, erkannte Freddy haarscharf, was ihn hier erwartete. Wie beinahe bei allen Stadtwohnungen in Amsterdam blickte er eine steile und nur bei guter körperlicher Gesundheit ohne Probleme zu bewältigende Treppe hinauf, die mit einem abenteuerlichen Steigungswinkel nach oben zeigte. Hinzu kam, wie fast immer bei niederländischen Häusern, dass die Treppenstufen nicht einmal für kleine chinesische Füße breit genug waren. Natürlich war beinahe jeder Quadratmeter Land in den Niederlanden mühsam dem Sumpf entrissen worden und deshalb war es eine Frage der rationalen Ökonomie, so viel Wohnraum wie möglich auf kleiner Fläche anzubieten. Doch auf die damit verbundenen Abenteuer, wie man diese Ungetüme unbeschadet hoch und runterkommen konnte, hätte Freddy bei aller Liebe zu dieser Stadt gerne verzichtet. Aber es war, was es war. Und es gab nichts im Leben, das nicht gewisse Schattenseiten besaß. Diese Erkenntnis hatte sich in seinem Gehirn eingebrannt, ohne dass sie ihn ernüchterte. Beide Seiten gehörten zum Leben dazu, keine Frage.

»Ich hoffe, deine Wohnung liegt im ersten Stock«, sagte er, als Gerrit bereits schwer schnaufend die ersten Treppen gemeistert hatte. »Sonst muss ich hier eine längere Pause einlegen.«

»Haha, tut mir leid«, antwortete dieser, »aber meine Wohnung befindet sich unter dem Dach. Nur ein richtiger Mann schafft das ohne Pause. Aber ein Wegbier wäre gut. Hier musst du auch keine 95 € dafür bezahlen.«

Jetzt durchschaute Freddy glasklar die Absichten seines Freundes. Wenn er auch nur noch zwei kleine Biere mehr trank, war es absehbar, dass er diese Treppen heute nicht mehr hinunterlaufen würde, wenn er nicht einen längeren Krankenhausaufenthalt einplanen wollte. Und genau das lag wahrscheinlich im Kalkül seines Freundes. Er sollte hier gemeinsam mit ihm übernachten, damit er nicht allein war und die dunklen Gedanken unkontrolliert überhandnehmen konnten. Vor lauter Rührung fiel es ihm schwer, eine Träne zurückzuhalten.

»Weißt du«, meinte Gerrit, als sie schwer schnaufend oben angekommen waren, »der Überfall heute war an sich eine ziemlich coole Kiste. Wenn Lieke und du nicht wären, würde ich mir fast wünschen, dass das meine Aktion gewesen wäre.«

Freddy stand mit unzähligen Fragezeichen im Kopf vor der Eingangstür und fragte sich einmal mehr, welche Affinitäten Gerrit zum Verbrechen besaß. Aber im Moment war er einfach nur dankbar dafür, so einen großartigen Freund zu besitzen.

7.

Prinsengracht

Obwohl es bereits Mittag war, hatte Freddy den Eindruck, noch immer massiv unter dem Zechgelage der letzten Nacht zu leiden. Er lehnte mit einem Frucht Smoothie bewaffnet an dem Geländer einer Brücke, die über die Prinsengracht führte, und genoss die herrliche Aussicht. Auch heute zeigte sich der Wettergott für die Amsterdamer Bevölkerung und die Touristen gnädig, was der Stadt eine unglaublich positive Energie verlieh. Erneut schien die Sonne in ihrer vollen Pracht, aber es waren im Gegensatz zum vorigen Tag auch vereinzelt Wolken am Firmament zu sehen. Die Prinsengracht galt als eine der, wenn nicht gar als die teuerste Straße, die in Amsterdam an einer Gracht lag. Besser ging es eigentlich nicht. Nicht in diesem Leben und nicht auf diesem Planeten. Für einen Normalsterblichen beinahe unmöglich, hier zu residieren. Aber genau an dieser berühmten Gracht führte sein Freund Rudy seine äußerst erfolgreiche Sozietät, in der Freddy sich ab und zu um geringfügige Fälle kümmerte, die die Interessen deutscher Touristen betraf, die auf die eine oder andere Weise mit dem Gesetz in Konflikt geraten oder aber in irgendeiner Form über den Tisch gezogen worden waren. Dort hatte er wegen seiner neuen Klientin Dörte Hansen in einer halben Stunde einen Termin.

Doch bis zur Konsultation hatte er noch ein wenig Zeit, es bestand also kein Grund zur Eile. Am frühen Morgen war er mit ziemlich schwerem Kopf und einem noch schlechteren Gewissen zu seiner Freundin Lieke ins Krankenhaus geeilt. Nur mit viel Mühe, einigen harten und wenigen schmeichelnden Worten war es ihm gelungen, beim Pflegepersonal etwas Neues über Liekes Gesundheitszustand in Erfahrung zu bringen. Er verstand zwar einerseits die Vorsicht der Krankenpfleger und Ärzte, denn diese wollten natürlich vermeiden, dass Unbefugte über Informationen verfügten, die sie nichts angingen. Aber andererseits war das in seinem Fall ja alles ganz anders gelagert.

Schließlich waren seine Anstrengungen belohnt worden und er hatte in Erfahrung bringen können, dass Liekes Gesundheitszustand stabilisiert worden war und sie nicht mehr in Lebensgefahr schwebte. Diese Nachricht hatte ihm einen Zentner Steine vom Herzen genommen. Lieke schien gesundheitlich soweit über den Berg zu sein, dass nicht mehr minütlich mit ihrem Tod gerechnet werden musste. Alles andere stand in den Sternen. Das Schicksal war nicht immer gerecht. Vielleicht lag die einzige Gerechtigkeit im Leben darin, dass es nach allen Seiten austeilte – beim einen früher, beim anderen später.

Sein beharrlicher Versuch, an ihr Krankenbett zu gelangen, wurde ihm allerdings mit dem durch nichts zu entkräftenden Hinweis verwehrt, sie läge noch auf der Intensivstation und dort würden nur ausgewiesene Familienmitglieder Zutritt erhalten und das zudem nur für sehr kurze Zeit. Dieser Hinweis hatte ihm einen heftigen Stich ins Herz versetzt, denn er wollte Lieke unbedingt wissen lassen, wie sehr er an sie dachte, wie viel ihm an ihr lag und wie sehr er sich ihre baldige Genesung wünschte. Also hatte er wie ein schwerverliebter Teenager ein paar liebevolle Zeilen geschrieben, in der Hoffnung, dass diese bei Lieke Anklang fanden. Einer Krankenschwester hatte er eine exquisite Packung Pralinen versprochen, wenn sie Lieke das Blatt mit seinen vorsichtig formulierten, aber nicht zu ignorierenden Liebesbekundungen zukommen ließ. Zugleich hegte er die innige Hoffnung, sie bald wieder persönlich sehen zu können, denn von den Sachkundigen war einstimmig davon die Rede, dass seine niederländische Freundin bald von der Intensivstation in ein normales Zimmer verlegt werden würde. Die Hoffnung starb bekanntlich zuletzt.

Der Blick auf das Wasser, das sich unablässig an der Gracht entlangschlängelte, beruhigte ihn. Er dachte an die extrem vielen Kanäle, die Amsterdam durchzogen und die den Menschen seit Jahrhunderten als Transportwege dienten. Sage und schreibe mehr als tausend Brücken gab es in dieser wunderbaren Stadt und die Wasserwege waren insgesamt über 80 Kilometer lang. Nicht selten wurde der Begriff Grachtengürtel für die Ansammlung der Wasserwege verwendet, der stets mit den für Amsterdam typischen Giebelhäusern und Hausbooten assoziiert wurde. Er liebte den Anblick dieses Geflechts von Kanälen. Die vier wichtigsten Grachten im Zentrum von Amsterdam waren, von außen nach innen gesehen, die Prinsengracht, die Keizersgracht, die Herengracht und die Singel. Unmöglich zu sagen, welche seine liebste war.

Bei Letzterer hatte die gestrige Tragödie ihren Lauf genommen. Unter diesen vier Highlights der Grachten stritten sich die Prinsen- und die Keizersgracht um den Ruf, welche diejenige war, die mehr Renommee und Bedeutsamkeit aufweisen konnte. Sein Freund Rudy war natürlich der Meinung, es sei die Prinsengracht und Freddy schloss sich diesem Urteil in seiner Gegenwart stets an. Allerdings war die Frage für ihn wie für die meisten Normalsterblichen sowieso völlig unerheblich. Denn ein Haus oder auch nur eine winzige Wohnung an einer der beiden Luxusgrachten erwerben zu können, war so illusorisch, wie zu Lebzeiten noch die Besiedlung des Mars zu erleben. Die Quadratmeter Preise bewegten sich hier in astronomischen Höhen. Zudem waren die Häuser und Wohnungen nicht selten gar nicht auf dem offenen Immobilienmarkt zu erwerben, sondern wurden unter der Hand verkauft. In der Prinsengracht vermischten sich die stattlichen Bürgerhäuser mit ehemaligen Lagerhäusern und Firmengebäuden. Nicht umsonst hatte die UNESCO den

Grachtengürtel vor einiger Zeit zum Weltkulturerbe erklärt, was manchem geschäftstüchtigen Niederländer sauer aufgestoßen war, da dies das natürliche ökonomische Wachstum zu begrenzen drohte.

Trotz seiner allgemeinen Unlust, nun seinem ursprünglich erlernten Beruf nachgehen zu müssen, gab Freddy sich einen Ruck. Was sein musste, musste sein. Eine der vielen Lehren seiner Erkrankung lautete: Verdrängen half überhaupt nichts, sondern machte vieles nur viel schlimmer. In einem eher gemächlichen Tempo bewegte er sich auf das stattliche Haus zu, in dem sein Freund residierte. Er hatte noch immer dessen Satz im Kopf: »Freddy, du musst wissen, die Prinsengracht ist eine der teuersten Wohngegenden in ganz Europa«. In diesem Satz hatte nicht wenig Stolz mitgeschwungen, was ja verständlich war, wenn man zu den Glücklichen gehörte. Trotz allem oberflächlichem Stolz nahm Freddy an, die Aussage seines Freundes richtig einordnen zu können und vom Makel Angeberei befreien zu können. Denn Rudys Familie war alteingesessen und gehörte seit Jahrhunderten zur herrschenden Schicht in Amsterdam, die ihren sagenhaften Wohlstand vor allem der goldenen Zeit des freien Handels der Niederländischen Ostindien Kompanie verdankten. Umso überraschender und schöner fand er es, dass ihn und Rudy auch heute noch ein Band der Freundschaft verband, was wohl mit Rudys Studienaufenthalt in Deutschland zu tun hatte, den Freddy als treuer Freund begleitet hatte.

Mit jedem Schritt fiel ihm das Gehen schwerer und als er eine freie Bank direkt an der Gracht entdeckte, bremste er ab und setzte sich. Er hatte ja noch ein wenig Zeit. Es war unangenehm, aber er musste sich im Sinne der Aufrechterhaltung seiner psychologischen Gesundheit der Frage stellen, wieso ihm der Weg zur juristischen Arbeit im Vergleich zu seinem Broterwerb als Fremdenführer so schwerfiel. Als er wegen seiner Burnout-Erkrankung von Dienstwegen aus einen Psychiater aufsuchen musste, hatte dieser ihn sanft, aber bestimmt, zu einer ihm bis dato nicht bekannten Selbstreflexion gezwungen.

»Sie müssen sich den Realitäten des Lebens stellen, anstatt vor ihnen zu fliehen«, hallte es ihm immer noch im Ohr nach und genau das wollte er jetzt tun. »Fluchtverhalten löst keine Probleme, sondern schafft meistens sogar neue.«

Wieso erfüllte ihn die Arbeit als Rechtsanwalt nicht? Wieso verursachte sie sogar richtiggehende Beklemmungen in ihm, wo er doch einen Job hatte, nach dem andere sich die Finger lecken würden? In dieser sagenhaften Lage, bei der besten Amsterdamer Sozietät überhaupt und dann auch noch mit dem Inhaber als seinem persönlichen Freund. Trotz dieser mehr als günstigen Voraussetzungen, fühlte er sich in der schick, aber klassisch eingerichteten Anwaltskanzlei nie wirklich wohl. Im Prinzip war es ihm bei der Berliner Polizei genauso ergangen. Das Unwohlsein lag vermutlich nicht in erster Linie an den Menschen, denn diese waren ihm vollkommen wohlgesonnen, und er fand sie fast alle mindestens nett. Auch die Sekretärinnen und die anderen Sozietät Mitarbeiter zeigten ihm offen ihre Sympathie, wie es im professionellen Rahmen einer Anwaltspraxis möglich war. Lag es vielleicht daran, dass er in der Kanzlei stets den Standesunterschied wahrzunehmen glaubte, der zwischen Rudy und ihm lag? Wieso spielte das überhaupt eine Rolle? Oder war etwas Anderes des Pudels Kern?

Die Schwere der Gedanken veranlasste ihn, sein Haupt für einige Sekunden in beide Hände zu legen. So sah er wie eine Statue aus, die mit »Der Denker« hätte betitelt werden können. Oder lag es etwa an der Form des Berufes selbst? Lagen ihm also Berufe nicht, die mit Recht und Ordnung zu tun hatten? Wenn er ehrlich war, wusste er es nicht genau, aber der endlose Kampf gegen das Verbrechen hatte ihn innerlich ausgehöhlt. Auch heute spürte er noch immer die Pflicht, in sich hineinzuhören, um die Gründe für sein gesundheitliches »Versagen« zu eruieren. Wenn er die Gründe identifiziert hatte, nahm er an, würde dies eine Wiederholung der Erkrankung ausschließen. Denn er wollte nichts unversucht lassen, um nie wieder in seinem Leben diese teuflischen, psychischen Belastungen durchmachen zu müssen. In Gedanken sah er sich immer noch während der Krankheit als lediglich anwesende physische Hülle wie ein Häufchen Elend auf der Couch in seiner ehemaligen Berliner Wohnung sitzen. Vor lauter überbordender und mitunter sehr dunklen Gedanken war es ihm einfach nicht mehr möglich gewesen, sich selbst aus dieser Art der Schockstarre zu befreien. Alles, auch die winzigsten Kleinigkeiten, waren ihm wie ein von Menschen nicht bezwingbarer Berg vorgekommen. Bereits die Aufgabe, täglich die Post vom Briefkasten hochzuholen, hatte ihn weitgehend überfordert. Allein der Gedanke daran, wie er diese Tätigkeit am besten erledigen könnte, hatte ihn stundenlang beschäftigt und quasi paralysiert. Er war dann einfach auf dem Sofa sitzen geblieben und tausende von Einfällen und wirren Überlegungen hatten sein Gehirn torpediert. Ein Gedanke löste in Sekundenschnelle den anderen ab, ohne dass es ihm möglich war, sich auch nur kurz auf einen Gegenstand zu fokussieren.

Wann war es denn am wahrscheinlichsten, beim Posthochholen niemandem in die Arme zu laufen, da er persönliche Kontakte – und seien sie auch nur noch so kurz – in dieser Zeit wie die Pest hasste?

War es besser, in Hausschuhen runterzugehen oder sich doch lieber Straßenschuhe anzuziehen?

Sollte er die Post lieber ein paar Tage liegen lassen, da sie Rechnungen und andere unangenehme Nachrichten enthalten konnte, die anzunehmen und zu bearbeiten er sich nicht in der Lage fühlte?

Bereits beim Versuch, diese drei immer ähnlich auftauchenden Fragen zu beantworten, war er regelmäßig gescheitert. Aber das waren ja bei weitem nicht alle Fragen gewesen, denn aus jeder Frage hatten sich weitere Fragen ergeben, sodass das Ganze beinahe in einer Endlosschleife mündete, die ihn nicht nur furchtbar zermürbte, sondern aus der er zudem keine Möglichkeit zu entrinnen sah.

Insofern wollte er auch das Verhalten seiner Frau nicht als moralisch verwerflich verurteilen. Kein Wunder, dass sich Monique mit der Zeit von ihm abgewandt hatte. Wer wollte schon ein Nervenbündel als Ehemann haben, der lediglich tatenlos auf dem Sofa vor sich hin vegetierte und zu nichts zu gebrauchen war? Mehr als das. Zu dieser Zeit war klar gewesen, dass er an einer schweren psychischen Erkrankung litt. Und Monique war ein Mensch, der die schönen Dinge des Lebens liebte. Sie hatte nicht verstanden, wieso es ihm auf einmal nicht mehr möglich sein sollte, ihr offen seine Zuneigung zu bekunden. Sie verstand nicht, dass Freddy in seinem Zustand nicht mehr in der Lage war, mit ihr und den Kindern die Wochenenden mit Essengehen, Kaffeetrinken und Shoppen in der Stadt zu verbringen. Und als auch noch der von allen Familienmitgliedern heiß geliebte Sommerurlaub ausfallen musste, hatte sie den Kampf um ihren Ehemann aufgegeben. Auch ein Gespräch mit seinem Psychiater hatte ihr nicht das Wesen und die Heimtücke der Erkrankung näherbringen können. Letztlich war sie verständnislos geblieben, was er ihr nicht wirklich verübeln konnte, zumal er ja äußerlich der alte Freddy geblieben war.

Aber nun waren die Zeiten andere. Er hatte seine Lehren aus der Vergangenheit gezogen. Nichts mehr verschieben, nichts verdrängen und sich den anstehenden Problemen eins nach dem anderen widmen. Freddy beschloss, dass es genau aus diesem Grund nun an der Zeit war, zur Sozietät zu gehen und sich seinen Ängsten und den damit verbundenen, unangenehmen Gefühlen zu stellen. Leicht fiel ihm das aber keinesfalls.

»Sie dürfen nicht in kleinkindliches Verhalten zurückfallen«, hörte e in seinem Inneren wieder laut und deutlich die Stimme seines deutschen Psychiaters. »Sie müssen zu Ihrer

Verantwortung stehen. Die Probleme zu verdrängen, hilft Ihnen nicht weiter. Stellen Sie sich einfach Ihrer Verantwortung. Sie werden sehen, es befreit immens, wenn eine schwere Aufgabe erfolgreich erledigt wurde.«

Als ob das sich Stellen tatsächlich so einfach wäre. Er gab sich innerlich einen Ruck und mit einem lauten Seufzer stand er auf und lief die wenigen Meter bis zu seinem Ziel. Bei Rudys Sozietät handelte sich um ein imposantes vierstöckiges Haus mit Giebel, aber nur, wenn man den Dachboden mitzählte. Für die Prinsengracht war das Haus beinahe unerhört breit. Drei große Fenster maß das Haus in der Horizontalen. Die roten Ziegel leuchteten in der Sonne und strahlten Wärme ab. Die Tür sah wie gerade frisch lackiert aus – in glänzendem Schwarz. Er drückte die Klingel und präsentierte der hochpreisigen und modernen Sicherheitskamera möglichst eindrucksvoll, aber durchaus freundlich, sein Gesicht. Heute hatte er sich in ein weißes Hemd gekleidet, das er mit einem schwarzen Anzug komplettierte. Es schien ihm wichtig, Frau Hansen mit seriöser Garderobe zu beeindrucken und sie erst gar nicht zum Widerspruch oder Angriff zu animieren, wie das gestern ein wenig der Fall gewesen war. Seriöse Kleidung verschaffte in der Regel Respekt. Dabei übersah Frau Hansen, dass er nicht ihr Gegner war, sondern versuchte, ihr zu helfen und er war ihr Rechtsbeistand. Hoffentlich ging sein Plan auf, denn für Frau Hansen gehörte er doch auch zu »denen«, die ihr und ihrer Tochter nicht das geringste Vergnügen gönnten und das Leben zur Hölle machten.

Er lehnte sich gegen die massive Tür, die sich nach einer Weile wie von Zauberhand öffnete. Frau Bakker, eine mittelgroße Dame, die bereits auf das Ende ihrer 50er Jahre zuging, saß wie immer emsig Berichte und Rechnungen tippend am Empfang. Sie blickte auf und begrüßte ihn mit einem zauberhaften Lächeln, das allerdings ein wenig britisch unterkühlt war.

»Alles is oke, Freddy?«, fragte sie. »Du siehst heute sehr schick aus. Mein Kompliment.«

Wahrheitswidrig hob er den Daumen und antwortete mit einem schwungvoll vorgetragenen »Bestens. Ist denn Rudy bereits im Haus?«

Wie immer, wenn nach dem Chef des Hauses gefragt wurde, umspielte ein verträumtes Lächeln das Gesicht von Frau Bakker.

»Nein, Herr de Jong wird frühestens in einer Stunde zurückerwartet.«

Frau Bakker war beileibe kein junges Mädchen mehr und gab sich auch keinen träumerischen Illusionen hin, aber die Schwärmerei für ihren Chef konnte sie einfach nicht kaschieren. Manchmal beschlich Freddy das Gefühl, dass die Sekretärin und seinen Chef eine ihm unbekannte Geschichte aus der Vergangenheit verband, die ihn aber nichts anging.

»Danke schön, Frau Bakker. Ist meine Klientin denn schon anwesend?«

Wie aufs Stichwort ertönte die Klingel. Jemand schien Freude daran zu besitzen, seinen Daumen immer wieder auf den Knopf zu drücken. Bevor Frau Bakker irgendwie reagierte, blickte sie ein wenig enerviert auf den Bildschirm. Sie gab Freddy mit Gesten zu verstehen, dass es sich bei der Person um seine Klientin handelte und Freddy machte ihr ein Zeichen, dass er vor dem Öffnen schnell in sein Büro gehen wollte, damit er nicht bereits hier auf seine Mandantin traf. Die Sekretärin reckte kurz den Daumen in die Höhe und erst als sie hörte, wie er die Treppe nach oben ging, drückte sie den Summer. Die gute Seele der Kanzlei würde sicherlich dafür Sorge tragen, dass er ein paar Minuten Vorlauf hatte und Frau Hansen ihn nicht sofort »überfiel«.

Das, was er hier sein Büro nannte, war im Prinzip eine etwas geräumigere Besenkammer, was ihn aber nicht im Geringsten störte. Auf einem winzigen Schreibtisch, der in edlem Braun lackiert war, stand ein kleiner PC. Der edel aussehende Schreibtisch, das hatte ihm Rudy mehrfach erzählt, stammte aus dem 18. Jahrhundert, war in Indonesien gefertigt worden und hatte angeblich einer niederländischen Prinzessin gehört.

Freddy startete den PC und rückte die beiden schwarzen Besucherstühle mit den silbern glänzenden Metallgestängen für seine Klientin und ihre Tochter ordentlich zurecht. Vielleicht kam Frau Hansen heute ohne Anhang, denn ihrer Tochter wollte niemand juristisch etwas ans Bein binden, auch wenn sie die Mutter mit Worten lautstark unterstützte, hatte sie keinen physischen Kontakt mit dem Ordnungshüter gehabt. Erst jetzt fiel ihm ein, wie seltsam es war, dass eine Dame, die sich trotz fortgeschrittenen Alters noch für eine Hippie Braut hielt, so einen exklusiven Rechtsbeistand leisten konnte. Das widersprach doch ganz offensichtlich ihrer Selbsteinschätzung und Außendarstellung, aber es wäre nicht das erste Mal, dass Personen wie sie ein reiches Elternhaus im Hintergrund hatten, das sie im Notfall unterstützte. Vielleicht hatte sie auch bereits geerbt. Ihm sollte es egal sein, er wollte nur seine Aufgabe so gut wie möglich erledigen.

Tatsächlich erschien Frau Hansen allein zum Termin und hatte ihre Aussage vom Vortag dank Freddys zielführenden Fragen eingehend präzisiert. Nicht nur das. Sie hatte zudem ihrerseits massive Anschuldigungen gegen das Verhalten des Amsterdamer Ordnungshüters erhoben. Dieser sei nämlich unverhältnismäßig aggressiv gewesen und habe deshalb bei ihr und ihrer Tochter eine Panikreaktion hervorgerufen.

»Ich habe es mit der Angst zu tun gekriegt, als dieser faschistoide Polizist meine Tochter und mich physisch und psychisch bedrohte«, hatte sie Freddy im Brustton der Überzeugung mitgeteilt. »Sie können sich das gar nicht vorstellen. Ohne einen wirklichen Anlass zu haben, ging dieser sogenannte Polizist wie ein Stier auf ein rotes Tuch auf meine Bierdose und …«

In diesem anklagenden Stil war es die ganze Zeit über

weitergegangen. Mehrfach hatte Freddy ihr ausdrücklich versichern müssen, eine Anzeige gegen den Polizisten sei nicht nur sinnlos, sondern geradezu kontraproduktiv und würde den Fall vielleicht sogar unnötig zu ihrem Nachteil begünstigen. Freddy hatte bei den überflüssigen und eintönigen Schilderungen von Frau Hansen innerlich ein wenig abgeschaltet und zwischendurch durch gezielte Fragen versucht, die wenigen, dafür aber umso wichtigeren Fakten, die für das weitere juristische Vorgehen notwendig waren, zu eruieren. Doch Frau Hansen hatte beim letzten Termin noch nicht ihr ganzes Repertoire verschossen. Neu war nämlich ihr abenteuerlicher Verdacht gegen den Betreiber des Coffeeshops, den sie vor dem Vorfall mit dem Polizisten aufgesucht hatte und wo sie, nach niederländischem Recht völlig legal, anderthalb Gramm Haschisch erworben hatte.

»Der Inhaber dort war so ein Nafri«, hatte sie mit gehässiger Stimme zum vernichtenden Schlag angesetzt. »Sie wissen schon, ein Nordafrikaner. Marokkaner, um genau zu sein. Oder vielleicht handelte es sich doch um einen Tunesier? Hinsichtlich der Nationalität bin ich mir nicht so sicher, die sehen alle ähnlich aus. Ich habe wirklich nichts gegen diese Leute, solange sie anständig sind und mich fair behandeln.«

Der unterschwellige Rassismus ärgerte Freddy, aber er bemühte sich, professionell zu bleiben.

»Dort habe ich gemeinsam mit meiner Frauke Pollenhaschisch gekauft. Für 12 Euro das Gramm. Stellen Sie sich das mal vor. In Bielefeld kriege ich dieselbe Qualität, allerdings eine andere Sorte, vom Freund meines Vertrauens für 4 Euro weniger. Aber das ist nicht das Entscheidende, schließlich hatten wir ja Urlaub, und es war mein Bestreben, meiner Tochter unter anderem eine kulturtheoretische Annäherung an die Pflanze der Götter zu ermöglichen. Angeblich stammt das Haschisch im Coffeeshop aus dem marokkanischen Rif Gebirge. Ach, Marokko. Waren Sie schon einmal da? Es ist beinahe das Paradies auf Erden. Spielt ja aber keine Rolle.

Eigentlich ist das Haschisch von dort wirklich vom Feinsten, gar keine Frage. Ich kenne diese Sorte noch aus früheren Tagen. Das haben wir damals immer in unserer Clique geraucht. Kiloweise. In unserem besetzten Haus hing immer eine Dunstglocke vom Feinsten. Diese Art von Pollenhasch lässt einen auch im Alltag die mystischen Sphären und Pforten des Universums erahnen. Das ist eine Sache, die in unserer schnelllebigen und oberflächlichen Welt wirklich Not tut. Aber, was mir dieser Typ da angedreht hat, war nicht in Ordnung. Vermutlich hat er wertloses Haschisch mit irgendeinem chemischen Zeug besprüht. Ich habe gelesen, dass sie vor allem in Marseille eine gummiartige Masse mit Henna färben, es mit Chemikalien besprühen und es als Haschisch verkaufen. Ist das nicht höchst kriminell? Trotz meiner jahrzehntelangen Erfahrung bin ich auf die Fälschung hereingefallen.«

Nach dieser umfassenden Aussage, die eigentlich mehr unterstellende Anklagepunkte als Sachverhalte enthielt, hatte sie ihn in etwa so angeschaut, als ob sie den Stein der Weisen gefunden habe. Doch zu ihrer großen Enttäuschung hatte er nicht auf die haltlosen Unterstellungen und die darin impliziten rechtlichen Schritte gegen den Coffeeshop Betreiber reagiert. Was sie natürlich nur noch mehr anspornte, ihn von der Richtigkeit ihres Verdachts zu überzeugen.

»Das ist in meinen Augen nicht nur eine sehr kriminelle Handlung, die gar nicht streng genug bestraft werden kann, sondern sie stellt auch ein Sakrileg dar. Eine solch heilige Sache, wie sie Cannabis und Haschisch nun einmal sind, durch chemisch hergestellte Substanzen zu entweihen, ist nicht nur unwürdig, sondern geradezu Blasphemie. Und diese Chemie Scheiße, die der Typ uns da untergejubelt hat, hat dafür gesorgt, dass ich für kurze Zeit nicht mehr zurechnungsfähig war. Insofern kann ich nichts für die mir zugeschriebenen Taten. Ich war nicht die Herrin meiner Sinne.«

So langsam war Freddy klar geworden, worauf seine

Mandantin hinauswollte, was als potenzielle Verteidigungsstrategie zumindest theoretisch nicht ganz so dumm war, wie es vielleicht erschein. Es würde sich aber in der Praxis wahrscheinlich als Rohrkrepierer erweisen, keine Frage. Das musste er ihr nun schonend beibringen.

»Frau Hansen, glauben Sie mir, gerade die Coffeeshops in Amsterdam unterliegen ständig sehr strengen staatlichen Kontrollen. Die Stadt Amsterdam legt großen Wert darauf, ein engmaschiges Kontrollnetz über die Coffeeshops ausgeworfen zu haben. Der neue Bürgermeister versteht in diesem Punkt keinen Spaß. Bei dieser Kontrolldichte ist ein Vorgehen, wie Sie es gerade geschildert haben, eher ausgeschlossen. Unmöglich eigentlich. Kein Coffeeshop Besitzer würde die Existenz seines Ladens durch eine solche Dummheit gefährden. Es stimmt zwar, in den Niederlanden wird ein Großteil synthetischer Cannabinoide für sogenannte Räuchermischungen hergestellt, aber das ist ein Geschäftszweig, der nicht mit dem Coffeeshop Business in Berührung kommt. Hier kommt es wirklich zu keinen Überschneidungen.«

Die giftigen Blicke der Ost- Westfälin drohten ihm geradezu, ihn zu vernichten.

»Herr Walz«, startete sie einen neuen Versuch, indem sie versuchte, besonders staatstragend zu reden und aufzutreten. »Ich fürchte, Sie haben meine Aussagen völlig falsch verstanden. Es ist nicht so, dass ich etwas gegen Ausländer habe, überhaupt nicht, wirklich nicht«, war sie dann fortgefahren, wobei die Stimmfärbung bereits wieder ins Nölige abrutschte. »Im Gegenteil, ich liebe ausländisches Essen. Falafel, Shish Kebab, Pizza und so weiter. Ich hatte auch schon Freunde, die aus Nordafrika stammten. Schöne Männer. Aber die in Amsterdam agierenden marokkanischen Banden sind äußerst kriminell. Sehr gefährlich. Das ist die neue Mafia, die die Niederlande im Würgegriff hält. Sagen Sie nur das wussten Sie nicht.«

Natürlich hatte Freddy bereits davon gehört. Ihre vage

Aussage traf schon in etwa so zu, auch wenn es sich lediglich um eine pauschalisierende Feststellung handelte. Es gab einige niederländische Familien mit marokkanischem Migrationshintergrund, die massiv in den Bereich der Organisierten Kriminalität drängten, der natürlich von den alteingesessenen Kriminellen verteidigt wurde. Auch wenn die Vorstellung den meisten Urlaubern hier schwerfiel, auch in dem deutschen Nachbarland gab es richtig schwere Jungs, die keinen Migrationshintergrund aufwiesen. Zwischen der Garde der alten und der neuen Gangster war es zu harschen Verteilungskämpfen gekommen. Die Marokkaner hatten es mit der Zeit sogar weitgehend geschafft, in vielen kriminellen Geschäftsbereichen die Zügel in die Hand zu nehmen. Aber alles, was seine Mandantin hier vorbrachte, waren unbegründete Spekulationen, um sich selbst von jeglichen Vorwürfen reinzuwaschen. Es ging um nichts anderes als die Umkehrung oder Abwälzung der gegen sie gerichteten Vorwürfe.

»Frau Hansen, ich würde Ihnen auf keinen Fall empfehlen, Ihren Verdacht unbegründet bei Gericht zu äußern, sollte es überhaupt zu einer Verhandlung kommen. Ich werde Ihre Aussagen in dieser Form auch vorläufig nicht zu den Akten nehmen. Das kann nämlich sehr schnell als Rufschädigung oder falsche Anschuldigung verstanden und dadurch zum juristischen Bumerang werden. Falls Sie auf der Version der dargelegten Story beharren wollen, sollten Sie auf jeden Fall sehr zügig in ein Krankenhaus oder in eine Arztpraxis gehen, um Ihr Blut auf etwaige chemische Zusatzstoffe untersuchen zu lassen. Erst wenn hier ein positives Ergebnis vorliegt, können wir das eventuell geltend machen. Wir benötigen einen stichhaltigen Beweis. Ohne empirische Evidenz Ihrer Aussagen sehe ich keine Grundlage, diese als Bestandteil in Ihre Verteidigung zu integrieren.«

Zwar hatte Frau Hansen widerwillig und energisch ihre prächtigen blonden Rastalocken geschüttelt, aber Freddy wusste genau, außer weiteren dubiosen Nebelkerzen hatte die Frau keine Pfeile mehr in ihrem Köcher. Zum Glück hatte sie danach auf weitere Beispiele ihrer blühenden Fantasie verzichtet und mit Freddy weitgehend ernsthaft und erwachsen die optimale Verteidigungsstrategie besprochen.

Nach dem Besuch, der auf Dauer ein wenig anstrengenden Dame, benötigte Freddy ein paar Minuten, um sich wieder zu sammeln und das Erlebte zu verdauen. Dann saß er noch eine ganze Weile herum, fertigte einige Notizen über den Fall an und wollte bald aufbrechen, ohne genau zu wissen, wohin. Vielleicht wäre es gut, noch Rudy kurz »Hallo« zu sagen und dann …? Wäre es sinnvoll, vielleicht im Krankenhaus noch einmal zu probieren, zu Lieke vorgelassen zu werden? Aber eigentlich war so gut wie ausgeschlossen, dass sich Liekes Gesundheitszustand in letzter Zeit so zum Positiven verändert hatte, dass er sie nun sehen durfte. Dieses Vorhaben musste wohl schweren Herzens warten. Wenn er ehrlich war, graute es ihm immer noch vor dem Alleinsein in seiner winzigen Wohnung. Hier würden all die negativen Gedanken ihn geradezu ersticken, ihm die Luft zum Atmen nehmen. In erster Linie trieb ihn natürlich die wahnsinnige Sorge um Lieke beinahe in den Wahnsinn. Aber hinzu kam die Schwermütigkeit der Gedanken, die seine Vergangenheit, Gegenwart und Zukunft betrafen. Im Prinzip wusste er momentan nicht einmal, wo oben und unten, links und rechts waren. Ein Zustand, der für seine Entwicklung sicherlich nicht optimal war, da für die Vermeidung seiner Erkrankung eigentlich stabile und geordnete Verhältnisse die besten Bedingungen waren.

Vielleicht konnte er sich ein wenig ablenken, wenn er sich eine neue Tour durch seine Lieblingsstadt ausdachte. Und Gerrit hatte ihm freundlicherweise angeboten, heute mit ihm wieder eine Kneipenwanderung zu unternehmen, doch das war ja auch keine Dauerlösung, außerdem wollte er auf keinen Fall mehr so viel Alkohol trinken wie gestern. Obwohl er die Anfrage ablehnte, hatte es ihn sehr gefreut, wie sehr Gerrit an ihn dachte und ihm helfen wollte. Wahre Freundschaften waren heutzutage doch eher eine Seltenheit, die es wie ein Kleinod zu schützen galt. Umso glücklicher durfte er sich schätzen, Gerrit und Rudy seine wahren Freunde nennen zu dürfen. Vielleich war es besser, einfach noch ein wenig Zeit in der Kanzlei zu verbringen. Aber irgendwie kam er sich dort fehl am Platze vor. Er spürte, er gehörte eigentlich nicht wirklich hierhin. Er wurde mehr oder weniger geduldet, weil Rudy und ihn eine jahrzehntelange Freundschaft verband. Weder seine juristischen Leistungen noch seine Herkunft hätten auch nur ansatzweise ausgereicht, um seine Arbeit in dieser Sozietät zu rechtfertigen. Aber auch das durfte er nicht zu streng sehen, denn der Psychiater hatte ihn davor gewarnt, Selbstzweifel die Oberhand gewinnen zu lassen, da dies zur Auslöschung einer positiven Identität führen konnte.

»Hallo, Freddy, alte Hütte«, riss ihn Rudys tiefer Bass aus seinen Tagträumereien. »Gut, dich bei der Arbeit zu sehen. Irgendjemand muss ja für unser aller Wohlergehen sorgen, oder?«

Die Tür zu seinem Büro war nur angelehnt gewesen und Rudy hatte sich die Freiheit genommen, ihn ohne formales Anklopfen zu begrüßen.

»Oh, hi Rudy«, wandte er den Blick in die Richtung, aus der die Stimme kam. »Schön, dich zu sehen. Ich hatte gehofft, dich noch zu treffen.«

Er stand auf, umrundete den Schreibtisch und Rudy trat nun vollständig in das Büro ein. Rudy war ebenso groß wie Freddy, hatte aber die schlanke Figur eines begeisterten Hobbysportlers beibehalten. Auf seinem Kopf thronten pechschwarze, große Locken, die ihm häufig ein eher linkisches Aussehen verliehen, das aber völlig in die Irre führte, denn Rudy war einer der brillantesten Rechtsanwälte der

Niederlande. Die beiden Männer schüttelten sich die Hände und blickten sich freundschaftlich an.

»Na, ist alles klar bei dir?«, fragte ihn der Mann mit dem blütenweißen Hemd, das er zu einer schwarzen Armani Stoffhose inklusive scharfer Bügelfalten und polierten, handgefertigten Lederschuhen trug. »Was macht denn dein neuer Fall? Wird es staatspolitische Verstimmungen zwischen Deutschland und den Niederlanden geben?«

»Das wohl eher nicht, aber der Fall ist schlichtweg abenteuerlich, Rudy. Wirklich spannend. Eine deutsche Frau mit Dreadlocks die gegenüber einem Amsterdamer Stadtpolizisten ausfallend wurde, weil dieser ihr die Bierdose weggenommen hatte. Was einmal mehr beweist, dass Cannabis und Alkohol keine gute Kombination sind.«

Rudy und er lachten herzlich und Rudy knetete dabei freundschaftlich seine Schulter. Sollte er Rudy jetzt von den gestrigen Ereignissen erzählen? Aber so, wie Rudy hier auf ihn zukam, wollte dieser nur ganz kurz Smalltalk mit ihm betreiben und sich dann wieder seinen vielen wichtigen Aufgaben widmen. Aber dennoch wollte er diese Geschichte seinem niederländischen Freund unbedingt mitteilen, dann würde er sich vielleicht ein bisschen erleichtert fühlen. Was für seine Psyche nur von Vorteil sein konnte.

»Bei Gelegenheit muss ich dir noch eine krasse Geschichte erzählen«, leitete Freddy sein Vorhaben ein und ließ Rudy dabei die Wahl, den richtigen Zeitpunkt dafür zu bestimmen.

»Warum warten? Du weißt doch, für deine spannenden Geschichten habe ich immer Zeit, mein Lieber. Ich wüsste nicht, was interessanter sein könnte.«

»Also gut, wie du möchtest. Gestern war ich nicht nur Zeuge bei dem gravierenden Raubüberfall an der Singel, sondern mittendrin.«

»Nein! Freddy, sag, dass das nicht wahr ist.«

Schlagartig verschwand beinahe aller Schalk aus Rudys

Gesicht und aus seinen Augen. Die braunen Augen wurden zu schmalen Schlitzen. Die Stirn warf plötzlich Falten.

»Hast du den Überfall auf den Geldtransporter gestern wirklich live mitgekriegt?«, fragte er dann, ohne dabei sein großes Erstaunen zu verhehlen. »Diese wüste Schießerei wie im Wilden Westen, bei der es auch Verletzte gab? Falls dem so ist, bin ich sehr froh, dich hier gesund zu sehen, mein Freund.«

Freddy rang sich ein gequältes Lächeln ab.

»Das ist lieb von dir Rudy, aber dennoch habe ich dir noch schreckliche Nachrichten mitzuteilen, die mit diesem Ereignis zusammenhängen.«

Jetzt drohten dem Staranwalt beinahe die Augen aus den Höhlen zu ploppen. Die Stirnfalten verwandelten sich in sichtbare Fragezeichen.

»Was meinst du damit?«, fragte er atemlos. »Welche schlechten Nachrichten?«

»Ich war gestern mit Lieke zum Kaffee trinken verabredet.«

»Mit »unserer« Lieke?«

»Genau. Mit der Lieke van Dijk, die ich vor gut einem Jahr ganz zufällig hier in dieser Kanzlei kennengelernt habe, als sie dich damals als ihren Anwalt aufsuchte.«

»O mein Gott, Freddy. Lieke ist doch hoffentlich nichts passiert, oder? Sag bitte, dass das nicht wahr ist.«

Die im Raum herrschende Spannung war förmlich mit den Händen zu greifen. Es fiel Freddy verdammt schwer, weiter zu reden.

»Leider doch, Rudy. Lieke hat etwas abgekriegt.«

Eine elegantere Formulierung war ihm einfach nicht eingefallen.

»Nein, verdammt, das darf doch nicht wahr sein!« – vor Schreck hielt Rudy sich eine Hand vor den Mund und lief knallrot an, was Freddy an manche Zornesattacke erinnerte, die er in früheren Tagen durchaus öfter bei Rudy erlebt hatte.

»Es ist leider alles sehr traurig, Rudy«, setzte Freddy an und sein Freund ergriff ihn nun fest an den Schultern und drohte seinerseits beinahe wegzusacken. »Lieke wurde von einem Querschläger einer Kalaschnikow erwischt. Zuerst sah es ganz schlecht für sie aus. Inzwischen schwebt sie aber zum Glück nicht mehr in Lebensgefahr.«

»Was? Lebensgefahr?«, brüllte Rudy beinahe völlig aufgelöst. »Lieke schwebte in Lebensgefahr, weil sie bei dem gestrigen Überfall von einem Querschläger getroffen wurde? Das glaube ich nicht.«

Der Druck seiner Hände, die sich in Freddys Schultern nun regelrecht vergraben hatten, wurde noch stärker. Das Gesicht gewann weitere Rotschattierungen hinzu und Freddy fürchtete beinahe um die momentane Gesundheit seines Chefs. Er bewegte seine Schultern ein wenig, um sich aus dem Klammergriff zu befreien und nickte dann mehrfach, um seinem Chef klarzumachen, dass er leider die Wahrheit erzählte.

»Neuken!«, platzte es aus dem Amsterdamer Urgestein heraus. Er löste sich jetzt vollkommen von Freddy und sank auf einem Besucherstuhl zusammen.

»Das kannst du wohl sagen«, stimmte Freddy zu. »Was für ein schrecklicher Schlamassel.«

Rudy schüttelte sich mehrfach auf dem Stuhl, als ob er einen bösen Traum loswerden wolle.

Soll ich ihm wirklich alles erzählen?, fragte sich Freddy im Geheimen und dachte dabei an das unangenehme Gespräch mit Kommissar Nijland und dessen mehr oder weniger im Raum stehenden Verdacht.

Er entschied sich für die offene Variante. Immerhin handelte es sich bei Rudy um den Familienanwalt der van Dijks und insofern sah er keine Veranlassung, über irgendetwas zu schweigen.

»Diese Geschichte weist leider ziemlich viele Schattierungen auf«, sagte er ein wenig kleinlaut, während er dabei zusehen konnte, wie sich Rudys Blutdruck in noch gefährlichere Höhen katapultierte. »Lieke hatte bei unserem Treffen eine durchgeladene und funktionstüchtige Pistole dabei. Der Kriminalkommissar hat es zwar nicht ausdrücklich so gesagt, aber ich habe das Gefühl, er hat Lieke und mich im Verdacht, bei dem Überfall als Abdecker der Gangster fungiert zu haben.«

Rudys Blick legte nahe, dass er an der Zurechnungsfähigkeit seines deutschen Freundes zweifelte

»Sag das bitte noch einmal«, wiederholte er dann auch folgerichtig. »Ich glaube, ich bin im falschen Film. Das kann doch nicht dein Ernst sein.«

So ruhig er konnte, wiederholte Freddy seine Aussage. Rudy prustete danach wie ein Elefant, der sich bedroht fühlt. Dann nahm er den Hörer von dem auf dem Schreibtisch stehenden Telefon und drückte eine Kurzwahlziffer.

»Frau Bakker, sagen Sie bitte alle heutigen Termine ab.«

Es folgte eine kurze Pause.

»Ja, es handelt sich um einen Notfall. Wirklich alle Termine. Alle!«

Danach blickte er seinen deutschen Freund an und es bedurfte keiner Worte, um zu bemerken, dass die Welt dieses Mannes gerade ein wenig heftig aus den Fugen geriet. Er lehnte sich vornüber, um besser Luft zu kriegen, als ob ein Herzinfarkt unmittelbar bevorstünde. Nachdem er ein paar Minuten tief ein und ausgeatmet hatte, schien es ihm etwas besser zu gehen.

»Freddy, von dir hatte ich bessere Nachrichten erwartet. Das ist alles ganz schrecklich. Es wundert mich aber, warum die Familie van Dijk mich in dieser Sache noch nicht kontaktiert hat«, stellte Rudy schließlich fest. »Schließlich bin ich seit Jahren der Anwalt der Familie und …«

Freddy zuckte ahnungslos die Achseln.

»Das ist furchtbar und alles ziemlich seltsam. Ich würde gerne ein Bier trinken gehen«, meinte Rudy. »Das benötige ich jetzt für meine Nerven.«

Trotz der angespannten Situation musste Freddy schmunzeln, denn auch Rudy war ungeachtet aller Berühmtheit auch nur ein Mensch.

»Das ging mir gestern Abend auch nicht anders«, behauptete Freddy und nahm sich fest vor, heute keinen oder nur ganz wenig Alkohol zu trinken, da er immer noch ein wenig an den Nachwehen von gestern litt und sein Psychiater ihm während seiner Krankheit mehrfach ermahnt hatte, Probleme nicht mit aller Gewalt oder durch Substanzkonsum zu verdrängen, sondern sich ihnen zu stellen.

»Freddy, wir werden die Schweine erwischen, die unserer Lieke das angetan haben«, hörte er seinen niederländischen Freund zu seiner Genugtuung sagen. »Wehe, wenn ich sie vor Gericht in die Hände kriege! Dann Gnade ihnen Gott!«

8.

Leidseplein

Exakt eine Woche nachdem Lieke von den Schüssen der Gangster lebensgefährlich verletzt worden war, herrschte in Amsterdam erneut schönster Sonnenschein. In der Zwischenzeit war es einige Tage lang kühl und regnerisch gewesen, aber nun schien der Sommer mit voller Kraft zurückzukehren und sich von seiner besten Seite zu zeigen. Freddy war es zum Glück gelungen, Lieke einige Tage hintereinander im Krankenhaus zu besuchen. Ihr ging es inzwischen den Umständen entsprechend gut, und die Ärzte waren recht zuversichtlich, dass sie bald entlassen werden konnte. Bleibende Schäden waren durch die Schussverletzung zum jetzigen Zeitpunkt so gut wie ausgeschlossen.

Seltsamerweise war es ihnen ein wenig schwergefallen, in der ungewohnten, steril wirkenden Umgebung, direkt dort anzuknüpfen, wo sie vor dem Überfall auf den Geldtransporter aufgehört hatten. Eigentlich schien ihm das aufgrund der gravierenden Ereignisse nur natürlich zu sein, aber dennoch wünschte er sich nichts sehnlicher, als Lieke herzlich in den Arm zu nehmen, was aber allein aufgrund ihrer Schussverletzung ein Ding der Unmöglichkeit war, ohne große Schmerzen oder ein Aufplatzen ihrer Wunde zu riskieren. Beinahe hatte Freddy den Eindruck, sie stünden wieder genau an dem Punkt ihrer Beziehung, an dem sie sich vor dem klärenden Gespräch befunden hatten. Natürlich war dem mitnichten so, aber sein angekratztes Selbstbewusstsein und viele schreckliche Erinnerungsschübe an die Zeit seiner eigenen Erkrankung, hatten ihm momentan jegliche Zuversicht geraubt. Lieke hingegen war immer noch eine verletzte Frau, die der Schonung bedurfte. Zudem fühlte sie sich im Krankenhaus überhaupt nicht wohl und tat sich ein wenig schwer, hier ihre wahren Emotionen ihm gegenüber zu zeigen. Allerdings sagten die sehnsuchtsvollen Blicke, mit denen sie ihn bedachte, mehr als tausend Worte. Und sie musste ihm auch gar nichts explizit sagen, denn beide verstanden sich beinahe blind. Nur die Verbalisierung eines entscheidenden Satzes schien in der Krankenhausatmosphäre nicht möglich zu sein. Freddy war unmissverständlich klar geworden, dem Tod so knapp von der Schippe gesprungen zu sein, hatte etwas Furchtbares mit Lieke angestellt, und es würde einige Zeit dauern, bis die daraus resultierenden seelischen Wunden wieder geheilt sein würden. Wie sollte es denn auch anders sein? Einen solchen Vorfall steckte niemand einfach weg.

Dennoch hatte es auch in romantischer Hinsicht einige kleine Fortschritte gegeben, so gering sie auch gewesen waren. Immerhin küssten sie sich inzwischen bei jedem Besuch zur Begrüßung und zum Abschied auf den Mund. Sachte, sanft und vorsichtig, damit Liekes Wunde nicht durch plötzliche Bewegungen zu sehr schmerzte oder sich wieder öffnete. Während sie sich am Krankenbett angeregt unterhielten, war es nicht selten vorgekommen, dass er stundenlang ihre Hand gehalten hatte. Außerdem streichelte er sie gerne an ihrem Unterarm und sie machte keinerlei Anzeichen, dass ihr dies unangenehm wäre. Fasziniert blickte er dann abwechselnd in ihre wunderbar blauen Augen und auf die dünne, blonde und kaum wahrnehmbare Armbehaarung. Viel wichtiger als alle physischen Berührungen war jedoch, dass sie bereits gemeinsam Pläne für die Zukunft schmiedeten.

»Wenn du hier rauskommst, gehen wir als erstes in die Chinatown und gönnen und feinstes chinesisches Essen, Dim Sum bis zum Abwinken und einmal die Karte rauf und runter im Nam Kee und ...«

Aber beim Träumen von gemeinsamen Essen blieben ihre Pläne nicht stehen.

»Wir werden dann gemeinsam eine Bootstour mit meinem Cousin unternehmen, der hat sich nämlich ein cooles Partyboot gekauft«, lautete einer von Liekes Vorschlägen.

»Wie wäre es denn mit einem Ausflug nach Den Haag?«, warf Freddy in die Runde.

»Rotterdam ist an sich keine schöne Stadt, aber die Bauhauskultur und die Bauhausarchitektur sind sehr faszinierend«, kam es wieder von ihr.

Kurzum, das junge Paar, das mit brutaler Gewalt mitten in seiner gegenseitigen amourösen Annäherung gestoppt worden war, fasste Ansätze ins Auge, wie es die zart aufkeimende Romanze nach ihrer Entlassung weiterzuentwickeln gedachte. Allein die Tatsache, dass Liekes Offensive in Sachen Romantik keine Einbildung oder Eintagsfliege gewesen war, erfüllte Freddy mit großer innerer Zufriedenheit und Stolz. Aus der kleinen Flamme der Hoffnung, überhaupt noch einmal eine neue, ernsthafte Beziehung eingehen zu können, hatte sich inzwischen ein regelrechter Flächenbrand entwickelt. Und das war ein Aspekt, den er eigentlich nur ungern zugab, denn natürlich war sein Herz immer noch voll vor Angst. Angst, erneut verlassen zu werden, erneut zu versagen und ganz allein auf der Welt dazustehen. Doch Lieke hatte in dieser Hinsicht versucht, ihm jegliche Angst vor der Zukunft zu nehmen.

»Ich bin bereits wahnsinnig aufgeregt, was passiert, wenn ich dich beim Geburtstag meines Vaters in die Familie einführe. Das wird großartig, glaube mir. Meine Familie ist vielleicht ein wenig gewöhnungsbedürftig, aber ich bin sicher, wir werden alle gut miteinander auskommen.«

So gut diese Aussage auch immer von ihr beabsichtigt gewesen sein mochte, sie verschaffte ihm dennoch gewisse Beklemmungen. Denn die gesellschaftliche Stellung und das damit verbundene Drumherum einer schwerreichen und einflussreichen Familie machte ihm Angst, auch wenn Lieke sich mit einem zauberhaften Lächeln größte Mühe gab, alle Sorgen dieser Welt von seiner Seele zu nehmen. Doch ihre Familie war und blieb für ihn sprichwörtlich ein rotes Tuch, vor allem aus der Befürchtung heraus, die in ihn gesetzten Erwartungen nicht zu erfüllen. Seine größte Sorge war, ob und inwieweit er in der anderen Familie überhaupt akzeptiert werden würde. Selbst wenn er seine Erkrankung vorläufig verschwieg, sprachen seiner Meinung nach eine Menge von Gründen gegen ihn als Liekes potenziellen Freund oder Verlobten. Er war Deutscher, verdingte sich als Touristen Guide und Anwaltsgehilfe und hatte eine gescheiterte Ehe mit Kindern hinter sich. Aus dieser ihm unangenehmen Gemengelage heraus, vermied er nach aller Möglichkeit mit jemandem aus dem van Dijk »Clan« im Krankenhaus zusammenzutreffen. Es wäre Freddy kaum etwas peinlicher gewesen, als bei einem seiner Besuche in Liekes Familie hineinzurennen. Aber die Beziehung zwischen ihnen war ohnehin Zukunftsmusik. Wenn er am Abend manchmal allein und ein wenig traurig in seiner Wohnung saß, dachte er daran, was in der Beziehung alles schieflaufen konnte. Lieke und er hatten bisher nur begrenzte Zeiten in Cafés, Bars, Restaurants und Museen miteinander verbracht.

Wie würde es werden, wenn sie ganze Tage ohne jede Unterbrechung aufeinanderhingen?

Was, wenn sie vielleicht später einmal zusammenzogen?

Für eine sehr lange Zeit Tag und Nacht miteinander verbrachten?

Und irgendwann würden auch seine Kinder ins Spiel kommen. Monique hatte ein einstweiliges Besuchsverbot gegen ihn durchgesetzt, gegen das er aus der Ferne mehr oder weniger machtlos war. Insofern hatte er keinen Kontakt zu Sohn und Tochter, was ihn aber innerlich so sehr schmerzte, dass er den Gedanken daran gar nicht erst zuließ. Dieses gerichtliche Kontaktverbot rührte von einem Abend her, an dem ihn die Dunkelheit so stark umklammert gehalten hatte, dass er viel zu viele Tabletten mit einer Menge Alkohol gemischt hatte und es schließlich zum sprichwörtlichen Filmriss gekommen war. An diese Dämonen aus der Vergangenheit wollte er gar nicht mehr denken, dennoch war er hier gleich in den nächsten Akt einer unendlichen Tragödie gerutscht. Unglücksfälle schienen inzwischen sein Leben zu bestimmen

Um sich von den inneren Beklemmungen zu befreien, reckte er den gigantischen Deutschlandschirm in die Höhe, um seine Schäfchen zu sich zu rufen. Zeit, wieder sein professionelles Fremdenführergesicht aufzusetzen und den Kopf frei zu kriegen. Nur mit viel Mühe kriegte er ein leichtes Grinsen auf seinem Gesicht zustande. Bei dieser Tour handelte es sich um eine Gruppe jüngerer Touristen, die alle zwischen Mitte Dreißig und Ende Fünfzig waren. Es handelte sich um einen Kegelverein aus einem kleinen Kaff in Franken. Insbesondere das rollende R beinahe aller Teilnehmer hatte es ihm irgendwie angetan. Als er feststellte, dass sich alle in Hörweite befanden, war er der Meinung, es wäre an der Zeit, den Sack zuzumachen.

»Meine Damen, meine Herren, der Leidseplein, auf Deutsch Leidener Platz, ist, neben dem Rembrandtplein, die bekannteste Vergnügungsstätte in Amsterdam.«

Er ließ den Blick über die lediglich mäßig interessierte Gruppe wandern und entschloss sich, sie mit einem Gag wachzurütteln, da er sonst vermutlich nur ein spärliches Trinkgeld erhalten würde.

»Entschuldigen Sie meine Damen und Herren, das ist natürlich Blödsinn, was ich erzähle. Die größte Amüsiermeile in Amsterdam ist und bleibt selbstverständlich nach wie vor das Rotlichtviertel …«

Der Gag zeitigte den gewünschten Erfolg. Insbesondere die Männer in der Gruppe bogen sich vor Lachen und manche schämten sich nicht, durch gewisse Gesten und Mimik, seine Aussagen zu unterstreichen. Aber auch etliche Frauen schienen den Kalauer gut zu finden, und Freddy fragte sich, um wie viel Uhr Gruppen wie diese denn eigentlich mit dem Alkoholtrinken anfingen, wenn sie als Verein in die Fremde fuhren.

»Jetzt aber wieder im Ernst«, fuhr er fort, als die letzten Lacher verstummt waren. »Der Leidseplein liegt an der südlichen Leidsestraat und reicht bis an den Grachtengürtel hinan. Diejenigen von euch, die gestern keinen Coffeeshop aufgesucht haben, werden sich an den Grachtengürtel und meine Ausführungen darüber erinnern. Dem Rest wird es spätestens auf der Heimfahrt wieder einfallen.«

Wieder ein Gegacker und Gejohle. Bei manchen Gruppen gelang es eben erst am Ende der Tour, das Eis zu brechen. Gut Ding wollte eben manchmal Weile haben.

»Zur Südseite hinaus« – er zeigte mit dem rechten Arm in diese Richtung – »wird er vom Leidsepoort abgeschlossen und nach Westen führt die Marnixstraat und nach Osten die Weteringschans.«

Da er die Himmelsrichtungen anzeigte, kam er sich beinahe wie ein Verkehrspolizist aus vergangenen Zeiten vor und führte die Bewegungen beinahe ein wenig theatralisch aus, was für weitere Lacher und gute Laune sorgte.

»Wenn Sie sich nach der Führung allein ein wenig die Füße vertreten wollen, würde ich Ihnen empfehlen nach rechts abzubiegen. Dort werden Sie dann nach spätestens fünfzehn Minuten auf den Blumenmarkt treffen, den wir vorhin zeitbedingt leider nur streifen konnten. Gibt es denn in dieser Gruppe jemanden, der ein wenig über die Geschichte des Leidsepleins Bescheid weiß?«

Wie ein Seemann auf der Suche nach Land hielt er nach den Wissenden Ausschau. Das war aber in diesem Fall vergebene Liebesmüh. Er bemerkte, wie einige der Männer sprichwörtlich mit den Hufen scharrten und bereits die zahlreichen, den Leidseplein umgebenden Cafés und Kneipen sondierten, um sofort nach Beendigung der Tour ein Bier trinken zu gehen. Also würde er ihnen den Gefallen tun, sich beeilen und die Tour rechtzeitig beenden. Es bestand keine Notwendigkeit, die Veranstaltung für alle Beteiligten länger als nötig zu machen.

»Ursprünglich stellte der 1664 angelegte Leidsepoort eines von acht Eingangstoren nach Amsterdam dar. Beinahe zweihundert Jahre später wurde dieses Tor eingerissen. Ab 1875 gab es eine Pferdebahn, die vom Leidseplein ins Plantagenviertel führte und 1900 wurde die erste elektrische Eisenbahn zum Haarlemmerplein eingeweiht.«

Ein kurzer Kontrollblick zeigte, bis hierhin gab es keine Fragen, also rasch weiter im Text.

»Der Leidseplein war immer schon in den liberalen Niederlanden als ein besonders toleranter Ort bekannt. Und 1955 gab es hier bereits die erste Diskothek, De Schakel, die ein Treffpunkt für gleichgeschlechtlich orientierte Menschen war, in diesem Fall überwiegend Männer. Im restlichen Europa gab es so etwas zu diesem frühen Zeitpunkt noch nicht. Ab den 1960er Jahren entwickelten sich um den Leidseplein herum unterschiedliche Subkulturen, zum Beispiel die Pleiners, die sich immer exakt hier trafen, um ihrem Unmut gegen die materialistische Wohlstandsgesellschaft Ausdruck zu verleihen. Mehr oder weniger ging es den überwiegend jugendlichen Mitgliedern darum, sich von der Elterngeneration abzugrenzen, also ein Prozess, der damals in ganz Europa stattfand. Trotz aller Materialismus Kritik erlangten die Pleiners durch eine enorme Anzahl an Ladendiebstählen traurige Berühmtheit.«

Normalerweise zündete dieses Paradoxon an dieser Stelle immer, aber nicht so bei der eifrigen Kegeltruppe, die dafür ein wenig zu unausgeschlafen wirkte. Hastig überlegte er also, welche Teile seines Vortrags er guten Gewissens weglassen konnte.

»Heute ist das alles ganz anders. Der Leidseplein ist sowohl bei Niederländern als auch Touristen ein äußerst beliebtes Vergnügungsviertel mit einer unglaublich großen Anzahl von Restaurants, Bars, Cafés, Theatern und dem Konzertgebäude.«

»Richtig!«, brüllte jetzt der Mann, der ein Ajax Amsterdam Käppi trug. »Wir wollen uns jetzt auch vergnügen. Ich möchte ein Bier.«

Endlich ein paar weitere Lacher. Wenn er nicht in der Lage war, den Tanzbären zur vollen Entfaltung zu bringen, benötigte er eben manchmal die Unterstützung von Mitgliedern seiner Gruppen. Zur Unterstreichung des Gesagten schaute der neben dem Witzbold stehende Kollege vorwurfsvoll auf seine Uhr und ahmte mit der anderen Hand Trinkbewegungen nach. Unglaublich, wie pubertär sich Erwachsene im Urlaub benehmen konnten.

»Ich habe das schon verstanden, meine lieben Freunde«, nahm Freddy den Hinweis dankbar auf und jetzt klatschten manche, die es wohl besonders eilig hatten, ihn loszuwerden, um den Kurzurlaub in vollen Zügen zu genießen. »Aber das Wichtigste gebe ich Ihnen noch in Kurzform mit und dann entlasse ich Sie sehr gerne, um der Firma Heineken die Möglichkeit zu geben, ihre Monopolstellung auf dem europäischen Biermarkt weiter auszubauen.«

Endlich erntete er wieder ein paar authentische Lacher und ein Scherzkeks brüllte »Jawohl, aber ich mag lieber Amstel Bier«.

»Also, dann, passen Sie nach dem Biertrinken auf, denn hier herrscht immer viel Verkehr«, legte er den Zechern ernsthaft ans Herz. »Und Amstel Bier gehört inzwischen übrigens auch zum Heineken Imperium.«

»Ich dachte, viel Verkehr gibt es vor allem im Rotlichtviertel«, schaltete sich der besagte Scherzkeks erneut dazwischen.

Schwer, dem Typen das Wasser zu reichen.

»Nein, wie Sie sehen, verkehren hier etliche Straßenbahnen, Autos und Fahrradfahrer, also passen Sie auf, wenn Sie nachher ausreichend getankt haben und ihre Anzeige sich danach nicht mehr im roten Bereich befindet. Und nun bleibt mir nichts mehr übrig, als mich für Ihre Aufmerksamkeit zu bedanken, und Ihnen noch eine wunderschöne Zeit in der großartigen Stadt Amsterdam zu wünschen. Sollten Sie noch Fragen oder Wünsche haben, zögern Sie bitte nicht, auf mich zuzukommen.«

Es folgte ein spärlicher, zögerlicher Applaus und die Gruppe hatte sich wie von ihm vorhergesehen in Sekundenschnelle in alle Himmelsrichtungen verteilt. Doch eine Person aus der Gruppe kam zu ihm, stellte sich als Vereinsvorsitzender und Kassenwart vor, bedankte sich für die tolle Führung, drückte ihm im Namen der Gruppe einen 100 Euro Schein in die Hand und verschwand. Für einen Augenblick sank Freddy wie meistens nach Beendigung einer Tour ein wenig in sich zusammen und schloss die Augen, um sich zu sammeln.

»Äh, entschuldigen Sie bitte, Herr Walz«, hörte er eine Stimme auf Deutsch sagen.

Die Stimme und der niederländische Akzent kamen ihm bekannt vor.

»Ich denke, wir sollten uns kurz einmal miteinander unterhalten.«

Als er die Augen öffnete, stand Kommissar Nijland vor ihm. Der Mann schien unter der für Amsterdamer Verhältnisse recht großen Hitze zu leiden, denn auf seinem Gesicht, das heute wie das einer zerknautschten Bulldogge aussah, standen viele Schweißtropfen. Kein Wunder, denn er trug ein braunes Cord- Sakko zu einer Hose aus demselben Stoff, der besonders dicht gewebt aussah und eher für den Winter oder Herbst geeignet schien.

»Äh, ja, das können wir gerne tun«, war Freddy völlig vor den Kopf gestoßen, denn er hatte nicht damit gerechnet, dass ihn Nijland direkt nach einer Tour abfangen würde. »Wollen wir hier miteinander sprechen?«, fragte er deshalb überrascht.

Nijland blickte sich um.

»Wenn Sie nichts dagegen haben, würde ich gerne etwas trinken gehen. Ich finde, es ist sehr heiß heute. Ich lade Sie auch gerne ein, Herr Walz.«

Freddy nickte, fügte aber hinzu, das sei doch nicht nötig und überließ Nijland den Vortritt, der zielsicher auf ein Lokal rechts vom Theatergebäude zusteuerte. Vor dem Lokal standen gigantische Sonnenschirme einer bekannten Biersorte, die die Plätze schön schattig hielten. Nijland ging zielstrebig auf einen Platz im Freien zu, der direkt an der Hausmauer lag und ihm die Möglichkeit gab, alle Aktivitäten vor ihm im Blick zu behalten.

Typisches Verhalten eines Polizisten, dachte Freddy. Das hätte ich an seiner Stelle nicht anders gemacht. Keine blinden Flecken im Rücken und immer alles unter Kontrolle haben.

Freddy musste sich also mit einem Blick auf einen Ausschnitt der roten Ziegelsteinmauer zufriedengeben. Sei's drum, er war ohnehin nicht zum Vergnügen da, versuchte aber, die Ruhe in Person zu bleiben.

»Was kann ich Ihnen bringen, meine Herren?«, fragte eine sportlich wirkende Bedienung, die die Mitte Zwanzig noch nicht überschritten hatte.

»Einen Genever und ein kleines Bier für mich, bitte«, bestellte Nijland und blickte Freddy mit gerunzelter Stirn fragend an.

Freddy entschied sich für einen Kaffee. Der Kommissar musterte ihn aus winzigen Augenschlitzen. Dennoch ließ sich Freddy nicht einlullen und nahm wahr, wie unter den Schlitzen die graugrünen Augen gefährlich aufblitzten. Bereits bei diesem Anblick rutschte ihm das Herz in die Hose, denn da gab es noch den einen, dunklen Punkt, den er noch nicht mit Lieke besprochen hatte. Rudy hatte als Anwalt der Familie van Dijk bisher bei der Polizei durchsetzen können, dass Lieke aufgrund ihres prekären Gesundheitszustandes noch nicht vernommen werden konnte, was eigentlich ein Witz war, da es ihr bereits wieder viel besser ging. Jeder Niederländer, der nicht das Geld für so einen hervorragenden Anwalt besaß, und der nicht zu einer der angesehensten Familien der Metropole gehörte, wäre schon längst mehreren Verhören der Polizei ausgesetzt gewesen. Bei jedem Treffen mieden Lieke und er sowohl das Thema des Überfalls als auch die Frage nach Liekes Pistole wie der Teufel das Weihwasser. Dabei war Freddy allein schon aus alten Polizeigewohnheiten heraus, immer noch brennend daran interessiert, herauszufinden, was die Pistole in ihrer Tasche zu suchen hatte. Ganz zu schweigen von seiner persönlichen Neugier.

»Haben Sie denn etwas Neues herausgefunden, Herr Nijland?«, entschied er sich, in die Offensive zu gehen. »Haben Sie die Kriminellen vielleicht bereits gefangen?«

Nijland wartete mit seiner Antwort ab, bis die Dame die Getränke serviert hatte. Dann nahm er hastig einen großen Schluck Bier gegen seinen mehr als offensichtlichen Durst und kippte anschließend den Genever hinterher. Einen kleinen Rülpser konnte er anschließend nicht unterdrücken. Freddy wunderte sich, denn ein solches Verhalten hätte es beim LKA Berlin unter keinen Umständen gegeben. Nicht, dass die Polizisten dort abstinent lebten, aber eine einfache berufliche Überlebensregel lautete, niemals im Beisein eines Zeugen oder Beschuldigten Alkohol zu trinken, da das jegliches Ermittlungsverfahren gefährden konnte. Nijland schien sich in dieser Hinsicht keine Sorgen zu machen.

»Nein, leider haben wir bisher keinen Verdächtigen vorzuweisen«, schien er endlich in der Lage zu sein, auf seine Frage einzusteigen. »Allerdings sind wir über die Spuren des am Tatort zurückgelassenen Fahrzeugs und das später in Leiden gefundene Fluchtauto ein wenig weitergekommen.«

Der Kommissar liebte es wohl, die Dinge spannend zu

machen, denn er widmete sich eingehend dem Getränk und bestellte noch einmal dasselbe.

»Die Täter waren hochprofessionell, obwohl der Überfall so aus dem Ruder lief«, nahm er endlich den Faden wieder auf. »Zunächst haben wir überhaupt keine Spuren gefunden. Allerdings gibt es inzwischen Methoden, die die in einem Fahrzeug befindlichen Aerosole hinsichtlich der DNA analysieren können, Doch hierfür war die Probe nicht mehr frisch oder ausreichend genug gewesen, allerdings hatten wir auf dem Armaturenbrett des Audis zumindest den Bruchteil einer DNA- Sequenz feststellen können, die nicht von dem bestohlenen Besitzer stammt.«

Obwohl er wie auf glühenden Kohlen saß, traute er sich nicht, Fragen zu stellen. Hatte es denn einen Treffer beim Abgleich in der DNA-Datenbank gegeben? Wieder machte der Kommissar eine lange Pause, indem er sich umständlich eine Winston aus einer blauen Big Boss Packung ansteckte.

»Mit diesem modernen technischen Schnickschnack kenne ich mich nicht sonderlich gut aus. Aber meine Techniker haben mir versichert, dass das mit den Aerosolspuren funktioniert. Zumindest in der Theorie. Also, als wir diese Bruchteile beider DNA-Sequenzen zusammengebastelt und diese durch die Datenbanken haben laufen lassen, erhielten wir einen Treffer.«

Endlich!

»Hervorragend! Glückwunsch.«

»Nicht so hastig, Herr Walz«, wies ihn Nijland zurecht und sog den Rauch tief in die Lungen ein. »Das Problem ist, Ergebnisse wie diese gehen nicht einmal als Indizien durch. Ganz zu schweigen vor Gericht. Kein niederländischer Richter würde so etwas vor Gericht akzeptieren.«

»Aber Sie haben dann doch immerhin eine Spur, die Sie weiterverfolgen können, oder?«, musste er sich nun endlich einschalten, denn der Gedanke, den Tätern auf den Fersen zu sein, elektrisierte ihn. »Natürlich ist es für mich und Lieke von größtem Interesse, zu wissen, wer die betreffende Person ist.«

Jetzt legte Nijland beinahe ein etwas herablassendes Lächeln an den Tag.

»Sie wissen aus Ihrer Berufserfahrung doch selbst, dass ich Ihnen keine halbgaren Ermittlungsergebnisse mitteilen darf.«

Dieser Seitenhieb saß, aber er hatte den Eindruck, der Kommissar wollte ihn nur scharfmachen, um ihn dann knallhart mit den Ergebnissen zu konfrontieren. Der Kommissar wusste bestimmt, Freddy würde nicht aus seiner Haut können und sich selbst auf die Fahndung nach den Tätern begeben. Seine Schritte konnte Nijland dann seinerseits sicherlich wieder überwachen lassen. So hätte er es wahrscheinlich an Nijlands Stelle auch gemacht. Aber vielleicht besaß er auch nur eine etwas überbordende Fantasie.

»Nun zuerst etwas Erfreuliches für Sie. Wir haben an Liekes Waffe keine DNA- Spuren von Ihnen finden können. Das heißt nicht, dass Sie völlig aus dem Schneider sind, spricht aber eindeutig für Ihre Integrität. Dadurch ist zwischen uns eine große Barriere überwunden worden. Und da Sie sozusagen auch vom Fach sind, mache ich in diesem Fall eine Ausnahme und teile Ihnen die wichtigsten meiner Ermittlungsergebnisse mit.«

Freddy strahlte und konnte kaum ruhig dasitzen, obwohl er sich sicher war, dass ihm der Kommissar nicht alles mitteilen würde, sondern nur so viel, wie er es für nötig hielt.

»Aber ich bin nur unter der Bedingung mitteilsam, dass Sie mir sofort mitteilen, wenn Sie etwas Neues darüber erfahren haben, was Ihre Freundin Lieke mit der Pistole am Tatort wollte«, fuhr Nijland fort. »Das ist die unveränderliche Grundbedingung . Einverstanden?«

Aha, daher wehte der Wind. Jetzt galt es für ihn, loyal zu bleiben. Fragte sich nur, wem gegenüber.

»Ja, sobald Lieke mir etwas darüber mitteilen sollte, werden Sie der Erste sein, dem ich davon erzählen werde«, sagte Freddy, ohne sich sicher zu sein, ob das der Wahrheit entsprach. »Bisher hat sie aber nichts verlauten lassen«, sprach er guten Gewissens die Wahrheit aus. »Kein Sterbenswort, ehrlich.«

»War es Ihnen denn in der Zwischenzeit noch nicht möglich, Lieke im Krankenhaus zu besuchen?«

Freddy wusste, Nijland würde ohnehin Bescheid wissen, aber er zog es vor zu schweigen und wandte den Blick nach hinten, wo er die wachsende Schar von Personen, die sich in dem Lokal niederließ, musterte.

»Oke, ich habe verstanden«, gab ihm der Kommissar quasi die Order, sich wieder zu ihm umzudrehen. »Es ist gut, dass Sie mir nicht direkt ins Gesicht lügen. Aber ich habe ja Ihr Versprechen. Und ich gehe davon aus, dass Sie ein Gentleman sind, der zu seinem Wort steht.«

Bei dieser Aussage vermied Freddy jeglichen Augenkontakt, obwohl er dem nichts hinzuzufügen hatte. Dann holte der Kommissar sein Handy heraus.

»Hier sehen Sie, Herr Walz, das ist der Tatverdächtige, zu dem die DNA- Spuren passen.«

Auf dem Handydisplay war das Gesicht eines Nordafrikaners abgebildet, der grimmig und zugleich beinahe überheblich in die Kamera blickte, obwohl es sich offensichtlich um ein Polizeifoto handelt. Schnell zückte Freddy sein eigenes Handy und machte ein Bild von dem Bild, was der Kommissar zufrieden und schmunzelnd zur Kenntnis nahm.

»Ismail Alaoui entstammt einem der mächtigsten marokkanischem Clans in den Niederlanden. Er hat bereits vier Jahre wegen Urkundenfälschung, Erschleichung von Sozialleistungen, Drogendelikten, schwerer Körperverletzung und Raubüberfällen gesessen. Aber wir gehen davon aus, dass es sich dabei lediglich um die Spitze des Eisbergs handelt.«

»Das hört sich ziemlich nach unserem Kandidaten an«, meinte er süffisant.

»In der Tat«, nahm Nijland die Steilvorlage dankbar auf. »Sein Vater Mahdi und sein Onkel Lounes sind unseren Ermittlungsergebnissen zufolge die Paten des Clans. Die Alaouis haben nach unserem Kenntnisstand bereits mehrere schwerbewaffnete Raubüberfälle in den Niederlanden und in Deutschland, vor allem im Ruhrgebiet, verübt. Alle Überfälle verliefen nach demselben Muster wie der an der Singel. Wir nehmen an, dass die Alaouis auch für etliche Geldautomatensprengungen in der Region verantwortlich sind. Ich denke, in Deutschland wird es ähnlich sein. Die Clan- Struktur ist gegen jegliche Eindringlinge hermetisch gesichert. Es herrscht ein Gesetz des Schweigens, eine Omerta, die zu brechen nicht selten im Tod des Aussagenden mündet. Aber nun haben wir die Chance, diese äußerst gefährliche Bande dingfest zu machen. Zumindest einige von ihnen.«

Nacheinander zeigte Nijland ihm die Fotos von zwei Männern, denen anzusehen war, wie hart und kaltblütig sie waren. Zum großen Vergnügen des Kommissars, fotografierte Freddy schnell beide Bilder.

»Wissen Sie zufällig, ob es zwischen den Alaouis und der Familie van Dijk geschäftliche oder freundschaftliche Beziehungen gab oder gibt?«

»Nein«, antwortete Freddy, aber die Aussicht, dass Nijland immer noch hinter Lieke und ihrer Familie her war, stimmte ihn sowohl traurig als auch vorsichtig, was er seinem Gegenüber in Zukunft sagen würde. »Mit Liekes Familie hatte ich bisher keinen Kontakt, Herr Nijland. Und mit Lieke habe ich über die Ereignisse bisher noch nicht gesprochen.«

»Hat sie vielleicht bei einem Ihrer früheren Treffen zufällig von dieser oder einer anderen marokkanischen Familie gesprochen? Erinnern Sie sich bitte gut an jeden möglichen Hinweis, denn es ist sehr wichtig für uns, hier alle Fakten zusammenzutragen. Wir wollen schließlich Ihre Freundin Lieke entlasten.«

»Nein, Herr Kommissar, Lieke hat bei keinem unserer

Treffen auch nur ansatzweise eine marokkanische oder nordafrikanische Familie erwähnt.«

»Gut, gut, verstehe, es hätte ja immerhin sein können. Ein Letztes noch. In dem Geldtransporter befand sich ein Gegenstand, der nichts mit Geld zu tun hatte.«

Enthusiastisch reckte Freddy den Daumen nach oben und teilte unverdrossen mit, er habe einen ähnlichen Fall in Berlin bearbeitet, in dem ein Gemälde auf die Spur der Täter geführt hatte.

»In diesem Fall handelt es sich nicht um ein Gemälde, sondern um eine Holzmaske aus Papua-Neuguinea, die den Titel »Kampf der Ahnen« trägt. Der Realwert ist an sich im Vergleich zum erbeuteten Bargeld nicht der Rede wert, dürfte aber trotzdem bei einer mittleren fünfstelligen Summe liegen. Allerdings haben wir einen guten, aber nicht bewiesenen Grund zur Annahme, dass dieses Stück Kunst für einen Sammler einen hohen ideellen Wert besitzen könnte …«

»Und deshalb denken Sie, der Sammler habe den Raubüberfall in Auftrag gegeben?«, formulierte Freddy seine Gedanken laut.

»Ehrlich gesagt ist das nur eine Vermutung. Auch nicht sonderlich wahrscheinlich, wenn Sie mich fragen.«

Nach ein paar weiteren, eher belanglosen Bemerkungen bog Nijland in die Zielgerade ein, legte einen 20 Euro Schein auf den Untersetzer und verabschiedete sich. Freddy blieb elektrisiert zurück und schaute sich immer wieder die Fotos an, die er geschossen hatte. Keine Frage, jetzt würde er selbst wieder zu ermitteln beginnen, auch wenn er Gefahr lief, dadurch die Dämonen der Vergangenheit wieder heraufzubeschwören. Das war er Liekes und seiner Zukunft schuldig. Auch wenn ihn die Vorstellung, wieder die Arbeit eines Polizisten auszuüben, angesichts seiner Lebensgeschichte einiges an Anstrengung kostete. Was sein musste, musste sein. Punkt.

9.

Im Westen von Amsterdam

Als Freddy sich in seiner Wohnung an den Wohnzimmertisch setzte, um mit den Internetrecherchen zu beginnen, hatte ihn ein sonst in der letzten Zeit nur selten auftretendes Gefühl überfallen. Panik. Und eine von ihm während der Krankheit erlernte Reaktion gegen aufkommende Panik war, einfach eine Beruhigungstablette zu nehmen, um weiter zu »funktionieren«. Erschrocken stellte er fest, dass sein Gehirn noch immer in diesem sinnlosen und schrecklichen Muster gefangen war, das ihm zu Beginn seiner psychischen Erkrankung eingebläut worden war. Um das hohe Ausmaß an Arbeitsbelastung gut ertragen zu können, hatte er zu dieser Zeit immer häufiger zu Beruhigungsmitteln gegriffen und war in einer Art innerem Vakuum dahingeglitten. Und jetzt signalisierte ihm sein Gehirn, er befände sich in einer ähnlichen Situation, also forderte es denselben Belohnungs- und Verdrängungsmechanismus wie damals ein. Zum Glück hatte er aber nach einem Wutanfall über den vorläufigen Verlust seiner Kinder, statt sich deswegen so stark wie möglich zu sedieren, alle Packungen an Psychopharmaka in den Sondermüll geworfen. Seitdem mied er Apotheken wie die Pest, da sie die an sich besiegte Sucht nur wieder triggern würden.

Den sensationsheischenden Medien zufolge stellte die marokkanische Mafia sogar eine wahrhaftige Bedrohung für den niederländischen Staat dar. Die Mafia wurde aufgrund ihrer Herkunft und Ähnlichkeit mit mexikanischen Gangs einfach Mocro-Mafia genannt. Es hatte den Anschein, diese Mafia würde vor nichts zurückschrecken. Sie hatte einen berühmten niederländischen Journalisten, der nicht müde geworden war, den Staat und die Bevölkerung vor genau dieser Mafia zu warnen, am helllichten Tag auf offener Straße im Herzen Amsterdams erschießen lassen. Um einen ihrer Paten freizupressen, hatten sie außerdem gedroht, eine Prinzessin des niederländischen Königshauses zu entführen. Inzwischen wurde die Mocro-Mafia als eine der führenden Drogenbanden in ganz Europa betrachtet. Anscheinend gab es innerhalb der Mafia jedoch kein festes Netz mit nur einem Boss und dem klassischen Aufbau der sizilianischen Mafia. Vielmehr existierten unterschiedliche Clans und Paten – die Alaoui-Brüder saßen eben einem bestimmten Zweig der Mocro-Mafia vor. Ein Kriterium, um zu den Führungseliten dazuzugehören, war, dass die Personen marokkanischer Abstammung sein mussten. Drogen, Drogen und immer wieder Drogen. Die Mocros waren auf den Handel mit Kokain, synthetischen Drogen aka Ecstasy, Speed und LSD spezialisiert. Dabei legten sie ihren Schwerpunkt auf Spanien, Portugal, die Niederlande und Belgien. Kein Wunder, dass Freddy bisher wenig darüber gehört hatte. Zeitungsberichten zufolge handelte es sich insgesamt um ein milliardenschweres Unternehmen. Da war es beinahe nur natürlich, dass die Banden mit brutaler Gewalt um Marktanteile und Profite kämpften. Es war von Morden, Folter und Erpressung die Rede. Einmal wurde sogar eines der Opfer enthauptet und der Kopf einfach in einer belebten Fußgängerzone abgeladen, was natürlich in der Bevölkerung für erhebliche Unruhe gesorgt hatte. Immer wieder ploppte in seinem Gehirn die Frage auf, ob sein Freund Gerrit ihm nicht irgendwann einmal Abenteuer aus früherer Zeit erzählt hatte, in denen Deals mit Marokkanern eine Rolle gespielt hatten. Gerrit legte mitunter subversive Seiten an den Tag, die ihn zu einer noch stärker schillernden Person als ohnehin schon machten. Und sein Verhalten, als Freddy ihm in der Kneipe von dem Überfall erzählt hatte, war ihm auch ein wenig seltsam vorgekommen, beinahe so, als ob Gerrit Stolz auf etwas Geleistetes oder aber beinahe neidisch auf ein begangenes Verbrechen gewesen wäre. Aber er musste solche Flausen aus dem Kopf kriegen, sonst lief er Gefahr einen seiner besten Freunde hier zu verlieren.

Bei seinen weiteren intensiven Internetrecherchen stach ihm immer wieder der Ort Rotterdam ins Auge. Klar, hierbei handelte es sich um einen der größten, wenn nicht sogar den größten Hafen in ganz Europa. Rotterdam war geradezu für eine führende Standortrolle bei den Mocros prädestiniert. Den Mocros gelang es offensichtlich, die richtigen Hafenarbeiter zu bestechen, damit diese den richtigen Container am richtigen Ort abluden, wo er sofort von den Mocros in Empfang genommen wurde. Für eine solch illegale Aktion konnte sich ein Kranführer auf einen Rutsch einen sechsstelligen Betrag erwirtschaften. Da war die Versuchung immens. Dem Zoll gelang es dennoch jedes Jahr, in Rotterdam mehrere Tonnen Kokain zu beschlagnahmen. Es war unvorstellbar, welche Mengen insgesamt von den Mocros transportiert wurden.

Leider war die Berichterstattung über die Familie der Alaouis recht dünn. Im Prinzip gab das Netz, das ansonsten immer alles am besten wusste, nichts Relevantes her. Also veränderte Freddy seine Taktik. Er suchte nicht mehr nach Zeitungsberichten über die Familie, sondern nach dem Namen selbst. Doch selbst dies gestaltete sich schwierig. Beinahe schien es so, dass die Alaouis die Öffentlichkeit des Internets bewusst mieden. Schließlich wurde er doch noch fündig. Im Westen von Amsterdam gab es ein dubios wirkendes »internationales« Restaurant, das Pizzen, indische Currys und weitere Speisen auch nach Hause lieferte. Als Inhaber war ein Mohammed Alaoui eingetragen. Ad hoc hätte Freddy auf einen getarnten Ort für Clantreffen und Geldwäsche getippt.

Alle Ergebnisse seiner Online-Recherchen fasste er sorgfältig in einem Dossier zusammen, das er auf seinem Computer speicherte. Nervlich recht angespannt gab er die Route zum Restaurant bei Google Maps ein. Zu seinem Erstaunen lag die Speisestätte nur knapp vier Kilometer von seiner Wohnung entfernt. Der Weg führte ihn zurück zu dem Ort, an dem er am Morgen mit Nijland gesprochen hatte und dann weiter durch den schönen Vondelpark, den er schätzte und der den Amsterdamern die Gelegenheit gab, sich von den Strapazen der Stadt und des Alltags im Grünen zu erholen. Im Prinzip gehörte die Lage des Restaurants im erweiterten Sinne noch zum Innenstadtbereich von Amsterdam, aber es war recht unwahrscheinlich, dass sich viele Touristen dort befanden, da es keine spektakulären Sehenswürdigkeiten wie in der Innenstadt gab. Hier wohnte die untere Mittelschicht der niederländischen Metropole.

Bevor er aufbrach, fiel ihm ein, dass er schon seit langem keine Waffe mehr besaß. Das widersprach eigentlich einer professionellen Auffassung der Aufgabe, die jetzt vor ihm lag. Schließlich ließ er sich mit einer der gefährlichsten kriminellen Banden in ganz Europa ein. Aber dann lachte er sich selbst aus, denn, was würde er bei seiner ersten Erkundungstour schon groß tun können? Beobachten und sich eventuell eine Pizza gönnen. Oder ein indisches Curry. Und dann? Auf keinen Fall würde es zu einer Schießerei oder Ähnlichem kommen.

Kurzentschlossen erhob er sich und marschierte los, blieb aber an der Zimmertür, die in den Hausflur führte, stehen. Eine Waffe war vielleicht sinnvoll, aber noch nötiger war ein fahrbarer Untersatz, sollte es nötig werden, jemanden über eine längere Wegstrecke zu beschatten. Doch er hatte in Amsterdam ja gar kein Auto. Aber wofür besaß man schließlich gute Freunde?

Das Handy tutete exakt drei Mal, dann meldete sich Gerrit – wie immer gut gelaunt.

»Hallo?«

»Hallo Gerrit. Ich hoffe, ich störe nicht.«

»Wenn es danach geht, könnten wir nie telefonieren. Du weißt doch, die Arbeit geht mir nie aus. Übrigens hat sich ein Mitglied deiner Reisegruppe heute Morgen massiv über dich beschwert.«

Freddy schluckte. Was hatte er denn falsch gemacht? Beruflicher Ärger fehlte ihm in dieser ohnehin sehr bescheidenen Situation gerade noch.

»Du hättest zu viel und zu lange geredet«, klärte Gerrit ihn auf und beide stimmten ein kräftiges Gelächter an. »Was soll ich da machen? Endlich habe ich einen Tourguide, der seine Aufgabe ernst nimmt und dann beschweren sich diese Deutschen darüber, dass sie nicht schnell genug zum Mittagsschoppen kamen.«

»Das tut mir leid, Gerrit«, witzelte er zurück. »Das nächste Mal werde ich lediglich zwei Sätze sagen und dann in ein Lokal einkehren, okay?«

»Das klingt doch nach einem brauchbaren Plan. Zumindest bei deutschen und britischen Touristengruppen. Aber sag mal, was verschafft mir die Ehre deines Anrufs? Wenn du wie neulich um die Häuser ziehen möchtest, hast du einen guten Moment getroffen. Meine Herzensdame ist nämlich für drei Tage zu Besuch bei Verwandten in Maastricht. Ich kann also, ohne fünf Erklärungen mit Durchschlag schreiben zu müssen, in meiner Junggesellenbude übernachten. Und du bist herzlich eingeladen, mir dabei Gesellschaft zu leisten.«

Freddy freute sich zwar über diese spontane Einladung, die er aber trotzdem sofort ablehnte. Gerrit, so stellte sich immer mehr heraus, war ihm ein sehr treuer Freund. Umso gespannter war er, ob dieser auf seine Bitte eingehen würde.

»Gerrit, hast du jetzt vielleicht schon Zeit für mich? Es ist wichtig. Es hat etwas mit Lieke und dem Überfall zu tun.«

Ein scharfer Pfiff unterbrach ihn. Gerrit atmete scharf ein und aus.

»Ich habe inzwischen wirklich den Verdacht, du möchtest

mit aller Gewalt in deinen alten Beruf zurückkehren«, wich Gerrit der Frage zunächst aus. »Es wäre für mich aber höchst bedauerlich, einen guten Mitarbeiter zu verlieren. Und für dich wäre es wahrscheinlich ungesund.«

Da hatte Gerrit den Nagel auf den Kopf getroffen, wobei der letzte Satz in vielerlei Hinsicht interpretierbar war.

»Ach was, überhaupt nicht. Da lauert keine Gefahr. Es geht ausschließlich um private Interessen. Also, wenn du Zeit und einen fahrbaren Untersatz hast, wäre das fantastisch. Ich denke, die Geschichte wird nicht länger als zwei bis maximal drei Stunden dauern.«

Die Stille in der Leitung signalisierte ihm, dass Gerrit nachdachte.

»Na ja, Zeit habe ich eigentlich nicht. Nie! Du weißt, ich muss für meine Brötchen sehr hart arbeiten. Aber Freddy, für Freunde tut man doch alles! Ich bin an Bord. Außerdem interessiert mich ja die Geschichte, um die es vermutlich geht.«

In diesem Augenblick hätte Freddy seinen Freund am liebsten umarmt und so überhörte er auch das Wissen und Interesse, das sein Freund ganz offensichtlich an dem Fall besaß.

»Danke, Gerrit.«

»Geen Problem. Allerdings muss ich dich warnen. Ich habe heute das Auto meiner Tochter dabei. Du weißt schon, den kleinen Tesla, von dem ich dir erzählt habe. Mein kleines Meisje gehört zur Betonfraktion der Umweltschützer. Von mir hat sie das nicht, aber dennoch ist sie eine wunderbare Tochter. Aber immerhin fährt das Auto, haha.«

»Der Tesla ist prima. Ich rechne auch nicht mit einer Verfolgungsjagd wie bei James Bond. Maximal damit, dass wir jemandem unauffällig beobachten müssen.«

»Okay. Ich bin beim Anlageplatz für die Boote. Komm vorbei, dann düsen wir sofort los.«

Eine knappe Stunde später hatten sie den Tesla so geparkt, dass sie die besagte Pizzeria gut im Blick hatten. Es handelte sich überwiegend um ein Wohngebiet mit neuen Häusern. Alle im orangefarbenen Ziegelsteinformat. Allerdings fehlte hier eine gewisse Historizität der Gebäude, die im Innenstadtkern von Amsterdam beinahe überall gegeben war. Die Gehwege waren verdreckter als in der Innenstadt, aber immer noch viel sauberer als in Berlin. Hin und wieder fuhren Fahrräder und Autos vorbei, an denen erkennbar war, dass, hier nicht unbedingt Amsterdams Upper-Crust wohnte. Auch die überall abgestellten Fahrräder, ließen in Sachen Modernität teilweise zu wünschen übrig. Die Türeingänge und Fensterläden waren einfach gehalten. Aber nie im Leben wäre Freddy auf die Idee gekommen, bei Amsterdam West würde es sich um ein Brennpunktviertel handeln. Da kannte er andere Ecken in Berlin, die eher einem Krisengebiet im Nahen Osten oder Südamerika glichen. Hin und wieder fuhren Fahrräder und Autos vorbei, aber ansonsten war es ruhig. In Amsterdam West war zwar alles recht schlicht, aber einigermaßen sauber und ordentlich. Etlichen der hier lebenden Personen war der Migrationshintergrund an der Hautfarbe anzusehen. Aber es wohnten auch viele alteingesessene Niederländer hier, keine Frage.

»Ich bin hier ganz in der Nähe geboren worden«, erzählte Gerrit, während sie den Eingang der Pizzeria beobachteten. »Das Leben hier ist nicht einfach, aber die Leute, die hier wohnen, sind schon schwer in Ordnung. Arm, aber ehrlich. Ich möchte ja nichts gegen deinen Freund Rudy oder gar gegen Lieke van Dijk sagen, aber die beiden wurden schon mit einem goldenen Löffel im Mund geboren. Hier gibt es manchmal nicht einmal Plastiklöffel. Im Gegensatz zu deinen Freunden muss ich jeden Tag aufs Neue für den Wohlstand meiner Familie kämpfen, während Rudy und Lieke lediglich daran arbeiten, noch weiter in der Gesellschaft aufzusteigen. Verstehst du, wo der Unterschied liegt?«

Freddy nickte.

»Ich stamme auch aus einfachen Verhältnissen«, erwiderte Freddy, »und weiß genau, was du meinst. Mein Vater hatte einen kleinen Maler- und Lackiererladen. Wehe, da blieben auf einmal die Aufträge aus. Dann gab es nicht nur dicke Luft zu Hause, auch die Essensportionen wurden recht kärglich. Jeden Tag Margarinenbrot ist nicht sonderlich erfreulich.«

»Ja, die de Jongs und van Dijks schweben in Gesellschaftsschichten, in die weder ich noch meine Kinder oder Enkelkinder hineingelangen werden. Ich tue wirklich alles, um Wohlstand zu generieren, auch wenn das manchmal nicht nur fein und anständig ist. Aber die de Jongs und van Dijks sind Jahrhunderte alte Dynastien, die sich hermetisch gegen Außenstehende abriegeln. Die lassen da niemand Unbefugten herein. Ups, Entschuldigung. So war das nicht gemeint, Freddy.«

Voller Unbehagen blickte Gerrit, im Bewusstsein etwas Richtiges zum falschen Zeitpunkt gesagt zu haben, zu seinem deutschen Freund hinüber.

»Das ist überhaupt nicht schlimm, Gerrit«, beruhigte ihn Freddy schnell. »Ich weiß, was du meinst, und wundere mich auch darüber, was Lieke eigentlich von mir möchte. Eigentlich könnte sie doch so gut wie jeden haben. Warum ausgerechnet mich?«

»Ja, ich weiß. Aber sieh es mal so, Freddy, du bist doch ein interessanter Mann. Ich denke, Lieke schätzt dein Aussehen und deinen Charakter. Du bist das, was wir in den Niederlanden einen gestandenen Mann nennen. Jemand, der das Leben in seinem vollen Spektrum bereits kennengelernt hat. Vielleicht geriet Lieke bisher nur an Männer, die ihr Leben lang noch keinen Tag gearbeitet haben und dann rummeckerten, wenn der Champagner nicht richtig gekühlt war. Aber sag mal, nach wem oder was suchen wir hier denn eigentlich? Ich nehme an, es geht um den brillanten Überfall an der Singel.«

Freddy war froh, das Thema Lieke, und ihre Präferenzen bei der Partnerwahl, vorerst beiseitelegen zu können. Aber wie weit konnte oder sollte er seinen Freund in die geheime Polizeiinterna einweihen? Er entschied sich für die offene Variante. Gerrit half ihm schließlich nach Kräften und es gab keinen Grund, vor ihm Geheimnisse zu haben. Der Mann war durch und durch integer. Also holte er sein Handy heraus und zeigte Gerrit das Bild von Ismail Alaouli

»Das ist Ismail Alaoui. Bei ihm handelt es sich um eines der führenden Mitglieder der Mocro-Mafia. Es könnte sein, dass bestimmte am Tatort gefundene DNA-Spuren mit der in der Datenbank gespeicherten DNA von Ismail übereinstimmten.«

Als er das Bild sah, wich schlagartig jede Farbe aus seinem Gesicht. Seine Hände verkrampften sich ums Lenkrad und jegliche Energie schien schlagartig aus ihm gewichen zu sein.

»Was ist los Gerrit?«

Wie, um wieder zu sich zu kommen, schüttelte Gerrit den Kopf.

»Nein, nein ... Es ist alles okay. Der Typ erinnert mich nur an jemanden von früher. Weißt du, mein Leben ist nicht immer in so ruhigen, bürgerlichen Bahnen wie jetzt verlaufen, das habe ich ja bereits ein paarmal durchblicken lassen. Ich war schließlich mal jung und musste von unten beginnen ... Aber ich irre mich. Ganz bestimmt. Das ist ein anderer Kerl als der, an den ich gerade gedacht habe.«

Aus Rücksicht auf seinen Freund, beschloss Freddy nicht weiter nachzufragen, sondern weiter von den Alaouis und den potenziellen Spuren zu erzählen.

»Kommissar Nijland verdächtigt den Clan, den Überfall an der Singel organisiert und durchgeführt zu haben. Offensichtlich gibt es bereits einige Überfälle, die nach demselben Muster verlaufen sind und die alle den Alaouis angelastet werden, ohne jedoch schlagende Indizien oder irgendwelche noch so dünnen Beweise zu besitzen.«

Gerrit gackerte.

»Das ist schlecht für den Kommissar, Freddy«, meinte er.

»Ohne Beweise geht nämlich gar nichts. Da sind die niederländischen Gerichte äußerst penibel.«

»Richtig. Die Pizzeria, die wir beobachten, ist auf einen Mohammed Alaoui eingetragen. Ich möchte mich an seine Fersen heften und ihn beschatten. Vielleicht führt er uns zu weiteren Familienmitgliedern, die uns gegebenenfalls neue Ansatzpunkte liefern. Irgendjemand von denen wird bestimmt in den Überfall verstrickt sein.«

Jetzt hielt Gerrit den Blick gesenkt, als ob er nachdenken würde.

»Warum tust du dir das eigentlich an, Freddy? Ich meine, zu Beginn unserer Freundschaft hast du mir immer wieder ganz ausführlich erzählt, wie kaputt dich der Polizistenjob gemacht hat. Und nun kannst du es nicht lassen und ermittelst auf eigene Faust. Ich muss übrigens Herrn Nijland meinen Respekt aussprechen. Der weiß genau, wie er dich einerseits verdächtigt und andererseits mit Informationen füttert, damit du selbst ermittelst. Falls du was Brauchbares findest, wird er die Ergebnisse einfach nehmen und als seine eigenen verkaufen.«

Wollte Gerrit ihn etwa – warum auch immer – von dem abhalten, was er gerade tat?

»Ich mache das nur für Lieke und mich«, antwortete er. »Übrigens hat Nijland mit gesagt, er habe mich inzwischen mehr oder weniger als Verdächtigen ausgeschlossen. Auf Liekes Pistole wurden keine DNA- Spuren von mir gefunden.«

Gerrits Grinsen war schief.

»Aber der Verdacht gegen Lieke ist noch nicht ausgeräumt, oder?«

»Nein und ich muss ehrlich gesagt gestehen, es interessiert mich durchaus, was die Knarre in ihrer Tasche zu tun hatte.«

Gerrits Blick stellte eine Mischung aus Unverständnis und Angriffslust dar.

»Du hast doch Lieke seit dem Überfall sicherlich schon einige Male gesehen und gesprochen. Es würde mich mehr als wundern, wenn dem nicht so wäre …«

Möglichst unauffällig schluckte Freddy und kontrollierte den Eingang. Ein zirka sechzehnjähriger Bursche trat mit vier Pizzaschachteln unter dem Arm heraus und steuerte das Moped mit der Warmhaltebox an.

»Das ist auf keinen Fall Mohammed Alaoui«, stellte er konsterniert fest, denn der junge Mann war eindeutig ein Niederländer mit blonden Haaren und heller Haut.

Wahrscheinlich verdiente er sich in den Semesterferien was dazu.

»Lenk nicht ab, Freddy. Ich habe dich etwas gefragt.«

Wieso zeigte Gerrit so ein gesteigertes Interesse an der Pistole?

»Okay, sorry«, antwortete Freddy, inzwischen beinahe ein wenig gereizt. »Ja, ich habe Lieke einige Male im Krankenhaus gesehen. Ich habe auch mit ihr gesprochen. Mehrfach sogar. Aber wir haben weder über das schreckliche Ereignis noch über die mysteriöse Pistole gesprochen.«

Gerrit schüttelte den Kopf.

»Das ist doch Irrsinn, Freddy«, meinte er. »Du spielst hier Sherlock Holmes, um deine Geliebte zu entlasten, hast aber noch nicht einmal mit ihr darüber gesprochen, warum sie mit einer Waffe im Gepäck zu einem Date mit dir auftaucht. Hm, ich möchte dir nicht zu nahetreten, aber bist du dir sicher, dass sie es ernst mit dir meint?«

Diese Frage bohrte sich wie ein Stachel in Freddy Brust, denn er hatte in besonders einsamen und dunklen Stunden schon selbst in Erwägung gezogen, von Lieke lediglich benutzt worden zu sein. Aber auch das machte keinen Sinn, gar keinen und widersprach zutiefst der Empfindung in seinem Herzen …

»Eigentlich hätte ich von einem frisch verliebten Paar erwartet, dass es über ein gemeinsam erlebtes, schreckliches

Ereignis kommunizieren und sich gegenseitig eventuelle Geheimnisse anvertrauen würde ...«, relativierte Gerrit seinen Einwand wieder.

In diesem Augenblick trat eine etwa vierzigjährige Person mit pechschwarzen Haaren und einem eindrucksvollen Schnurrbart aus dem Restaurant auf die Straße. Der Mann trug eine große weiße Kuchenschachtel unter dem Arm.

»Das könnte er sein«, flüsterte Freddy und hoffte, dass der Mann nicht genau in ihre Richtung lief oder schaute, da es sicherlich merkwürdig aussah, wenn zwei Männer in dem kleinen Auto saßen, sich unterhielten und dabei die Straße entlangstarrten. »Wir setzen alles auf eine Karte und folgen ihm.«

»Aber sicher bist du dir nicht, dass er die richtige Person ist?«, brummte Gerrit.

»Wir nehmen das Risiko trotzdem auf uns, denn mein Instinkt trügt mich selten.«

Mit einem langgezogenen Seufzer, der alles und nichts bedeuten konnte, ließ Gerrit den Motor an. Der Mann, der einen blauen Anzug und eine gelbe Krawatte trug, hatte inzwischen vor einer dunkelblauen Daimler Luxuslimousine angehalten. Er öffnete das Auto, legte die Kuchenschachtel vorsichtig auf die Rückbank, stieg ein und scherte aus. Gerrit gab ihm einen Vorsprung von exakt einer Minute und startete dann.

Gerrit scheint das nicht zum ersten Mal zu machen, dachte Freddy. Überhaupt hat er eine bewegtere Vergangenheit aufzuweisen, als ich bisher annahm. Bei Gelegenheit muss ich versuchen, mehr darüber herauszufinden. Was Gerrit als junger Mann wohl so alles getrieben hat? Vielleicht stimmt es bei ihm ja tatsächlich, dass er mal »jung war«, mit allem, was so dazugehören kann.

Es ging in Richtung A 10 und Freddy hätte sich keinen besseren Chauffeur wünschen können. Gerrit war ein treuer Freund, der ihn nach Kräften unterstützte und er hatte nichts anderes zu tun, als in alte Polizeigewohnheiten zurückzufallen und überall Unrecht und Verbrechen zu wittern.

»Mindestens zwei bis drei Wagenlängen Vorsprung geben und ab und zu auch mal überholen«, meinte Gerrit mehr zu sich als zu ihm und es hatte den Anschein, als ob er längst vergessenes Wissen reaktiviere.

Zu Freddys Erstaunen blickte er auch häufig in den Rückspiegel, um festzustellen, ob sich jemand an ihre Fersen geheftet hatte. Sein Freund war vom Fach, keine Frage. Beinahe eine Spur zu professionell.

»Werden wir verfolgt?«, fragte er und warf dabei selbst einen Blick in den Rückspiegel.

»Nein, bisher nicht«, antwortete Gerrit. »Aber es würde mich nicht wundern, wenn der werte Kommissar Nijland einen Aufpasser auf dich angesetzt hat.«

Das vollumfängliche Verständnis von Gerrit bezüglich der Gesamtsituation, erstaunte ihn einmal mehr. In Sachen Kriminalistik hatte er seinen Freund bisher wohl unterschätzt. Oder aber, er mischte eben doch auf der anderen Seite mit – auch heute noch?

»Ah, die A 4 nach Rotterdam«, sagte Gerrit und blinkte.

»Rotterdam?«

»Ich bin mir nicht sicher, aber normalerweise nimmt man die A 4, um nach Rotterdam zu fahren. Vielleicht biegt er aber auch vorher ab. Wir werden es sehen.«

Tatsächlich nahm der Mercedes die Abfahrt, die nach Rotterdam hineinführte.

»Verdomd!«, fluchte Gerrit auf Niederländisch. »Im Stadtverkehr jemanden zu beschatten, ist eine beschissene Aufgabe. Vielen Dank dafür.«

Dem hatte Freddy nichts entgegenzusetzen, aber erstens war Gerrit freiwillig mitgekommen und zweitens nahm er mit großem Respekt wahr, wie souverän Gerrit die schwierige Aufgabe meisterte. Immer, wenn sie Gefahr liefen, abgehängt zu werden, beschleunigte er im richtigen Moment, ohne dass es anderen Verkehrsteilnehmern auffiel.

»Wir sollten zusammen ein Detektivbüro eröffnen«, meinte Freddy halb im Spaß und halb im Ernst. »Deutsch-Niederländische Ermittlungen. Gerrit, du bist der beste Beschatter. Du könntest sofort bei der Polizei anfangen.«

»Heel er bedankt, aber nein danke«, lautete die Antwort. »Ich habe bereits mehr als genug zu tun. Und für die Polizei möchte ich ehrlich gesagt nicht arbeiten. Bei aller Freundschaft, Freddy, das wird nichts mit uns und dem Detektivbüro. Meine zahlreichen beruflichen Standbeine nehmen mich schon über Gebühr in Beschlag. Außerdem ist mir das alles in meinem Alter viel zu aufregend. Früher wäre ich vielleicht sofort dabei gewesen, aber jetzt ...«

Trotz der spannenden Situation musste Freddy ein wenig mit den Tränen kämpfen. Es tat so unglaublich gut, Freunde wie Gerrit zu haben. Freunde, auf die er sich immer verlassen konnte. Ein Glück, das ihm in Berlin in diesem Ausmaß nicht beschert gewesen war, zumal ihn der Beruf und die Familie mit Haut und Haaren zu verspeisen gedroht hatten. Da gab es für nichts anderes mehr Platz.

»Keine Ahnung, wo der hinwill. Vielleicht zum Euromast?«

»DEN Euromast?«, vergewisserte sich Freddy, ob er richtig gehört hatte.

»Ja. Rotterdams Euromast.«

Beim Euromast handelte es sich um einen in brutalistischer Architekturmanier entworfenen Aussichtsturm aus Beton, den eine Rotunde umgab. In diese setzten sich die Besucher hinein und ließen sich langsam im Kreis drehend nach oben und unten gleiten, um die Aussicht zu genießen und dabei ein wenig zusätzlichen Spaß zu haben. So richtig hatte Freddy das Konzept nie verstanden, allerdings war die Aussicht von oben atemberaubend. Doch der Daimler fuhr am Euromast vorbei. Am Ende des Parkhaven schien die Straße direkt ins Wasser zu führen, bog aber in letzter Sekunde nach links ab. Alle Parkplätze waren besetzt. Gerade an der Schnittstelle der Straßen Parkhaven und Parkkade, parkte die Daimler Limousine in zweiter Reihe.

»Mist«, fluchte Freddy und Gerrit scherte elegant nach rechts aus.

Hier herrschte absolutes Halteverbot, aber lieber Ärger mit dem Gesetz kriegen, als den Verdächtigen jetzt aus den Augen zu verlieren.

Vor ihnen lag etwas, das wie ein knallrotes Haus aussah und auf dem Wasser gebaut zu sein schien. Bei genauerer Betrachtung handelte es sich um einen chinesischen Palast mit imposanten Drachenköpfen, Pagoden und zahlreichen Verzierungen. Der Verfolgte machte vorerst keine Anstalten, aus dem Auto zu steigen.

»Der Mann ist vorsichtig«, schlussfolgerte Freddy. »Wartet ab, ob er Verfolger ausmachen kann. Hoffentlich hat er uns nicht entdeckt.«

»Ich glaube nicht, dass er uns bemerkt hat«, behauptete Gerrit. »Die Frage ist nur wie es weitergeht, wenn er aussteigt. Sollen wir zu zweit die Verfolgung aufnehmen oder möchtest du das alleine übernehmen?«

Das war eine ausgezeichnete Frage.

»Hm, ich glaube, es ist vielleicht doch besser, ich übernehme das, falls du später den Herrn einmal direkt kontaktieren müsstest. Also werde ich die Verfolgung zu Fuß übernehmen, während du dich darum kümmerst, dass wir keinen Strafzettel erhalten, okay?«, schlug Gerrit vor. »Die Hyänen von der Verkehrspolizei sind hier schneller, als die Polizei erlaubt, haha.«

Freddy war über den Sinneswandel zwar überrascht, aber aufgrund der logischen Argumentation einverstanden. und da Mohammed Alaoui immer noch keine Anstalten machte auszusteigen, fragte er Gerrit nach dem seltsamen chinesischen Gebäude.

»Vielleicht sollte ich meine Touren auf Rotterdam ausweiten«, lachte Gerrit. »Wie Amsterdam verfügt auch Rotterdam über eine schöne, oder zumindest interessante Chinatown«, begann er seine Ausführungen. »Das hier ist mehr oder weniger ein Ausläufer davon, auch wenn es räumlich weit entfernt liegt. Bei dem Schiff handelt es sich um ein Restaurant, einen chinesischen Supermarkt und ein Hotel. Aber es gibt jede Menge Gerüchte darüber. Manche besagen, dass das Schiff in der Nacht zum wahren Sündentempel mit Glücksspiel, Rauschgift und Prostitution mutiert.«

»Das passt doch perfekt zu Mohammed Alaoui«, meinte Freddy. »Es entspricht genau dem Profil der Mocros. Vielleicht haben sie sich mit den Chinesen wegen Heroin und Opiumgeschäften zusammengetan. Aber vielleicht geht er ja auch gar nicht auf das Boot.«

»Er steigt aus«, unterbrach Gerrit. »Gib mir eine kurze Anweisung, was ich machen soll.«

»Okay. Du verfolgst ihn, bis er irgendwo ankommt. Bitte mach ein Foto von der Wohnung oder dem Haus, wo auch immer er hingeht. Dasselbe gilt für Personen, mit denen er sich trifft. Bitte präge dir alle Einzelheiten gut ein. Es ist wichtig.«

»Wird gemacht, Chef«, sagte Gerrit, als er mühevoll aus dem Auto stieg und Freddy machte sich so klein, dass er vermutlich von außen gar nicht gesehen werden, aber dennoch das Geschehen ohne Probleme verfolgen konnte.

Doch das Unternehmen begann furchtbar schlecht oder es war schlichtweg ungünstig getimed. Alaoui und Gerrit steuerten direkt aufeinander zu. Was sollte er tun, wenn sie direkt aneinander vorbeiliefen? Dann musste er doch die Verfolgung übernehmen und Gerrit konnte auf das Auto aufpassen. Doch alle Gedanken waren umsonst, denn es kam ganz anders. Der Mann mit der Kuchenschachtel ging zügig über die kleine Brücke auf das Boot und Gerrit folgte ihm mit maximal dreißig Meter Abstand.

Die folgenden Minuten wurden zu einer nervlichen Belastungsprobe erster Güte. Das führte ihm wieder vor Augen, wie sehr er noch unter den Ausläufern seiner psychischen Erkrankung litt. Früher gehörten Verfolgungen zu seinem

Alltag und belasteten ihn kaum. Jetzt war er ein Nervenbündel, das nicht einmal im Auto ruhig sitzen konnte, sondern nervös auf seinem Sitz herumrutschte. Doch nach wenigen Minuten kam Freddy pfeifend von dem Boot zurück und grinste ihm entgegen. Als er in das Auto gestiegen war, startete er sofort den Motor und fuhr los.

»Was ist los?«, fragte Freddy voller Anspannung.

»Freddy, du musst dich kurz gedulden. Ich sollte zuerst an einem Ort parken, an dem der Typ nachher nicht vorbeikommt und ins Fenster schaut, sonst ist unsere Deckung aufgeflogen. Das sollten wir nicht riskieren.«

Da gab er ihm recht, aber es fiel ihm schwer, seinen Freund nicht noch mehr zu löchern. Schließlich musste dieser einen guten Grund haben, wieso er so schnell die Verfolgung abgebrochen hatte. Und genau dieser Grund interessierte ihn jetzt sehr. Als sie wieder im Verkehr der Rotterdamer Innenstadt waren, parkte Gerrit illegalerweise auf dem Gehweg. Hochhäuser, die alle im Bauhausstil errichtet worden waren, umgaben sie von allen Seiten und wirkten wie Gebäude aus einem Science Fiction Roman.

»Was …?«

Doch Gerrit legte seinen rechten Zeigefinger auf die Lippen und tippte mit der linken Hand auf seine Brust – jetzt bin ich dran, mein Freund.

»Unser marokkanischer Freund«, begann er seine Erzählung, »war zu Fuß meines Erachtens deutlich vorsichtiger als beim Autofahren. Er überquerte zunächst den Steg und ging dann nach rechts in den Supermarkt. Ich vermutete, dass dies nur eine Finte war und bin deshalb gleich nach links ins Restaurant abgebogen. Dort befanden sich fast keine Gäste. Zwei asiatische Familien und eine blonde Frau im mittleren Alter. Bevor mich die Kellner sehen konnten, habe ich mich aufs WC verdrückt. Dort habe ich dann die Kamerafunktion des Handys eingeschaltet und durch einen Spalt in der Tür den Speisesaal ausspioniert.«

Freddy war vollkommen hingerissen von der Raffiniertheit und Umsicht, mit der sein Freund bei der Aktion vorgegangen war. Gerrit hatte nicht nur Energie, sondern verfügte auch über den wahlweise kriminalistischen oder kriminellen Verstand. Die Frage, was er herausgefunden hatte, brannte ihm unter den Nägeln.

»Wie ich richtig vermutet hatte, tauchte der Mann mit dem Schnurrbart keine zwei Minuten später im Restaurant auf und setzte sich zu der einsamen Dame dazu. Kein großes Begrüßungszeremoniell. Eher ein normaler Händedruck auf Geschäftsbasis. Aus meinem Versteck heraus, habe ich dann die ersten Bilder geschossen.«

»Wo sind sie? Zeig sie mir bitte!«, drängte Freddy. »Schnell!«

»Nicht so hastig mein Freund«, wurde er aber sanft zurechtgewiesen, denn Gerrit kostete seinen Triumph nun völlig zu Recht aus. »Noch bevor der Kellner sich nach den Bestellungen erkundigen konnte, stand plötzlich die Kuchenschachtel nicht nur auf dem Tisch, sondern im allgemeinen Fokus des Interesses.«

Am liebsten wäre Freddy ihm jetzt an die Gurgel gegangen, um die Fotos sofort sehen zu können, aber er musste sich wohl ein wenig gedulden.

»Mehrfach hat dieser Alaoui auf die Kuchenschachtel geklopft und dann eine eindeutige Geste, die eindeutig für Geld steht, in Richtung der Dame gemacht. Doch die Frau schien sich ihrer Sache sicher zu sein und ließ sich von ihm nicht aufs Glatteis führen. Als er dann endlich die Schachtel öffnete und einen Gegenstand herausholte, machte ich natürlich die von dir erwünschten Fotos. Aber ehrlich gesagt bin ich nicht recht schlau daraus geworden, was den Inhalt der Schachtel betrifft. Denn es handelte sich um einen Gegenstand, der in Packpapier eingewickelt war. Weder groß noch klein. Keine Ahnung, was das gewesen sein könnte. Von der Größe her vielleicht ein Kilogramm verbotener Substanzen, aber dafür stimmte die Form und Proportion nicht mit den sonst üblichen überein. Der Gegenstand ist flacher, aber ein wenig länger als Heroin- oder Kokainpakete gewesen, hatte eine beinahe runde Form. Vielleicht ein überdimensionaler Dildo?«

Freddy war jedoch nicht zum Scherzen aufgelegt.

»Bitte zeig mir die Fotos, Gerrit«, konnte er nicht länger an sich halten.

In Gerrits Augen blitzte es, angesichts der schmeichelnden Stimme seines deutschen Freundes, vor lauter Vergnügen auf.

»Ja, ist ja schon gut. Ich zeige dir die Fotos. Entspann dich. Sie sind nicht optimal belichtet, aber ich denke, du kannst schon etwas darauf erkennen.«

Er loggte sich ein und bereits das erste Bild hatte es in sich. Es zeigte die observierte Frau im Profil. Freddy bebte innerlich vor Erregung.

Das darf doch wohl nicht wahr sein, dachte er. Ich hätte mit allem gerechnet, aber nicht damit. Was hat das denn zu bedeuten?

Auf dem Bild war unzweifelhaft Frau Bakker zu sehen, die Sekretärin seines Freundes Rudy. Was hätte Freddy jetzt dafür gegeben, eine Art Urschrei von sich geben zu können, um all seine Anspannung, Frustration und die Tausende von Fragezeichen in seinem Kopf loszuwerden? Viel, aber er wollte Gerrit nicht erschrecken.

»Kennst du die Dame?«, wollte Gerrit neugierig wissen.

»Ja, die kenne ich allerdings«, antwortete er. »Das ist Frau Bakker, die Sekretärin von meinem lieben, alten Freund Rudy de Jong.«

Gerrit pfiff anerkennend und runzelte gleichzeitig die Stirn.

»Auf welchem Bild ist der Gegenstand zu sehen, Gerrit?«, ließ Freddy nicht locker.

Wieder swypte Gerrit ein paar Bilder weiter. Tatsächlich

war nur ein in graues Packpapier verpackter Gegenstand auf dem Bild zu erkennen. Beinahe unmöglich zu sagen, um was es sich dabei handeln konnte. Aber eines war gewiss. Er hatte jetzt eine Spur. Und die führte direkt in die Kanzlei seines Freundes Rudy. Auch wenn es zunächst nur dessen Sekretärin und nicht ihn selbst betraf.

»Und jetzt?«

»Los, fahren wir zurück nach Amsterdam«, antwortete Freddy, als sein Handy zu vibrieren begann.

10.

Rotterdam – Amsterdam

Er erkannte, dass es sich um eine Vorwahl aus Amsterdam handelte. Er hatte keine Ahnung, wer das sein konnte. In Gedanken gefangen klickte Freddy das Gespräch einfach weg, denn er war so aufgewühlt, wie seit dem Überfall an der Singel nicht mehr. Auch Gerrit schien nicht undankbar für die herrschende Stille zu sein. Schließlich erlebte er so ein Abenteuer nicht jeden Tag, auch wenn er sich äußerst cool und souverän dabei geschlagen hatte.

Tausende von Fragen schossen ihm gleichzeitig durch den Kopf.

War der Mann, den sie beschattet hatten, tatsächlich Mohammed Alaoui?

Handelte es sich bei Mohammed Alaoui wirklich um ein Mitglied der Mocro?

Was hatte Frau Bakker in Rotterdam auf dem chinesischen Restaurantschiff zu suchen?

Warum traf sie sich hier mit diesem Mann?

Welchen Gegenstand hatte der Mann ihr übergeben?

Hing das seltsam anmutende Treffen mit dem Überfall zusammen?

Falls ja, wusste Rudy über die Machenschaften seiner Sekretärin Bescheid?

Wie sollte er jetzt weiter verfahren?

Sollte er Rudy alarmieren, auch auf die Gefahr hin, dass er Frau Bakker unter Umständen großes Unrecht zuteilwerden ließ?

Er konnte diese Fragen in seinem Kopf drehen und wenden wie er wollte, er kam auf keine schlüssigen Antworten.

Als sie die Autobahn verlassen hatten und sich bereits auf dem Weg in die Amsterdamer Innenstadt befanden, gerieten sie in einen Stau.

»Mist!«, fluchte Gerrit und versetzte dem Lenkrad einen kleinen Stoß, bevor er auf die Uhr blickte. »Ich habe noch einen wichtigen Termin mit einem meiner Lieferanten. Hoffentlich löst sich der Stau bald auf. Sonst ist der Ärger vorprogrammiert.«

»Das tut mir leid«, missverstand Freddy die Aussage als indirekte Anklage gegen ihn. »Hoffentlich erwischst du ihn noch. So oder so, ich verspreche dir, ich werde das alles wieder gutmachen.«

Doch Gerrit winkte ab.

»Lass stecken, Freddy, alles in Ordnung. Die Welt wird schon nicht untergehen. Und ich mache das wirklich gerne für dich, keine Frage. Schließlich erlebe ich nicht alle Tage solche großartigen Abenteuer. Das hält mich fit. Aber Staus sind für meine Nerven sehr schlecht. Ich bin nicht mehr der Jüngste, wie du weißt.«

Der Ärger über den Stau konnte er vollkommen nachvollziehen und einmal mehr beglückwünschte er sich zu seiner Entscheidung, sich in Amsterdam kein Auto angeschafft zu haben. Für Menschen, die in der Innenstadt lebten und arbeiteten, war ein Auto schlichtweg unnütz und vielleicht sogar ein unnötiger Ballast. Ein Fahrrad reichte vollkommen aus. Im Prinzip waren alle wichtigen Punkte Amsterdams auch fußläufig gut zu erreichen. Zur Not gab es ja noch die öffentlichen Verkehrsmittel. Aber wer hier Auto fuhr, musste sich auf nervenaufreibendes Verkehrsaufkommen, teure Parkplätze und ständige Unfallgefahr einstellen. Im Prinzip herrschte hier ein Kleinkrieg zwischen recht militanten Fahrradfahrern und nicht weniger engagierten Autofahrern. Als sie durch den Tunnel fuhren, vibrierte sein Handy erneut und noch immer verspürte er keine Lust ranzugehen.

»Was ist los, Freddy? Hast du keine Lust mehr, Anrufe anzunehmen?«

»Mein Quantum an aufregenden Episoden ist für heute vollkommen gedeckt«, erwiderte er und klickte erneut das Gespräch weg.

»So? Ich dachte, du kannst gar nicht genug davon kriegen«, lachte Rudy. »Ist es okay, wenn ich dich nach dem Tunnel rauslasse?«

»Vollkommen. Perfekt.«

Nachdem sie sich wegen des nachfolgenden Verkehrs in aller Eile verabschiedet hatten, ging Freddy schnellen Schrittes Richtung Altstadt, ohne ein bestimmtes Ziel zu haben. Er reihte sich in die Ströme der Touristen ein, ließ sich einfach treiben, versuchte, den Kopf frei zu kriegen und durch schnelle Blicke zu taxieren, woher die Menschen stammten. Was oft einfach war, da sich die meisten Touristen laut unterhielten. Er verstand einige Brocken Spanisch, Französisch, Portugiesisch und Italienisch. Die Amerikaner und Briten erkannte er in 90 Prozent aller Fälle auf Anhieb, ohne dass diese auch nur einen Ton sagen mussten. Amerikaner auf Europareise trugen meistens dieselbe Kluft. Hiking- oder Turnschuhe. Eine für europäische Verhältnisse altbackene Jeans, ein hässliches kariertes Holzfällerhemd und trotz gutem Wetter eine potthässliche graue Funktionsjacke drüber.

Bei der alten Feuerwache suchte er seine Lieblingslocations nach einem Sitzplatz ab. Ein Unterfangen ohne Aussicht auf Erfolg. Es bildeten sich sogar Schlangen vor den Bars und Cafés, um den nächsten freien Platz zu ergattern. Alle Welt wollte ausgerechnet hier einen der beliebten Sitzplätze für sich reklamieren. Vor dem Coffeeshop hatte sich auch eine lange Schlange gebildet, dennoch gingen die Dealer im Inneren des Gebäudes in aller Seelenruhe ihrer Arbeit nach. Sie wussten genau, wer die weite Reise nach Amsterdam wegen Cannabis und Haschisch auf sich nahm, der würde nicht vor einer langen Schlange zurückschrecken. Gerade dieser Coffeeshop erfreute sich einer wahnsinnig großen Beliebtheit. Es hieß, die Preise seien einigermaßen fair und die Ware sehr gut, was auch immer das genau heißen sollte.

»Entschuldigen Sie mich bitte, sprechen Sie Deutsch?«, fragte ihn eine Frau mit braunen Haaren.

Sie trug ein T-Shirt eines bekannten Malers und trug dazu – in diesem Alter etwas zu gewagt für Freddys Geschmack – eine kurze, hellblaue Jeanshose mit Fransen. Er bestätigte ihre Frage.

»Können Sie mir bitte sagen, wie ich zum chinesischen Restaurant Nam Kee komme?«

Er kannte das Nam Kee sehr gut und wunderte sich ein wenig, denn nur wahre Liebhaber chinesischen Essens verirrten sich dorthin, da es eine sehr authentische, original chinesische Küche hatte. Gestenreich erklärte er der Frau den Weg und beobachtete aus den Augenwinkeln, wie ihr Mann eifersüchtig über die Interaktion wachte. Die Kinder des Paares waren im Teenageralter und noch zu jung, um allein durch die Gassen Amsterdams zu streifen, aber auch zu alt, um wirklich Gefallen an den gemeinsamen Erkundungstouren mit den Eltern zu haben. Die Frau nickte die ganze Zeit eifrig, doch er kriegte angesichts ihrer Mimik mit, dass sie eigentlich nichts verstand und sich zudem in dem nicht abreißen wollenden Touristenstrom unwohl fühlte.

»Wissen Sie was«, sagte er deshalb, »wenn es Ihnen nichts ausmacht, werde ich Sie und Ihre Familie dorthin bringen. Es sind nur wenige Meter und ich habe ohnehin gerade Zeit. Und das Nam Kee Restaurant ist wirklich ganz hervorragend, wenn Sie authentische chinesische Küche mögen.«

Die Dame freute sich über das Angebot und winkte den Rest der Familie zu sich.

»Das ist super, vielen Dank«, sprudelte es förmlich aus ihr heraus, wobei nicht zu übersehen war, dass es weniger der Weg war, der ihr Sorgen bereitete, als vielmehr die Gegend, die sie vielleicht in veralteten Reiseführern als gefährlich und halbseiden geschildert bekommen hatte, was inzwischen aber nicht mehr den Tatsachen entsprach. »Hier einen Deutschen zu finden, der sich auskennt und noch die Güte besitzt mitzukommen, ist wie ein Sechser im Lotto.«

Freddy schmunzelte und war sich noch nicht sicher, ob er der Family eine Kostprobe seines Könnens als Tourist Guide zukommen lassen sollte. Allerdings hatte die Frau zu seinem Missfallen bei dem Wort authentisch, ohne es zu wollen, ein wenig das Gesicht verzogen, was in ihm Zweifel aufkommen ließ, ob die Familie das fantastische Essen im Nam Kee auch wirklich wertschätzen würde. In dem Restaurant kam es nämlich nicht selten vor, dass Touristen, die unter dem Begriff Chinesische Küche Nudeln mit Sojasoße und Schweinefleisch süß-sauer verstanden, die beinahe noch vollen Teller zurückgehen ließen. Das versetzte ihm jedes Mal einen Stich, denn er liebte das Essen im Nam Kee und es war ihm ein Graus, Essen wegzuwerfen. Trotz seiner Zweifel an einem ethisch und kulturell korrekten Verhalten der Familie, ging er wie versprochen in Richtung des Restaurants. Aufgrund der schmalen Gassen und der in Hülle und Fülle vorhandenen Touristen, mussten sie wie eine Entenfamilie hintereinander laufen. Am Zielort blieb er stehen und wies auf zwei direkt nebeneinander liegende Restaurants.

»Streng genommen gibt es zwei Restaurants, die Nam Kee heißen«, sagte er, als die Familie vollzählig um ihn versammelt war. »Dieses hier ist das neue Nam Kee Restaurant.«

Er zeigte auf eine frisch lackierte Eingangstür, die in ein für chinesische Verhältnisse sehr modernes und stylisches Speisezimmer führte. Doch bereits jetzt schienen die Touris nicht besonders erfreut über das Restaurant zu sein, als sie die grimmig dreinblickenden Kellner sahen, die geschäftig Teller und Schüsseln hin und her trugen. Freundliche chinesische Kellner hatte Freddy bisher ausschließlich in Restaurants erlebt, die darauf aus waren, Touristen in ihre Hallen zu locken, um ihnen dann ein richtig gutes, »deutsches« Chinesisch zu servieren. In China selbst war es mit den Kellnern keinen Deut anders und er war bisher noch nicht dahintergekommen, wieso die chinesischen Bedienungen immer einen derart mürrischen Gesichtsausdruck hatten.

»Das eigentliche Nam Kee Restaurant befindet sich allerdings hier«, nahm er den Faden wieder auf und ging ein paar Schritte weiter. »Das ist das ältere Lokal, das denselben Namen trägt.«

Bei diesem Nam Kee war allerdings nicht nur der Name älter. Die ursprünglich weiß gestrichene Tür zeichnete sich durch ein kräftiges Abblättern des Lacks aus, ein Schicksal, das auch die Fensterrahmen betraf.

»Hier können Sie sogar einen Blick in die Suppenküche werfen«, lud er die deutsche Familie ein, nahe zu ihm hinzuzutreten.

Direkt hinter dem Fenster befanden sich zwei gigantische Suppentöpfe, in denen ein Fond aus Knochen und frischem Gemüse vor sich hin brodelte.

»Igitt!«

»Pfui Teufel.«

Das war der Nachwuchs, der sich offensichtlich nicht so gut im Griff hatte wie die Eltern. Ohne hinzusehen, wusste er genau, worauf sich die Ausrufe auch bezogen. Eindeutig auf die von der Decke baumelnden, braungerösteten Enten bei denen lediglich der Kopf fehlte. Ein solcher Anblick war sicherlich nicht jedermanns Sache, aber in allen Chinatowns dieser Welt war es so, ob New York City, San Francisco oder London.

»Das ist aber nicht sehr schön, zumindest von der Innenausstattung her«, zeigte sich die Dame zwar moderater in der Kritik, aber Freddy wusste genau, ihre Meinung würde den Ausschlag über den Besuch des Restaurants geben. »Äh, ich meine …«

Damit hatte sie vollkommen recht. Der Innenraum des älteren Nam Kees Restaurant bestand lediglich aus einfachen Holzstühlen und Tischen. Die Wände waren weiß gestrichen, teilweise verunreinigt und als Zierde hingen graue Ornamente an der Wand, die wie Ziegelsteine aussahen.

»Das sieht ja wie in einer Bahnhofshalle aus«, meldete sich der Mann nun endlich auch einmal zu Wort und Freddy schmunzelte, denn er hätte es nicht besser ausdrücken können.

Dabei handelte es sich um kein singuläres Merkmal des Nam Kees. Die Schlichtheit einfacher Restaurants war eine kulturelle Andersartigkeit, die nicht alle Nicht Chinesen verstanden. Die Familie steckte die Köpfe zusammen und beratschlagte. Das Ergebnis war für ihn absehbar.

»Äh, haben Sie vielen Dank für Ihre Hilfe«, wandte sich die Frau nach zwei Minuten tatsächlich wieder an ihn. »Aber wir haben gerade beschlossen, doch etwas Anderes zu essen. Sie wissen vielleicht, wie schwierig das Thema Essen bei Kindern in diesem Alter ist.«

Das wusste er zwar leider nicht aus erster Hand, da seine Kinder noch deutlich jünger waren und sich außerhalb seiner Reichweite befanden, aber zum Schein nickte er verständnisvoll. Damit war das Urteil gefällt, dem Neuen, Unbekannten keine Chance einräumen und lieber bei FEBO, wo es Kroketten, Pommes und Hähnchen gab oder eines der Fast Food Restaurants US-amerikanischer Herkunft auf dem Damrak das Geld ausgeben. Eigentlich war es traurig, aber nicht zu ändern und eine bessere Entscheidung, als die vollen Teller im Nam Kee wieder zurückgehen zu lassen. Er hingegen liebte das Essen hier, vor allem der Schweinebauch mit getrockneter Bohnenpaste hatte es ihm angetan.

»Kennen Sie den gegenüberliegenden Tempel bereits?«, fragte er gerade noch rechtzeitig, bevor sich die Familie zum Gehen aufgerafft hatte.

Sie schüttelten einträchtig den Kopf und blickten voller Verwunderung auf die andere Straßenseite, auf der ein buddhistischer Tempel stand. Freddy hatte dieses Kleinod bei seinen ersten Amsterdam Besuchen auch regelmäßig übersehen.

»Hätten Sie etwas dagegen, wenn ich Ihnen kurz etwas über die Entstehung und Bedeutung des Tempels erzähle? Es dauert auch nicht lange.«

»Ja, gerne, aber ...«

»Wissen Sie, ich bin nämlich Fremdenführer«, ergänzte er, um den Deutschen die Furcht zu nehmen, nun eventuell ausgeraubt oder angebettelt zu werden.

»Sehr gerne«, übernahm die Frau erneut die Verantwortung und fügte sicherheitshalber ein »wenn es wirklich nicht allzu lange dauert« hinterher.

»Mitnichten«, versicherte ihr Freddy. »Es handelt sich um den buddhistischen Tempel am Zeedijk, der hier in Chinatown recht gut versteckt ist. Der Name lautet gemäß der Phonetik »gguh ggwaa«, was auf Chinesisch Lotusblume bedeutet. Ob Sie es glauben oder nicht, es handelt sich dabei um den größten Tempel Europas, der im traditionellen Palaststil erbaut worden ist und dennoch steht dieses Kleinod viel zu selten auf den To-do-Listen vieler Amsterdam Besucher. Das Verblüffende daran ist, dass der Architekt ein Niederländer namens Fred Greven war. Ein reicher chinesischstämmiger Unternehmer hat das Funding übernommen und den Auftrag an den Architekten vergeben. An dieser Stelle befand sich im 15. Jahrhundert ein Nonnenkloster, dessen Überreste 1944 abgerissen wurden, nachdem die jüdischen Besitzer von den Nazis deportiert worden waren. Nach den 1950er Jahren ging es hier steil bergab. Wir hatten in den 70er Jahren eine Pandemie von Heroinsüchtigen in Amsterdam zu bewältigen und erst im September 2000 wurde der Tempel von der niederländischen Königin Beatrix eingeweiht.«

An den Reaktionen seiner Zuhörer erkannte er, dass es besser war, sich kurz zu fassen, statt sein ganzes Wissensrepertoire auf den Tisch zu packen. Hamburger & Co warteten bereits und die Menschen trauten seiner Freundlichkeit nicht über den Weg.

»Hier, vor dem eigentlichen Tempel, befindet Sie ein Vorhof. An den Seiten schließen sich Gebäude an, die organisch in die restlichen Gebäude des Zeedijks übergehen sollten. Über das Ergebnis kann man geteilter Meinung sein. Fest steht jedoch, dass der Tempel eine äußerst eindrucksvolle Bibliothek beherbergt. Die inneren Bereiche des Tempels sind nur an speziellen Tagen für die Öffentlichkeit geöffnet und jeden dritten Sonntag eines Monats ist es möglich, Meditationskurse zu belegen. Turnusmäßig finden hier auch große Vesal Feiern statt. Dafür reisen viele Chinesen aus den ganzen Niederlanden an. Sie entzünden zahlreiche Räucherstäbchen für die vielen Buddhas und buddhistischen Heiligen. Und zu guter Letzt wird die Statue von Gautama Buddha aus dem Tempel geholt und in einer feierlichen Prozession zum Nieuwmarkt getragen.«

An den Reaktionen der Familie erkannte er, sie hatten nicht allen Informationen zur Gänze folgen können. Kein Wunder, bei der exotischen Thematik.

»Äh, haben Sie vielen Dank«, sagte die Frau, suchte etwas in ihrem Geldbeutel und Freddy schickte innerlich ein Stoßgebet gen Himmel, dass sie ihm kein Trinkgeld geben wollte, das er auf jeden Fall ablehnen würde.

Zum Glück schien sich das Thema aufgrund einer passenden Münze oder eines passenden Scheins erledigt zu haben.

»Sie können sich ruhig in dem Vorhof des Tempels umsehen«, versuchte er, der Familie den Absprung zu erleichtern. Eigentlich musste er die in Rotterdam gewonnenen Informationen prozessieren und versuchen, sich einen Reim darauf zu machen.

»Ja, das machen wir gern«, versicherte ihm die Deutsche und ihr Mann konnte es nicht unterlassen, ihm förmlich die Hand zu schütteln – ein formalistischer Graus, zumal die Hand des Mannes verschwitzt und klebrig war.

Zum Abschied winkten sie sich gegenseitig zu.

Okay, dache Freddy, meine gute Tat für heute habe ich auch schon vollbracht. Wunderbar. Und wie geht es jetzt weiter?

Einerseits hatte er keine Lust auf sein Zimmer, da er schlicht Angst vor der dort herrschenden Einsamkeit hatte. Andererseits sah er es nicht ein, auf einen Platz in einem der Cafés warten zu müssen. Vielleicht war es besser, Richtung Leidseplein zu spazieren und unterwegs eine Location aufzusuchen, die weniger gut besucht war. Das Vibrieren seines Handys ließ ihn aus seinen Gedanken aufschrecken. Wieder die Amsterdamer Nummer von dem ominösen Anrufer, der keine Nachricht auf seiner Mailbox hinterließ. Vielleicht war es besser, jetzt ranzugehen.

»Freddy Walz«, meldete er sich.

»Ah, endlich erreiche ich Sie«, sagte eine ihm inzwischen vertraute Stimme. »Nijland am Apparat. Ich weiß, es ist noch nicht lange her, seit wir uns getrennt haben, aber es gibt Neuigkeiten. Wir haben Hinweise darauf erhalten, dass ein gewisser Mohammed Alaoui an dem Raubüberfall beteiligt gewesen sein könnte. Er betreibt ein Restaurant im Westen von Amsterdam.«

Freddy hatte den Eindruck, ein Abgrund würde sich vor ihm öffnen und ihn verschlingen.

11.

Keizersgracht

Freddy fühlte sich den ganzen Tag über nicht wohl. Dazu passend hatte sich das Wetter gewandelt. Es herrschte Dauerregen. Der Himmel sah wie eine Betondecke aus, zwischen der nur selten die Sonne hindurchschaute, um sofort wieder zu verschwinden. Kräftige Böen wirbelten Dreck von den Straßen auf. Regenschirme wurden wegen des Windes verbogen.

Freddy drückte den Klingelknopf, der von blankpoliertem Messing eingefasst war.

Lieke van Dijk

Am gestrigen Abend hatte sie ihm eine WhatsApp geschrieben. Diese hatte ihn beinahe die ganze Nacht nicht schlafen lassen.

L: Freddy, wir müssen miteinander reden. Es steht etwas zwischen uns, das beseitigt werden muss. Nur dann hat unsere Liebe eine Chance.

Direkt nach dem Erhalt der Nachricht hatte er sich die Zeilen sehr zu Herzen genommen. Mit sich gehadert. Wieso hatte er es so lange schleifen lassen und Lieke nicht mit der Frage konfrontiert, was die Pistole in ihrer Handtasche zu suchen hatte. Sicherlich war der Hauptgrund dafür seine Angst gewesen, sie könne sich zu Unrecht verdächtigt oder angegriffen fühlen und deshalb die noch gar nicht richtig existente Beziehung beenden. Diese Variante war ihm als die schlimmste aller möglichen erschienen. Nun, da er es noch einmal über sich gebracht hatte, sein Herz zu verschenken, wollte er alles vermeiden, was sein neues Liebesglück irgendwie trüben konnte.

Zugleich war ihm aber klar geworden, wie kindisch dieses Verhalten war. Und damit reproduzierte er laut seinem deutschen Psychiater genau die Muster, die in seinen Burnout geführt hatten. Er musste sich den Realitäten des Lebens stellen. Falls Lieke tatsächlich etwas mit dem Überfall zu tun hatte, so war es nicht nur seine Bürgerpflicht und alte Polizistenehre, dies herauszufinden, sondern er musste es insbesondere für die Beziehung zwischen ihm und Lieke tun. Was auch immer dabei herauskam, es gab sicherlich einen Weg, das Ganze zu richten. Gerade er als erfahrener Ermittler sollte doch alle denkbaren Fähigkeiten besitzen, was auch immer vorgefallen war, richtig einzuordnen und Lösungen zu finden.

Das große ABER bestand in seiner Verlustangst. Was zu einem bisher völlig irrationalen Verhalten von seiner Seite geführt hatte. Das eigentlich auch Kommissar Nijland seltsamer erscheinen musste, als dieser es bisher zugegeben hatte.

Er schluckte den Kloß in seinem Hals herunter, als der Türsummer ertönte, und er die schwere Eingangstür aufdrückte. Auch hier in der Keizersgracht unterschieden sich die Treppenaufgänge nicht sonderlich von denjenigen anderer niederländischer Häuser. Lieke hatte die kleine 2-Zimmer-Wohnung direkt unter dem Dachboden zu ihrem 21. Geburtstag geschenkt bekommen. Bereits im Hausflur schlug ihm ein seltsamer Geruch von altem Geldadel entgegen. Die Treppe war mit einem edlen roten Teppich ausgekleidet. Im Hausflur hingen große Ölgemälde in Goldrahmen. Dieser Wohlstand erschwerte ihm jeden Schritt, verdeutlichte er ihm doch noch einmal deutlich, welch große ökonomische Diskrepanz zwischen ihm und Lieke lag. Die damit verbundene Frage war, ob eine Beziehung zwischen ihnen überhaupt eine Chance haben konnte. Auf ihre Nachricht hatte er ihr erst nach einigem Nachdenken geantwortet.

F: Lieke, ich empfinde die stärkste Liebe der Welt für dich und daran wird sich nichts ändern. Aber du hast recht. Wir müssen miteinander reden. Nur so können wir herausfinden, ob und wie es zwischen uns weitergehen kann.

Mit dem »Ob« hatte er lange gerungen. Aber vielleicht war es für sie das richtige Signal, dass er sich nicht mit Halbwahrheiten, Lügen oder fantastischen Geschichten zufriedengeben würde. Nur die Wahrheit zwischen ihnen konnte alle Fragezeichen und Missverständnisse ausräumen. Keine zwanzig Sekunden später hatte sie ihm bereits geantwortet.

L: Ich werde dir alles erzählen.

»Hallo Freddy, schön, dass du da bist«, empfing ihn Lieke an der Haustür. »Komm rein.«

Sie umarmten sich, tauschten einen langen Kuss aus, bevor sie ihn durch den kleinen Flur in das exklusiv eingerichtete Wohnzimmer führte. Es war unmöglich zu sagen, welche der Möbel tatsächliche Antiquitäten waren und welche nur besonders edel hergestellt worden waren. Der Raum war eher kalt. Ein blauer, schwerer Teppich ergänzte sich mit einer mintgrünen Tapete, die zur Aufhellung noch allerlei bunte Streifen enthielt. An den Wänden hingen etliche Gemälde, einerseits alte Bilder von Liekes Ahnen und andererseits moderne Kunst.

Auf dem runden Holztisch standen ein Dekanter und eine teure Flasche Wein. Daneben zwei stilvolle Weingläser.

»Möchtest du?«, fragte Lieke und deutete auf den Wein. »Ein großartiger Südfranzose, den mein Vater mir zu Weihnachten geschenkt hat.«

Einen Augenblick lang kämpfte er mit sich, beschloss dann aber, es wäre für die Gesprächsatmosphäre sicherlich besser, wenn er aus Gesellschaft einen Schluck mittrank. Also füllte sie die Gläser dezent voll und beide setzten sich auf eine gelbe Luxus-Récamiere. Sie erschnupperten zunächst das Bouquet des Weins, stießen an und nippten vorsichtig. Der Wein war eine Wucht, aber er hatte sich vorgenommen, sich nicht von Nebensächlichkeiten ablenken zu lassen. Jetzt galt es, die Wahrheit auf den Tisch zu legen.

»Freddy, ich muss dir ein Geständnis machen«, begann Lieke und blickte ihm mit traurigen, ängstlichen Augen ins Gesicht. »Ich hoffe, dass wir beide danach noch eine Zukunft haben werden.«

Bei jedem dieser Worte verkrampfte sich Freddys Herz. Wollte er wirklich die Wahrheit hören? Auch um den potenziellen Preis, seine Beziehung mit Lieke beenden zu müssen? Immerhin schien sie die Hoffnung zu hegen, durch ein offenes Gespräch alles zwischen ihnen Stehende bereinigen zu können. Obwohl er mindestens tausend Fragen an sie hatte und es ihm sein Polizistenherz beinahe gebot, sie mit Fragen zu löchern, biss er sich auf die Zunge. Nein, alles musste freiwillig von ihr kommen.

»Freddy, versprichst du mir, dass nichts, was ich dir erzähle, diesen Raum verlässt?«

Er schluckte, denn wenn er bejahte, musste er sich daranhalten, auch wenn Lieke ihm gestand, das Mastermind eines Verbrecherrings zu sein, der viele Menschenleben auf dem Gewissen hatte.

»Lieke, alles, was du mir anvertraust, ist bei mir in sicheren Händen. Ich möchte nur alles erfahren. Für uns und unsere Zukunft.«

Sie strahlte ihn erleichtert an.

»Du hast dich sicherlich schon gefragt, was die geladene Pistole in meiner Tasche zu suchen hatte«, begann sie und er rechnete es ihr hoch an, dass sie keine Nebelkerzen à la Romantikattacken oder Fantasiegeschichten startete. »Das ist ein Punkt, der sehr schwer zu erklären ist. Vielleicht kann ich dir heute auch noch nicht alles vollumfänglich erzählen. Aber ich werde einen Anfang machen, damit du siehst, wie sehr ich dich liebe. Deshalb werde ich mich dir Schritt für Schritt offenbaren. Wenn du dich dann von mir abwendest, kann ich es nicht ändern. Aber ich möchte nicht, dass Lügen zwischen uns stehen.«

Er ergriff ihre Hände und stoppte sich in letzter Sekunde,

sie zu küssen. Er hatte das Gefühl, sein laut wummerndes Herz müsse in ganz Amsterdam zu hören sein.

»Was wolltest du mit der Pistole bei unserem Date?«, konnte er dann doch nicht länger an sich halten und seine Stimme klang dabei deutlich schärfer als beabsichtigt.

»Ich habe den Auftrag erhalten, zu einem bestimmten Zeitpunkt an der Singel zu sein. Mit der Waffe. Ebenso habe ich gewusst, dass dort etwas passieren würde, aber nicht was. Das musst du mir glauben.«

Sie fing zuerst an zu schluchzen und dann zu weinen.

»Ich glaube dir, Lieke«, versicherte er ihr deshalb schnell. »Kannst du vielleicht noch etwas dazu sagen, wer dir diesen Auftrag gegeben hat? Das würde mir sehr weiterhelfen und mein Vertrauen stärken.«

Doch Lieke schüttelte weinend den Kopf.

»Freddy, ich habe Angst um mein Leben. Wenn ich dir das sage, werde ich sterben.«

Diese Aussage ließ ihm das Blut in den Adern gefrieren. Sie war dem Tod gerade erst von der Schippe gesprungen und nun behauptete sie, ihr Leben sei in Gefahr, wenn sie weiter auspackte.

»Ich werde dich beschützen. Sag mir, wer dich dazu gezwungen hat und ich werde dafür Sorge tragen, dass diese Person dir nichts anhaben kann. Wirst du von den Mocros bedroht? Sind es die Alaouis?«

Obwohl er sie genau beobachtete, sah sie überrascht aus und schüttelte sofort den Kopf.

»Nein, das hat nichts mit marokkanischen Banden zu tun«, antwortete sie. »Freddy, da steckt jemand anderes dahinter.«

Keine andere Antwort hätte Freddy mehr überraschen können.

»Es scheint inzwischen aber sicher zu sein, dass es die Mocros aka Alaouis waren, die den Überfall durchgeführt haben«, erzählte er, um ihr Wissensbrocken hinzuwerfen, anhand derer sie sich Stück für Stück offenbaren konnte. »Alles deutet darauf hin. Auch DNA- Spuren. Kennst du denn diese Familie oder andere marokkanische Clans?«

»Ich hatte in meinem ganzen Leben noch nichts mit Leuten wie diesen zu tun, Freddy. Das hat nichts mit Standesdünkel zu tun, es ist einfach nur so, dass sich meine Lebenswelt und diejenige von marokkanischen Gangstern einfach nicht überschneiden.«

Beinahe wollte er ihr etliche Beispiele aufzählen, in denen es solche überraschenden Kontakte gab, aber er beschloss, ihr vorläufig zu glauben und wollte deshalb in andere Richtungen Fragen stellen.

»Hat Frau Bakker von Rudys Sozietät etwas mit der Geschichte zu tun?«

Täuschte er sich oder sackte Lieke vor lauter Schreck beinahe in sich zusammen und wurde um etliche Nuancen bleicher?

»Woher … woher …?«

Doch weiter kam sie nicht und vor lauter Verlegenheit nahm sie einen Schluck Wein.

»Ich werde jetzt ganz offen mit dir sein, Lieke. Ich habe ein Mitglied der Mocro Mafia beschattet.«

»Du hast was?«, schrie sie ihn beinahe an. »Freddy, du darfst auf keinen Fall auf eigene Faust ermitteln. Ich werde dir alles erzählen. Step by step. Aber wenn du ermittelst, habe ich große Angst um dich. Zum einen wegen deiner früheren Erkrankung, zum anderen aber auch um dein Leben. Du musst mir versprechen, nicht mehr zu ermitteln. Bitte! Versprich es mir! Jetzt!«

Ihre Sorge um ihn nahm er mit gemischten Gefühlen auf.

»Sobald ich die Wahrheit kenne, werde ich nicht mehr auf eigene Faust ermitteln«, meinte er. »Es tut mir leid, Lieke, ich kann nicht anders. Frau Bakker hat sich in Rotterdam mit einem Mitglied der Mocro Familie Alaoui getroffen. Heimlich. Dabei hat sie ihm einen Gegenstand übergeben, der ein Teil der Beute des Überfalls gewesen sein könnte.«

Lieke hielt die Luft an. Entsetzen zeichnete sich auf ihrem Gesicht ab.

»Freddy, du darfst vorerst niemandem etwas darüber sagen, hörst du. Vielleicht schwebt die Frau in Lebensgefahr und es genügt nur ein Funke, um sie aus der Welt zu schaffen.«

»Ich fürchte, dafür ist es beinahe zu spät. Ich habe den Verdacht, Kommissar Nijland hat sich an mich drangehängt. Digital oder durch persönliche Observation. Er scheint über jeden meiner Schritte Bescheid zu wissen.«

Sie vergrub das Gesicht in ihren Händen, schluchzte und wiederholte immer wieder »Nein, das darf doch nicht wahr sein«.

»Wenn du dich mir offenbarst, Lieke, dann kann ich ganz schnell reinen Tisch machen. Glaube mir, ich war sehr gut in meinem Beruf. Und bin es auch heute noch. Wenn du mir alle Informationen gibst, werde ich alles bereinigen, versprochen.«

Sie löste das Gesicht von ihren Händen und schaute ihn mit vor Angst geweiteten Augen an.

»O Gott, Freddy. Okay, ich sage dir alles. Alles. Wirklich alles. Aber nicht heute. Bitte! Das musst du verstehen. Ich kann nicht. Ich weiß nicht, was dann passieren wird. Eine Menge Leute werden ernsthafte Probleme kriegen. Und wenn es dumm läuft, ist mein Leben keinen Pfifferling mehr wert. Aber es geht um viel mehr als um mich.«

Jetzt fühlte sich Freddy schlagartig angeschlagen. War Liekes Leben tatsächlich in Gefahr? Warum vertraute sie nicht seinen Fähigkeiten und packte aus? Vielleicht musste er ihr die Informationen Stück für Stück aus der Nase ziehen.

»Also, du meinst, es besteht eine Möglichkeit, dass Frau Bakker etwas mit dem Überfall zu tun hat?«

»Ja, ich halte das für nicht ausgeschlossen, weiß es aber nicht. Freddy. Gib mir bitte ein wenig Zeit, damit ich mehr herausfinden kann. Dann sage ich dir alles und du kannst als

Ritter in der schimmernden Rüstung uns alle befreien. Aber jetzt wäre es in jeglicher Hinsicht geradezu selbstmörderisch, dich mit halbgaren Informationen anzufüttern und zuzusehen, wie das Unglück seinen Lauf nimmt.«

»Inwiefern?«

»Glaub mir, ich kann jetzt nicht darauf antworten.«

Obwohl er Lieke vollkommen in sein Herz geschlossen hatte, verspürte er jetzt große Lust, sie an den Schultern zu packen und sanft zu schütteln. Ihm war unklar, wovor sie so viel Angst hatte, aber es galt diesen Knoten zu lösen.

»Hat Rudy de Jong einmal in einem Verfahren Mitglieder der Mocro Mafia vor Gericht vertreten?«

»Das weiß ich nicht, Freddy. Wirklich nicht. Kann sein oder auch nicht. Da musst du ihn selbst fragen«

»Vielleicht ist Frau Bakker auf diese Weise in Kontakt mit den Gangstern gekommen. Das werde ich herausfinden. Aber ganz konkret: Hat sie dich gezwungen, zur Zeit des Überfalls bewaffnet dort zu sein?«

»Nein«, antwortete Lieke und schüttelte zur Bekräftigung den Kopf. »Sie hat mich zu nichts gezwungen. Das musst du mir glauben.«

Obwohl Freddy sich größte Mühe gab, die neuen Informationen in Sekundenschnelle zu verarbeiten, um die richtigen Schlüsse ableiten zu können, schien nichts ins Gesamtbild zu passen, wie er es auch drehte und wendete. Er benötigte dringend mehr Informationen.

»Weißt du, ob Frau Bakker in irgendeiner Form mit der Mocro Mafia oder den Alaouis liiert ist? Hat sie vielleicht einen marokkanischen Onkel? War sie einmal mit einem Marokkaner zusammen? Gibt es unter Umständen dunkle Kapitel in ihrer Vergangenheit? Ich kann sie mir beim besten Willen weder als Gangsterbraut noch als kriminelles Mastermind vorstellen.«

»Ich mir auch nicht, Freddy.«

»Ja, aber manchmal sind die Dinge anders als sie scheinen.

Und das meine ich nicht nur auf Frau Bakker bezogen. Auch bei dir …«

Er konnte gerade noch wahrnehmen, wie Lieke beinahe die Mimik entglitt und sie ihn mit einem düsteren Blick zu vernichten drohte, als es klingelte. Beide erschraken sichtlich. Keiner rührte sich. Ihre Blicke trafen sich. Sie hatten nur Fragezeichen im Gesicht.

»Vielleicht spielt uns ein bekiffter Italiener einen Streich«, meinte Lieke und es hörte sich seltsamerweise nicht einmal nach einer Lüge an. »Die ärgern gerne mal wohlhabende Niederländer, die an der Keizersgracht residieren.«

Er war sich sicher, sie war vom Läuten der Türglocke genauso überrascht wie er.

»Dürfte ich dich bitten, hinzugehen?«, schlug Freddy im bestimmten Ton vor, als immer wieder die Türklingel läutete . »Vergiss nicht zu fragen, wer es ist, bevor du öffnest.«

Lieke verschwand im Flur und er konnte nicht hören, was sie sagte, hörte aber, dass die Türe geöffnet wurde. Am liebsten wäre er ihr nachgeschlichen, um zu sehen und zu hören, was vor sich ging, aber das wäre ihrer Beziehung unwürdig gewesen, da es ausschließlich als Misstrauen ihr gegenüber aufgefasst werden konnte. Zumindest er musste sich um ein Höchstmaß an Redlichkeit bemühen. Dann hörte er, wie Lieke sich mit einer Frau im Flur unterhielt. Die Stimme kam ihm bekannt vor. Als sich die Tür öffnete und die beiden Damen das Wohnzimmer betraten, war er nicht wirklich überrascht.

»Frau Bakker, was für eine Überraschung!«, hieß er Rudys Sekretärin willkommen.

Frau Bakker bedachte ihn mit einem vernichtenden Blick. Zu einem gediegenen schwarzen Kostüm trug sie eine rote Ledertasche, aus der ein in Papier eingewickelter Gegenstand herausschaute, der Freddy bekannt vorkam. Ihr Gesicht war von Panik und Angst gezeichnet. Sie atmete schwer und schien Probleme zu haben, bei Sinnen zu bleiben.

»Ich würde mich gerne allein mit Lieke unterhalten«, sagte sie schließlich in einem Tonfall, der unmissverständlich klarmachte, dass es in dieser Sache keinen Verhandlungsspielraum gab.

»Lieke, ist das auch von deiner Seite so gewünscht?«, wandte er sich deshalb an seine Freundin.

»Ja«, antwortete sie. »Bitte geh jetzt, Freddy. Ich werde dich später kontaktieren, aber du musst uns jetzt alleine lassen.«

Er atmete tief durch. Hunderte von Fragen, die vor allem die Sicherheit seiner Freundin betrafen, flatterten in seinem Kopf umher.

»Vielleicht ist es besser, wenn ich hierbleibe und wir uns alle aussprechen, schließlich bin ich an der ganzen Geschichte auch beteiligt«, versuchte er es deshalb noch einmal. »Außerdem würde mich interessieren, was Sie da für einen Gegenstand in der Tasche haben.«

Frau Bakker verdrehte heftig die Augen. Nur mit Mühe schien sie sich zusammenzureißen.

»Wenn Sie länger hierbleiben, ist mein Leben in Gefahr«, behauptete Frau Bakker. »Bitte gehen Sie jetzt. Es ist sehr wichtig.«

»Dann fühle ich mich verpflichtet, hier zu bleiben.«

Er spürte, dass Frau Bakker ihm am liebsten die Gurgel umdrehen würde.

»Herr Walz«, setzte die Sekretärin nun förmlich an. »Wir werden Ihnen alles erklären. Machen Sie sich keine Sorgen. Das mit der Lebensgefahr stimmt höchstens im übertragenen Sinne, dennoch muss ich mit Ihrer Freundin ein paar wichtige Dinge alleine besprechen. Könnten Sie diesem Wunsch bitte nachkommen? Spätestens in zwei Stunden können Sie gerne zurückkommen und wir werden Ihnen alles Nötige erzählen.«

Selten war Freddy eine Entscheidung so schwergefallen. Aber ein Blick in das Gesicht seiner Freundin zeigte ihm, zwischen den beiden gab es etwas zu klären.

»Bitte, Freddy«, hieb Lieke nun in dieselbe Kerbe. »Wir sind hier vollkommen sicher und Frau Bakker würde nie im Leben auf den Gedanken kommen mir etwas anzutun.«

»Nie!«, versicherte Frau Bakker.

Mit seiner Anwesenheit würde der Punkt, welcher auch immer es war, nie auf den Tisch kommen. Was wahrscheinlich in vielerlei Hinsicht schlecht war. Außerdem wollte er endlich reinen Tisch machen, um endlich mit Lieke …

»Bitte ruf' mich jederzeit an, wenn du meine Hilfe benötigst«, sagte er eindringlich. »Ich lasse dann alles stehen und liegen und komme sofort zu dir.«

»Ja, Freddy, das werde ich tun. Frau Bakker und ich werden schon zurechtkommen, aber beim geringsten Problem werde ich dich anrufen. Ich habe nur die eine Bitte an dich: Geh jetzt und lass uns in Ruhe reden. Danach werden wir sicherlich einiges geklärt haben.«

Sein »Ich verlasse mich auf dich!« besaß einen universellen Charakter und umfasste viel mehr als diese eine Situation.

12.

Jugendsünden und Cannabis

Schweren Herzens und voller Sorge hatte Freddy das Feld geräumt. Lieke hatte ihm versprechen müssen, sich direkt nach dem Ende von Frau Bakkers Besuch bei ihm zu melden. Er fühlte sich aufgewühlt und elektrisiert wie seit Ewigkeiten nicht mehr.

Was ging hier vor?

Sollte er Liekes Wohnung beobachten?

Stellte Frau Bakker nicht doch eine Gefahr für Lieke dar, zumal sie sich ja mit einem Mitglied der Alaoui Familie in Rotterdam getroffen hatte?

Aber er konnte sich beim besten Willen nicht vorstellen, wie Frau Bakker Lieke gefährlich werden konnte. Immerhin hatte Lieke bei ihrem Treffen eine Pistole dabeigehabt und wusste sich zu wehren. Sie hatte ihn ausdrücklich gebeten zu gehen. Also würde er einen Teufel tun und nicht gehorchen.

Anstatt nach Hause zu gehen, schlug er aber den Weg zum Restaurant der Alaouis ein. Er musste etwas tun, was mit dieser Sache zusammenhing, sonst wurde er verrückt. Unmöglich, einfach ein passiver Zuschauer zu bleiben. In seinem Inneren spürte er, dass nun aus irgendeinem Grund Prozesse in Gang gesetzt worden waren, die zu einer Dynamisierung des Geschehens beitrugen. Sein Problem war lediglich, dass er überhaupt keine Ahnung hatte, was hinter den Kulissen geschah.

Für den Bruchteil einer Sekunde spielte er mit dem Gedanken, Gerrit anzurufen und um Unterstützung zu bitten. Aber er hatte die Freundschaft bereits über Gebühr strapaziert. Außerdem war das hier kein Kindergeburtstag. Frau

Bakker befand sich angeblich in Lebensgefahr. Und auch über Lieke schien ein Damokles Schwert zu schweben. Also durfte er keine Unbeteiligten in diesen Teufelskreis einbeziehen.

Als er in West Amsterdam angekommen war, brach bereits die Dämmerung herein. Der Fußmarsch hatte ihm etwas geholfen, sich zu sortieren. Dennoch drohte das Chaos in seinem Kopf, ihn verrückt zu machen. Was verdammt noch mal ging hier vor sich?

Leider blieb ihm aus der Entfernung ein direkter Blick ins Restaurant verwehrt. Die verdunkelten Scheiben ließen keine Außenansicht zu. Er suchte sich einen Beobachtungsplatz in einem Hauseingang, wurde aber alsbald dort vertrieben, da einige Bewohner ein und ausgingen. Also lief er die Straße hoch und runter und hoffte, nicht aufzufallen. Doch ihm war klar, ewig würde das nicht so weitergehen können.

Als er die Straßenseite gewechselt hatte, traf ihn beinahe der Schlag. Da stand doch tatsächlich ein pfefferminzgrüner Mini Jaguar, den er zu kennen glaubte. Und tatsächlich, als er daran vorbeiging, stellte er fest, dass auf der Fahrerseite eine Person saß, die den Sitz so eingestellt hatte, dass sie kaum zu sehen war.

»Was machst du denn hier, Gerrit?«, fragte er, als er die Beifahrertür öffnete.

Hätte sein Freund nicht ohnehin eine liegende Stellung innegehabt, wäre er sicherlich vor Schreck vom Sitz gefallen.

»Freddy, verdammt, hast du mich erschreckt«, stotterte er dann. »Komm rein und nimm Platz.«

Die Aufforderung war überflüssig, da Freddy sich die Freiheit ohnehin bereits genommen hatte.

»Heute bist du nicht mit dem Auto deiner Tochter unterwegs«, versuchte er es mit einer verbindlichen Einleitung. »Dennoch bin ich überrascht, dich hier zu treffen, Gerrit.«

Der Angesprochene machte ein Gesicht, als ob er den ganzen Tag beim Zahnarzt verbracht hätte.

»Ja, also, Freddy, das ist eine lange Geschichte«, meinte er schließlich.

Freddy hob die Arme.

»Ich habe Zeit, Gerrit. Und glaub bloß nicht, dass ich Angst hätte. In dieser Sache kann mich beinahe nichts mehr umhauen. Aber, dass du auch in den Überfall verwickelt bist, hätte ich beim besten Willen nicht gedacht. Na ja, ein paar Dinge kamen mir allerdings schon komisch vor …«

Ehe er es sich versah, hatte Gerrit ihm einen kräftigen Klaps auf den Hinterkopf gegeben. Für den Bruchteil einer Sekunde überlegte er ernsthaft, wie er darauf reagieren sollte und entscheid sich für das Gespräch. Doch Gerrit kam ihm zuvor.

»Hör mal, Freddy, ich möchte, dass wir Freunde bleiben. Unterstelle mir aber nie wieder, ich sei an einem Raubüberfall beteiligt gewesen. Mit so etwas mache ich mir nicht die Finger schmutzig, verstanden?«

Er nickte.

»Okay, es tut mir leid, Gerrit. Es ist nur ein bisschen viel für mich in letzter Zeit. Und auf die eine oder andere Art und Weise, scheinen viele Menschen, die ich kenne und an denen mir viel liegt, in diese Causa involviert zu sein. Damit ich klarer sehen kann, würde ich gerne wissen, was du hier zu suchen hast.«

Ein langgezogener Seufzer war die erste Antwort. Gerrit trommelte mit den Fingern auf dem Lenkrad herum.

»Mit dem Geldtransporter Überfall habe ich nicht das Geringste zu tun«, fuhr er dann fort und in Freddys Ohren klang es absolut aufrichtig. »Aber du hast mich unabsichtlich in eine Geschichte reingezogen, die mich auf unangenehme Weise mit meiner Vergangenheit konfrontiert hat. Dem möchte ich mich nun stellen. Deshalb bin ich hier.«

»Ach so? Sollte dem so sein, entschuldige ich mich. Ich denke aber, dass das ein wenig der Erörterung bedarf. Zumindest für meinen Geschmack.«

»Auch auf die Gefahr hin, dass ich mich wiederhole, Freddy. Du wirst den Bullen nie ganz aus dir herausbringen. Aber vielleicht ist das auch gut so.«

Er zuckte gleichgültig mit den Schultern.

»Und dann, Gerrit? Dann bin und bleibe ich halt ein Polizist, bis ich in der Kiste liege. Ich hatte nie vor, die Seiten zu wechseln. Ich wollte und konnte meinen Beruf nur nicht länger ausüben.«

»Kann ich mich wirklich auf dich verlassen, Freddy?«

»Die Frage ist eine Unverschämtheit, Gerrit. Du zählst zu meinen besten Freunden. Überhaupt und insgesamt. Und natürlich kannst du dich auf mich verlassen. Und sieh es mir bitte nach, dass ich ohne Kompromisse nach der Wahrheit suche. Aber die Ereignisse der letzten Zeit überrollen mich. Wenn ich jetzt nicht etwas Ordnung in die Dinge bringe, laufe ich Gefahr wieder psychisch zu erkranken. Glaube ich zumindest und haben mir die Ärzte seinerzeit gesagt. Das tut mir nicht gut und das will ich auf keinen Fall mehr erleben. Es erinnert mich fatal an früher. Ich sehe alle Trigger, die für das Wiederauftreten der Krankheit verantwortlich sein können und kann sie sogar analysieren. Aber das nützt nichts, wenn ich ständig mit neuen Triggern konfrontiert werde, sobald ich die älteren durchschaut habe. Da nützt auch die stabilste Psyche nichts, weshalb ich, wie gesagt, so schnell wie möglich die ganze Scheiße um den Überfall auf den Geldtransporter auflösen möchte. Dies hilft mir und vielleicht bringt es mich meinem Ziel näher, mit Lieke eine ernsthafte Beziehung beginnen zu können.«

»Das gönne ich dir von ganzem Herzen«, sagte Gerrit aufrichtig.

Für einen Augenblick herrschte Schweigen in der Luxuskarosse.

»Erst vor wenigen Minuten habe ich in diesem Zusammenhang ein Erlebnis gehabt, das es in sich hatte«, brach Freddy als erster das Schweigen. »Glaub es mir. Diese ganze

Geschichte ist beinahe zu fantastisch, um wahr zu sein. Aber so unglaublich sie ist, ich muss mich ihr stellen. Für Lieke, für mich und für meine Freunde. Für uns alle also.«

Gerrits Augen funkelten besorgt.

»Meinst du nicht, dass du dich damit ein wenig übernimmst, Freddy? Was ist denn passiert?«

Vor seiner Antwort zuckte Freddy ostentativ mit den Schultern.

»Das spielt eigentlich alles keine Rolle. Aber nichts zu tun und mich lediglich passiv den Ereignissen auszusetzen, würden meine Gesundheit und damit mein Ich aufs Höchste gefährden. Dabei habe ich mir geschworen, diese Krankheit nie wieder die Kontrolle über mein Leben erlangen zu lassen. Außerdem liebe ich Lieke, auch wenn ich noch nicht weiß, wie sie in dem ganzen Schlamassel drinsteckt. Und an dir, du alter Esel, hängt mein Herz auch. Deshalb müssen wir die Geschichte so schnell wie möglich aus der Welt schaffen.«

Ohne jegliche Peinlichkeit nahmen sich die beiden Männer in den Arm, drückten sich, klopften sich freundschaftlich auf die Schulter und lösten sich wieder voneinander.

»Ah, das tat gut«, behauptete Gerrit. »Okay, jetzt fühle ich mich in der Lage, reinen Tisch zu machen. Du hast jedes Recht der Welt zu erfahren, was du bei mir ausgelöst hast, als du mich gebeten hast, dich bei der Observation zu begleiten, auch wenn diese Geschichte lange vor unserer gemeinsamen Zeit spielt.«

Für den Bruchteil einer Sekunde brach er ab, versuchte festzustellen, ob sein deutscher Freund eine Frage hatte und fuhr dann fort.

»Was ich dir jetzt erzähle, ist strafrechtlich ohnehin nicht mehr relevant, da die Geschichte vor beinahe zwei Jahrzehnten spielt. Auch wenn es anders wäre, würde ich dir voll vertrauen und reinen Tisch machen. Weißt du, die Dinge sind nicht immer so, wie sie auf den ersten Blick erscheinen.«

»Die Wahrheit dieses Sprichworts habe ich in den letzten

Tagen in aller Deutlichkeit erfahren. Beinahe würde ich sagen, hier ist nichts so, wie es erscheint.«

»Ich stamme aus einfachen Verhältnissen. Da gab es weder was zu holen noch zu erben. Von nichts und niemandem, was bedeutete, dass ich ausschließlich auf mich selbst angewiesen war, was mein gesellschaftliches und soziales Fortkommen betraf. Ein sozialer Aufstieg ist in den Niederlanden aber sehr schwierig. Wir sind ein wohlhabendes Land, keine Frage. Wen es jemandem, aus welchen Gründen auch immer, aus dem sozialen Netz heraushaut, der fällt vergleichsweise sanft. Aber sich aus ärmlichen Verhältnissen nach oben zu kämpfen, ist schon deutlich schwieriger. Wer sich nach oben orientieren möchte, der beißt nicht selten auf Granit. Beim Aufstieg werden dir so viele Knüppel wie möglich zwischen die Beine geworfen. Niemand hat wirklich Interesse daran, dass du es von unten nach oben schaffst. Wirklich niemand. Wieso sollten die, die bereits oben sind, freiwillig etwas vom Kuchen abgeben wollen, der dadurch kleiner wird? Dafür gibt es keinen Grund. Und da sind wir hier in den Niederlanden gnadenlos. Jeder verteidigt seine Pfründe bis aufs Blut. Neuankömmlingen, Aufsteigern und sonstigen Personen, die bisher nicht dazu gehörten, wird der Weg nach oben mit beinahe allen Mitteln versperrt. Ah, ich glaube, jetzt ist es an der Zeit für eine Zigarette.«

Er schüttelte eine Marlboro aus dem Softpack heraus und zündete sie sich mit einem schwarzen Zippo an.

»Wenn du mich bitte einen Augenblick entschuldigen würdest«, bat Freddy und versuchte, Lieke anzurufen.

Es klingelte. Niemand ging ran. Ein schlechtes Zeichen? Er probierte es gleich noch einmal. Wieder nichts. Aus reiner Gewohnheit noch einmal. Doch nichts passierte. Er würde es nachher noch einmal probieren müssen, auch wenn er voller Sorge war. Schließlich wollte er Gerrits Geschichte weiterhören.

»Wenn du jung bist und aus einfachen Verhältnissen

stammst, welche Möglichkeiten hast du dann, um es nach oben zu schaffen?«

Da er wusste, Gerrit würde gleich die Antwort liefern, zog er es vor, keine Fragen zu stellen. Es rührte sein Herz seltsam an, wie sein Freund sich ihm öffnete.

»Du musst dir also einen Weg suchen, wie du zu Kapital kommst, wenn du einen gesellschaftlichen Aufstieg planst. Vielleicht verstehst du das nicht. Aber, wenn du hier aufwächst und täglich die Häuser an der Keizers- und Prinsengracht siehst, hast du irgendwann einmal den dringenden Wunsch, dazuzugehören. Wobei von vornherein klar ist: Dorthin schafft es eh fast niemand. Aber ich hatte von Kindesbeinen an den glasklaren Wunsch, ein angesehener Geschäftsmann der Amsterdamer Gesellschaft zu werden. Ein Geschäftsmann, der es aus eigener Kraft von ganz unten nach viel weiter oben schafft. Also habe ich mir die Frage einer Anschubfinanzierung gestellt, um durchstarten zu können.«

Freddy konnte ein Grinsen nur schwer unterdrücken, denn er glaubte zu ahnen, wie die Geschichte weiterging.

»Wir haben hier in den Niederlanden ein beinahe schizophrenes Verhältnis zu Cannabis. Einerseits kann es legal in Coffeeshops verkauft werden, aber die Belieferung der Shops ist eigentlich illegal. Das klingt verrückt und ist es auch. Das Ganze wird Backdoor Policy genannt, weil der Dealer, der den Coffeeshop mit Nachschub beliefert, quasi ein Krimineller ist und den Coffeeshop immer nur durch die Hintertür betreten darf. Aber es geht hier nicht darum, über den Sinn oder Unsinn niederländischer Gesetze zu streiten. Vielmehr ist es so, dass ich an dieser Stelle die Möglichkeit entdeckt habe, wie ich schnell zu viel Geld kommen konnte.«

»Und kommen an dieser Stelle die Alaouis ins Spiel?«, fragte Freddy beinahe ungeduldig.

»Nicht so hastig. Also habe ich die richtigen Kontakte nach

Spanien geknüpft. Die Spanier sind die beste Anlaufstelle für das marokkanische Haschisch, zumindest was den europäischen Markt betrifft. Ich hatte in der Nähe von Barcelona einen ausgezeichneten Kontakt, der mir so viel Haschisch wie ich wollte zu hervorragenden Konditionen beschaffen konnte. Und ich kannte zudem einen Typen in Eindhoven, der dort einen der ersten Coffeeshops der Niederlande überhaupt betrieb. Dabei handelte es sich um den Bruder von Mohammed Alaoui. Raschid.«

Freddy konnte sich einen knackigen Pfiff nicht verkneifen, aber hatte das etwas mit dem Überfall zu tun?

»Also der Bruder von dem Typ, den wir bis nach Rotterdam beschattet haben und der jetzt vermutlich gerade in dem Restaurant da vorne sitzt, hat damals einen Coffeeshop in Eindhoven betrieben, den du mit reichlich Material beliefert hast?«, versuchte er die Fakten für sich ein wenig zu glätten.

»Im Prinzip ja. Die Geschäfte liefen gut. Ich verdiente viel Geld. Die Reisen nach Spanien waren aber ziemlich nervenaufreibend. Aber die Spanier hatten einen hervorragenden Mechaniker, der das Haschisch an den unglaublichsten Plätzen im Auto verstecken konnte und auch für olfaktorische Tarnung sorgte. An der Grenze ging es jedes Mal gut. Ich hatte so viel Cash angehäuft, dass ich mir sogar in Eindhoven eine Einzimmerwohnung zulegte, die ich zugleich als Bunker für das Haschisch benutzte. Alles war gut, bis Raschid mit meinen Preisen nicht mehr zufrieden war. Er wollte dieselbe Menge und dieselbe Qualität, aber zu einem deutlich niedrigeren Preis. So entsteht meistens Unruhe bei den Kriminellen. Jemand möchte die Bedingungen zu seinen Gunsten ändern.«

Beinahe hatte Freddy den Eindruck, sein Freund habe gerade etwas sehr Weises gesagt, dass vielleicht auch in der Causa des Überfalls auf den Geldtransporter eine wichtige Rolle spielte.

»Und dann?«, fragte er. »Bisher klang das nach einer absoluten Traumstory à la Selfmade Millionär. Ich nehme an, das war noch nicht alles.«

»Ist es ja auch nicht, aber nun kommt in der Tat eine stark persönliche Note hinzu. Dies ist auch der Grund, wieso unsere Beschattungstour nicht spurlos an mir vorbeigegangen ist. Raschid und ich befanden uns damals im heftigen Streit miteinander. Aber die Geschäfte liefen vorläufig weiter und ich hatte nicht damit gerechnet, dass Alaoui sich, aufgrund meiner Hartnäckigkeit in Sachen Preis, nach einer anderen Quelle umschauen würde.«

»Was ja eigentlich naheliegt. Hätte ich an seiner Stelle wahrscheinlich auch gemacht.«

»Schon richtig, was du sagst. Aber ich war jung und zu sehr von mir und meiner Ware überzeugt. Und Raschid wiegte mich zunächst in vollkommener Sicherheit. Eines Tages bestellte er eine ungewöhnlich große Menge Haschisch bei mir – feinste Qualität wie immer. Sein Coffeeshop lief bestens, war bereits eine Institution in Eindhoven, was nicht zuletzt an der hervorragenden Qualität des Haschs lag, das ich inzwischen mehrfach in der Woche lieferte. Aber dann kam diese Riesenbestellung im zweistelligen Kilogrammbereich von ihm. Diese Fahrt nach Spanien und zurück hat sich besonders gut in mein Gedächtnis eingebrannt. Ich hatte keine Panik, aber mir war bei dem Transport schon mulmig zumute. Wenn sie mich damals geschnappt hätten, wäre ich für einige Jährchen von der Bildfläche verschwunden. Dabei hätte ich an ganz anderer Stelle besser Obacht geben müssen.«

»Lass mich raten: Raschid hat versucht, dich abzuziehen?«

»Du bist und bleibst ein Bulle, Freddy. Das ist tief in dir drin. Und was heißt bitte hat versucht? Er und ein weiterer Kerl überfielen mich in meiner Wohnung. Obwohl beide Sturmhauben trugen, war ich mir von Beginn an sicher, dass es sich um Raschid handeln musste.«

»Haben sie dein Versteck gefunden?«

»Sagen wir so, ich habe es ihnen nicht einfach gemacht, aber …«

Jetzt krempelte Gerrit die Ärmel hoch und zeigte ihm etliche Narben an Fingern und Unterarmen.

»Sie haben mich stundenlang gefoltert. Wenn ich mich jetzt entkleiden würde, könnte ich dir noch viele andere Narben zeigen.«

Freddy atmete tief durch.

»Nicht nötig. Bei dem, was ich gesehen habe, kann ich vollkommen richtig einschätzen, wie brutal die Burschen vorgegangen sind. Du bist sehr mutig, Gerrit. Aber auch ein wenig dumm …«

»Ja, es war in der Tat brutal. Und mutig sind wir Niederländer auch. Denn hier ging es darum, all das zu verteidigen, das ich mir bisher aufgebaut hatte. Also schwieg ich, solange es nur irgendwie ging. Denn ich hatte in diesen Deal einen Großteil meines bisherigen Profits investiert. Aber ab einem bestimmten Zeitpunkt konnte ich einfach nicht mehr. Ich kapierte, dass mein Leben wichtiger war als das Geld und das Haschisch.«

»Sie haben dich also abgezogen?«

»Vollkommen. Nicht einen einzigen Krümel haben sie mir gelassen und zu allem Überfluss hatten sie auch noch mein Geheimversteck mit Bargeld entdeckt.«

»Und du konntest dich überhaupt nicht wehren?«

Beinahe belustigt zuckte Gerrit die Schultern.

»Damals hatte ich noch keinen Polizisten als Freund, haha. Was hätte ich tun sollen? An die Polizei konnte ich mich nicht wenden und ich wollte deswegen keinen blutigen Krieg beginnen, den ich ohnehin nicht gewinnen konnte. Mir war klar, die Alaouis haben eine kleine Armee als Back Up. Aber selbst wenn ich ehemalige Freunde vom Militär organisiert hätte, wäre das in einer blutigen Straßenfehde ausgeartet, an der niemand Interesse haben konnte. Also musste ich diese Kröte schlucken.«

»Was aber bedeutet, dass du heute noch eine gigantische Rechnung mit den Alaouis offen hast? Oder täusche ich mich da?«

»Na ja, eigentlich bin ich gegen Sippenhaft. Aber über solch eine Gesichte kommst du auch nach Jahren nicht wirklich hinweg. Insofern habe ich nichts dagegen, den Alaouis kräftig einen einzuschenken.«

Freddy umarmte Gerrit erneut.

»Danke, mein Freund.«

»Und ich danke dir, dass du weiter mein Freund sein willst. Ich finde es nicht selbstverständlich, dass ein ehemaliger hochrangiger Polizist solch gravierenden Straftaten verzeiht, auch wenn sie bereits viele Jahre zurückliegen.«

»Was du getan hast, war vor dem Gesetz nicht in Ordnung. Aber du hast vorhin selbst die Problematik mancher Gesetze in Holland angeschnitten. Und bei dem, was du getan hast, kann ich keinen Grund erkennen, wieso ich dir jetzt die Freundschaft kündigen sollte.«

»Danke, Freddy. Und du kannst versichert sein, dass du in mir einen dir stets ergebenen und immer treuen Freund haben wirst.«

In diesem Augenblick vibrierte Freddys Handy. Er schrak zusammen. Lieke! Hoffentlich war ihr nichts passiert. Er hätte sie verdammt noch mal nicht allein lassen dürfen. Aber sie hatte schließlich ausdrücklich darauf bestanden, dass er sie mit der Frau allein ließ, die bisher am meisten im Verdacht stand, in irgendeiner Form in den Überfall involviert zu sein. Handelte es sich nun um einen Hilferuf Liekes oder wollte sie ihm nur berichten, was sich mit Frau Bakker zugetragen hatte?

Anonym?

Wieso blendete sie ihre Nummer nicht ein.

»Hallo?«

»Nijland hier.«

Der hatte ihm gerade noch gefehlt. Er kannte sich ein halblautes »Scheiße!« nicht verkneifen.

»Es ist gerade ganz ungünstig«, versuchte er den Kommissar schnellstmöglich abzuwimmeln, während Gerrit beinahe unsanft an seinem Ärmel herumzupfte und Richtung Restaurant gestikulierte.

Schnell blickte Freddy auf und sah, wie ein Mann zügigen Schrittes auf das Restaurant zuschritt. Das durfte doch nicht wahr sein. Seine überhitzte Fantasie spielte ihm doch bestimmt einen Streich. Er stellte den Blick scharf und es konnte eigentlich keinen Zweifel geben. Das war doch ohne jeden Zweifel …

»Sie müssen mir aber zuhören, Herr Walz«, meinte Nijland schroff.

… Rudy de Jong! Was zur Hölle machte der denn hier? Sein Freund Rudy …

»Morgen sehr gern, Herr Nijland. Jetzt muss ich aber Schluss machen, ich bin gerade wirklich verhindert und es passt überhaupt nicht«, versuchte er selbstbewusst, den Polizisten wegzudrücken, um sich vollständig der heißen Spur zu widmen.

»Nein, sofort«, brüllte Nijland. »Wenn Sie nicht kommen, lasse ich Sie sofort zur Fahndung ausschreiben. Dann sehen wir uns spätestens in einer Stunde, aber auf einer ganz anderen Grundlage. Dann gibt es keine Freundschaft und kollegiale Solidarität mehr.«

Rudy war in der Zwischenzeit im Inneren des Restaurants verschwunden.

»Wie bitte?«

»Sie haben schon richtig gehört. Kommen Sie unverzüglich zur Wohnung Ihrer Freundin Lieke van Dijk.«

Vor Schreck ließ Freddy das Telefon beinahe fallen. Er hatte das Gefühl, sein Herz hörte auf zu schlagen.

»Ich weiß, dass sie sich in der Nähe befinden«, ließ der Kommissar nicht locker.

Was zur Hölle hatte sich in der Zwischenzeit in Liekes Wohnung ereignet und woher wollte Nijland wissen, dass er in der Gegend war?

»Ich komme nicht, wenn Sie mir dafür keinen Grund nennen«, schaltete er auf stur, hatte dabei aber Mühe, die Kontrolle über sich zu behalten.

»Gut, Sie werden es ja ohnehin erfahren. Ich wurde gerade von einem Notfalleinsatzteam verständigt. In der Wohnung Ihrer Freundin wurden mehrere Schüsse abgefeuert. Wir verfügen noch über kein umfassendes Lagebild, aber Frau Bakker wurde dort vor wenigen Minuten mit einigen Schüssen regelrecht exekutiert.«

Von einer geradezu unheimlichen Macht wurde Freddy in den Sitz des Jaguars gedrückt. Er spürte, wie alles Blut aus seinem Gesicht wich.

»Was ist mit Lieke?«, fragte er beinahe im Flüsterton und schloss die Augen.

»Lieke konnte wohl vor dem Täter flüchten oder aber, der Täter hatte es gar nicht auf sie abgesehen.«

Jetzt fielen Freddy eine Million Steine vom Herzen. Immerhin lebte Lieke!

»Befindet sie sich noch vor Ort? Ist sie unverletzt? Fehlt ihr etwas?«

Der Kommissar zögerte kurz mit der Antwort.

»Ja, sie ist noch hier vor Ort. Außer einem riesigen Schrecken scheint sie keinen Schaden davongetragen zu haben.«

»Ich beeile mich«, versicherte Freddy.

»Darauf habe ich gezählt«, hörte er Nijland sagen. »Ich hoffe, dass wir Ihre Freundin gemeinsam davon überzeugen können, dass es besser ist, uns alles zu erzählen, was sie weiß, denn ich fürchte …«

Ohne das Ende der Ausführungen des Kommissars anzuhören oder gar zu antworten, legte Freddy einfach auf. Er rang nach Atem. Die Luftröhre schien völlig blockiert zu sein. Er legte den Kopf so weit wie möglich zurück und versuchte, sich zu beruhigen.

»Ist alles okay bei dir?«, wollte Gerrit wissen.

»Nichts ist in Ordnung, gar nichts«, flüsterte er, da er immer noch mit immensen Luftproblemen zu kämpfen hatte. »Kannst du mir einen Gefallen tun?«

»Immer doch. Benötigst du etwa einen Krankenwagen? Ich kenne einen Arzt nicht weit von hier, der dich sicher kurz untersucht ...«

Der Kalauer seines Freundes beendete den Zustand der völligen Beklemmung.

»Nein, das nicht. Aber bitte geh in das Restaurant. Bei dem Mann, der gerade hineingegangen ist, handelt es sich um Rudy de Jong.«

»Nein!«, rief Gerrit laut und klatschte sich mit beiden Händen auf die Oberschenkel. »So langsam entwickelt sich die Geschichte ja in alle Richtungen. Das ist unglaublich.«

Die Männer vergewisserten sich durch einen langen Blick gegenseitig ihrer Loyalität.

»Bestell dir da drin was zu essen«, gab Freddy nun im Polizistenmodus Anweisungen. »Und versuch so viel wie möglich darüber herauszukriegen, was de Jong und Alaoui dort tun. Aber lass auf keinen Fall deine Deckung auffliegen, hast du gehört? Oder glaubst du etwa, bei Mohammed handelt es sich um einen der Männer, die dich damals in Eindhoven überfallen haben?«

Es dauerte fünf Sekunden, bevor Gerrit mit »Nein, auf keinen Fall« antwortete.

»Selbst wenn, wird er mich heute nicht mehr wieder erkennen«, fügte er schnell hinzu, um seinen deutschen Freund zu beruhigen. »Alles klar. Aber was machst du in der Zeit?«

»Ich muss zu einem neuen Tatort. Zu gegebener Zeit wirst du alles erfahren.«

»Okay, ich warte und erledige meinen Teil der Arbeit so zuverlässig wie möglich. Mein Gott, ist das spannend.«

Freddy ballte die Faust zum Abschied und wollte das Auto verlassen, doch Gerrit hielt ihn zurück.

»Benötigst du das hier?«, fragte sein niederländischer Freund, öffnete das Handschuhfach und holte eine 9 Millimeter Pistole aus osteuropäischer Produktion heraus. »Ich meine, für den Notfall …«

Doch Freddy schüttelte sofort den Kopf.

»Nein, danke, Gerrit. Das ist sehr aufmerksam von dir, aber wo ich hingehe, ist die Polizei bereits vor Ort.«

»Okay«, meinte Gerrit und schob sich die Pistole in den hinteren Hosenbund. »Dann werde ich das gute Stück mitnehmen. Man kann ja heutzutage nicht vorsichtig genug sein, oder?«

Da Freddy auch bei noch so genauem Nachdenken nicht einfallen wollte, wo es die nächste Taxisammelstelle gab, rief er bei der Taxizentrale an. Die Dame am Telefon versicherte ihm, dass er Glück habe und nur fünf Minuten warten müsse, da ein Taxi des Unternehmens ganz in der Nähe war. Unsicher trat er von einem Fuß auf den anderen. Er war ein Nervenbündel. Keine Frage. Und jetzt kam es hart auf hart. Und wie hart! Was war mit Lieke los, verdammt noch mal? Es war höchste Zeit, Licht ins Dunkel zu bringen. Entschlossen drückte er die Kurzwahltaste.

»… die Nummer, die Sie gewählt haben, ist zurzeit leider nicht erreichbar …«

Vor lauter Wut hätte er am liebsten das Handy auf den Boden geworfen. Stattdessen drückte er immer wieder den Anrufknopf. Stets mit demselben Ergebnis.

13.

Mord an der Keizersgracht

Freddy hatte den Eindruck, in einem Film zu sein. Vor Liekes Hauseingang stand Nijland. Es parkten zahlreiche Einsatzfahrzeuge der niederländischen Polizei mit angeschalteten Blaulichtern vor dem Haus. Ein paar Kastenwagen waren auch vor Ort. Die Spurensicherung hatte sicherlich einiges zu tun. Auch ein Notarztwagen hatte sich zur Ansammlung der Staatsmachtfahrzeuge gesellt.

Nijland trug einen verknitterten beigen Trenchcoat und zog an einer Zigarette, als ob sein Leben davon abhängen würde. Alles an Nijland schien im Alarmmodus zu sein. Seine Augen scannten ständig die Gegend. Als er ihn aus der Ferne wahrnahm, schien ein Ruck durch seinen Körper zu gehen. Er kam ihm sogar einige Schritte entgegen und streckte ihm die rechte Hand entgegen. Der Händedruck war normal, kein Kräftemessen oder Dominanz.

»Ich bin froh, dass Sie gekommen sind«, behauptete der Kommissar. »Frau van Dijk zieht es vor, mir gegenüber zu schweigen. Deshalb sind Sie in dieser Sache mein letzter Strohhalm.«

So weit war es schon gekommen, denn offensichtlich rechnete der Kommissar damit, dass Lieke ihrem Freund gegenüber auspacken würde.

»Lieke hat mir gegenüber auch geschwiegen«, versuchte er Nijland den Wind aus den Segeln zu nehmen und die Erwartungen zu dämpfen. »Ich bin mir nicht sicher, ob sie ihre Einstellung jetzt ändern wird.«

Der Blick des Kommissars war vielschichtig zu interpretieren, aber es lag weder Feindseligkeit noch Verachtung in ihm.

»Herr Walz, Sie sind ja vom Fach und deshalb können Sie die vorliegenden Sachverhalte selbst gut einschätzen. Jede Minute, die Lieke weiter schweigt, birgt das Risiko, dass weitere Personen zu Schaden kommen. Das müssen wir unbedingt verhindern. Ich denke, darüber kann es keine zwei Meinungen geben. Vielleicht müssen Sie Lieke ein wenig härter anfassen.«

Genau dieser Gedanke erschreckte Freddy. Denn, was war er für ein Freund, wenn er Lieke nun moralisch und emotional unter Druck setzte?

»Wie meinen Sie das?«, stellte er sich deshalb ein wenig blöd. »Wollen Sie, dass ich sie fest am Arm greife und schüttele? Oder soll ich ihr lieber gleich ein paar Ohrfeigen verpassen, damit es keine Missverständnisse geben kann?«

Tatsächlich grinste der Kommissar und zündete sich eine neue Zigarette an – der Typ rannte mit offenem Visier in Richtung Grab.

»Tun Sie, was Sie für richtig halten. Ich denke, Sie haben mich schon verstanden. Bitte erschrecken Sie sich nicht. Der Tatort sieht nicht schön aus. Aber Sie sind ja so etwas von früher gewöhnt.«

Ohne weitere Worte zu wechseln, stiegen sie die Stufen zu Liekes Wohnung hinauf. Polizisten mussten sich an die Seite quetschen, damit die beiden Männer nach oben gelangen konnten. Einen Meter hinter der Eingangstür lag das Opfer. Frau Bakker lag in ihrer braunen Bluse, über die sie ein blaues Tuch gebunden hatte und zu der sie einen grauen Rock trug, auf dem Boden. Auf Herzhöhe waren zwei Einschüsse zu sehen. Entweder handelte es sich um einen Profi oder es waren zwei Glückstreffer gewesen. Frau Bakkers Gesichtsausdruck wirkte, als ob sie von der Tat völlig überrascht worden wäre. Spurentechniker klebten die Wände und die Teppichböden mit Klebestreifen ab. Zwei Polizisten in Uniform standen weiter hinten im Wohnzimmer.

»Wo ist Lieke?«, wollte Freddy wissen. »Hoffentlich ist jemand bei ihr …«

»Keine Sorge«, schaltete Nijland sich ein. »Frau van Dijk ist im Schlafzimmer. Eine Polizeipsychologin betreut sie und hat ihr ein leichtes Beruhigungsmittel gegeben.«

Erleichtert atmete Freddy auf.

»Und falls Ihre Angebetete nachher so tut, als sei das Beruhigungsmittel zu stark: Es handelt sich lediglich um ein leichtes Beruhigungsmittel. Sie kann allem folgen und müsste auch in der Lage sein, alles zu kommunizieren, was sie möchte. Wie gesagt, ich zähle hier auf Ihre Unterstützung, denn mir hat sie klipp und klar gesagt, ohne ihren Anwalt werde sie keine Aussage machen.«

Inzwischen war der Film zum Albtraum geworden. Wieso wollte Lieke Rudy als Beistand haben? Was hatte Rudy vorhin beim Restaurant der Alaouis zu tun gehabt? Hoffentlich war Gerrit nicht in Gefahr, aber er hatte ja eine Waffe dabei und schien sich aus früheren Zeiten mit Gefahrensituationen auszukennen. Außerdem galt, eins nach dem anderen. Auch und gerade in Krisenzeiten. Sonst lief er wieder Gefahr, sich zu verlieren und die Krankheit könnte wieder … Nijland hatte ihn angesprochen, aber er hatte nichts davon mitgekriegt, weshalb der Kommissar ihn jetzt sachte am Ärmel zog und in Richtung Schlafzimmer zeigte. Freddy stieg über die Spurensicherer hinweg und folgte Nijland. Die Tür öffnete sich und zum ersten Mal sah er Liekes Heiligtum. Eigentlich hatte er sich seinen Besuch hier ganz anders vorgestellt. Die alte Tapete war in einem gediegenen Orange mit goldenen Ornamenten gehalten. Schwere goldene Kordeln fassten die Vorhänge zusammen. An der Decke hing ein schwerer Kronleuchter, der ein angenehmes Licht verbreitete. Das Bett war sicherlich auch Jahrzehnte alt, sah aber edel und gediegen aus. Lieke saß in sich zusammengesunken in einem hellbraunen Ledersessel. Die Polizeipsychologin saß daneben und hatte ihre Hand auf Liekes Unterarm gelegt.

»Ah, da bist du ja Freddy«, meinte Lieke mit matter Stimme. »Schön, dass du da bist. Es ist alles so schrecklich. Die arme Frau Bakker … Und alle verdächtigen mich. Ich soll in dieser Geschichte ganz tief drinstecken. Stell dir das mal vor. Ungeheuerlich.«

Ihre fantastisch anziehenden blauen Augen hielten seinen Blick fest, schienen ihn hypnotisieren zu wollen., Er spürte, wie er alle Fragen zu vergessen begann und nur noch den Wunsch hegte, sie in den Arm zu nehmen.

»Ist mit dir alles in Ordnung?«, fragte er.

»Nichts ist gut«, antwortete sie. »Aber ich bin unverletzt. Mich hat keiner der Schüsse getroffen.«

Erneut atmete er erleichtert auf. Dann spürte er einen zwickenden Schmerz am Oberarm. Keine Frage, Nijland versuchte durch nonverbale Zeichen, Druck auf ihn auszuüben. Das ging gar nicht. Aber dann kamen ihm Gerrit und Rudy in den Sinn, die beide in der Höhle des Löwen gefangen waren. Es war verdammt noch mal seine Pflicht, seine Freunde zu schützen. Er würde es sich nie verzeihen können, wenn er nun Lieke vom Haken ließ und deshalb seinen Freunden etwas zustoßen würde. Andersherum riskierte er aber, Lieke zu verlieren, was er sich ebenso wenig vorstellen konnte. Deshalb konnte es in dieser Sache gar keine Fragen geben. Sie musste endgültig auspacken und sagen, was sie wusste, in was für einen Schlamassel sie da hineingeraten war. Tief in seinem Herzen glaubte er zu spüren, dass Lieke kein böser Mensch oder eine Verbrecherin war. Und es war seine Aufgabe, ihr Leben zu schützen. Deshalb war es besser, jetzt so viel wie möglich in Erfahrung zu bringen, damit sie und seine Freunde geschützt werden konnten. Und wie auch immer ihre Involvierung in dieser Geschichte aussah, es würde nichts sein, was Rudy und seine Kollegen nicht hinkriegen würden.

»Lieke, wir müssen jetzt Klartext miteinander reden«, sagte er deshalb. »Unser Freund Rudy und mein Freund Gerrit befinden sich in Lebensgefahr.«

Lediglich an der Reaktion ihrer Augen konnte er sehen, dass diese Nachricht sie schockierte.

»Und ich habe auch Angst um dein Leben«, fuhr er fort. »Du musst uns jetzt alles erzählen. Alles!«

Trotzig wie ein kleines Kind schob Lieke ihre Unterlippe vor.

»Das geht nicht. Dadurch würde ich meine Eltern in Gefahr bringen.«

Sofort tauschten Nijland und er einen vielsagenden Blick miteinander aus.

»Lieke, wer auch immer dich oder deine Familie erpresst, all das wird vor dem Hintergrund der Morde und des Überfalls kaum eine Rolle spielen«, versuchte Freddy den Druck aufrecht zu erhalten. »Vielleicht kann Kommissar Nijland dir das Versprechen geben, alles vertraulich zu behandeln, wenn du dich uns jetzt offenbarst. Wir wollen Menschenleben retten.«

Nijland schien sofort zu kapieren, denn er bat die Polizeipsychologin umgehend, das Schlafzimmer zu verlassen, was diese, wenn auch zögerlich, tat.

»Ich kann Ihnen keine generelle Straffreiheit zusichern«, meinte Nijland. »Aber ich kann Ihnen versichern, dass alles, was Sie uns anvertrauen, diesen Raum nach Möglichkeit nicht verlassen wird.«

Lieke wand sich in ihrem Sessel wie ein Aal. Freddy ging drei Schritte auf sie zu, nahm ihr Gesicht in seine Hände, beugte sich zu ihr herunter und küsste sie. Zu seiner Überraschung wehrte sie sich nicht, sondern erwiderte sehr gefühlvoll den Kuss.

»Danke, Lieke«, sagte Freddy. »Wenn dir etwas an mir und unserer Beziehung liegt, solltest du dich uns jetzt offenbaren. Es geht nicht darum, dir oder deiner Familie Scherereien zu machen, aber wir möchten vermeiden, dass weitere Personen zu Schaden kommen.«

Natürlich sah Lieke geschockt aus, weil Freddy ihr gegenüber das Totschlagargument, das Ende ihrer Beziehung, ausgepackt hatte.

»Willst du mir drohen, Freddy?«, fragte sie mit unterkühlter Stimme.

»Nein, niemals. Lieke, du bedeutest mir alles. Und ich würde und werde alles für dich, dein und unser Glück tun. Aber du musst sehen, dass es hier um Menschenleben geht. Frau Bakker liegt tot im Flur. Bitte, erzähl uns, was du weißt.«

Bevor sie überlegen konnte, küsste er sie erneut. Das schien sie nachdenklich zu machen. Freddy spürte, wie Nijland ihm von ihr ungesehen einen Klaps auf den Rücken verpasste – zieh dich jetzt zurück, wir haben sie gleich so weit. Und tatsächlich hatte der alte Fuchs der niederländischen Polizei recht, denn Lieke seufzte, warf ihre Haare zurück und begann zu erzählen …

»Es tut mir leid, dass ich so lange geschwiegen habe. Verzeih mir bitte, Freddy. Du bist der aufrichtigste und liebste Mensch, den ich kenne. Deshalb hast du es nicht verdient, dass ich dir etwas verschweige. Auch, dass ich dich in Gefahr gebracht habe, ist unverzeihlich. Ich würde es verstehen, wenn du nichts mehr von mir wissen möchtest.«

Doch Freddy schüttelte nur sanft den Kopf und seine Augen sagten mehr als tausend Worte. Das schien Lieke zu beruhigen und sie fuhr in ruhigerem Ton fort.

»Das ganze Theater hat damit begonnen, dass Rudy de Jong einen Fall übernommen hat, der ein hochrangiges Mitglied der Alaoui Familie betraf. Damals hatte noch niemand die Alaouis als Mocro-Mafia auf dem Schirm, was aber nicht bedeutete, dass sie nicht schon in kriminelle Machenschaften verstrickt waren. Bei dem Fall ging es um ein Kilogramm Kokain, das in einer Wohnung beschlagnahmt wurde, die Raschid Alaoui zugeordnet werden konnte. Rudy hat in diesem Fall alle Register gezogen. Er hat Verfahrensfehler der Polizei geltend gemacht und hatte damit Erfolg. Jeder wusste, dass das Koks zu den Alaouis gehörte, aber durch einen dummen Fehler der Polizei wurde das Verfahren vom Gericht eingestellt.«

»Das deckt sich mit unserem Erkenntnisstand«, sagte Nijland unvermittelt und dafür hätte Freddy ihm am liebsten eine runtergehauen, weil er diese wichtigen Informationen vor ihm zurückgehalten hatte.

Aber der Polizist war ihm gegenüber schließlich zu nichts verpflichtet.

»Seit diesem Zeitpunkt«, fuhr Lieke fort, »befand sich Rudy quasi in der Hand der Alaouis, da er ihnen geholfen hatte, Beweismittel verschwinden zu lassen und das Verfahren erst dadurch platzte. Rudy hatte also seine anwaltlichen Kompetenzen überschritten und war kriminell geworden. Jetzt befand er sich in der Hand der Alaouis. Sie verfügten über ihn wie über ein Haustier. Er musste alles machen, was sie von ihm forderten.«

»Woher weißt du das?«, schaltete sich Freddy ein, der mit Schrecken daran dachte, dass Gerrit und Rudy sich im Restaurant des kriminellen Clanmitglieds befanden.

»Rudy hat sich mir offenbart, Freddy«, antwortete Lieke. »Lange bevor du in unser Leben getreten bist, gab es eine Phase, in der Rudy mir den Hof machte.«

Jedes Wort bohrte sich wie ein Schwert durch seine Brust.

»Wart ihr ein …?«

»Nein«, antwortete sie schnell. »Ich habe nie etwas mit Rudy gehabt. Dabei lag es eindeutig nicht an Rudys Engagement. Er hat lange um mich geworben, aber für mich stimmte die Chemie zwischen uns nicht. Das hat aber nichts daran geändert, dass die Familie van Dijk insgesamt, und ich im Speziellen, immer eng mit Rudy verbandelt waren. Er ist seit Jahrzehnten der Rechtsanwalt unserer Familie. Er hat uns stets gut beraten und vor Gericht verteidigt. So etwas verbindet und schließlich hat Rudy sich mir gegenüber offenbart. Er hat mir erzählt, dass die Marokkaner ihn mit dem Tod bedrohten, wenn er nicht das machte, was sie von ihm forderten.«

»Ah ja?«, knurrte Nijland.

»Ja, es muss furchtbar gewesen sein. Die Alaouis sind ganz abgebrühte Zeitgenossen, die vor nichts zurückschrecken. Wie gesagt, wenn er sich weigerte, bei einer ihrer krummen Touren mitzumachen, bedrohten sie ihn. Das war ein Teufelskreis. Bereits durch seine erste Teilnahme an einer kriminellen Geschichte hatten sie ihn. Sie konnten ihm drohen, jederzeit seine Beteiligung an ihren Aktivitäten auffliegen zu lassen.«

Freddy wurde von einem heftigen Schauder ergriffen, denn die Situation, in der sein Freund sich jahrelang befunden hatte, musste die Hölle gewesen sein.

»Ich verstehe immer noch nicht, was du damit zu tun hast«, sagte Freddy in einem unterschwellig vorwurfsvollen Ton. »Alles, was du bisher erzählt hast, betrifft Rudy. Was hast du mit der Waffe beim Überfall zu suchen gehabt? Wieso wurde Frau Bakker erschossen?«

»Langsam«, bremste ihn Nijland. »Lassen wir Frau van Dijk einfach weitererzählen.«

Es schmerzte Freddy zu sehen, wie sich Liekes Augen mit Tränen füllten.

»Ich habe nicht behauptet, dass Rudy makellos war«, erzählte sie. »Der Druck wurde irgendwann für ihn zu groß, deshalb bat er mich, ihm bei einer Sache zu helfen. Sagen wir so, die Alaouis hatten ihm die Pistole auf die Brust gesetzt, und er benötigte eine Person, der er vertrauen und sich offenbaren konnte Die ihm vielleicht helfen konnte.«

»Und diese Person warst du?«

»Ja, das rührte wahrscheinlich daher, weil er mir so lange den Hof gemacht hat. Er bat mich also um Unterstützung. Ich habe natürlich abgelehnt, aber Rudy war so verzweifelt, dass er mich dazu gezwungen hat.«

Die Anspannung in dem Zimmer war förmlich mit Händen zu greifen.

»Wie konnte er sie dazu zwingen?«, stellte Nijland die naheliegende Frage.

»Das ist wie gesagt der Punkt, über den ich weder sprechen möchte noch kann, da er die Sicherheit meiner Eltern betrifft.«

Nijland verzog sein Gesicht.

»Frau van Dijk«, meinte er dann. »Falls es sich irgendwie bewerkstelligen lassen sollte, werde ich den folgenden Sachverhalt sofort wieder vergessen. Sie müssen uns jetzt aber alles erzählen. Menschen schweben in Lebensgefahr, wenn wir dem Spuk nicht bald ein Ende bereiten.«

Lieke seufzte und erneut kullerten Tränen an ihren Wangen herunter.

»Rudy hat behauptet, meine Eltern hätten seit Jahrzehnten den niederländischen Staat um Millionen an Steuergeldern betrogen.«

»Konnte er das beweisen?«, fragte Freddy.

»Nein, das brauchte er nicht. Ich kenne meinen Vater. Er ist der liebste Mensch überhaupt, aber wenn es um Steuern geht, wird er äußerst seltsam. Ich weiß nicht, ob Rudy recht hatte. Auf jeden Fall konnte ich es mir gut vorstellen.«

»Und Sie haben Rudys Aussagen für bare Münze genommen, ohne diese zu überprüfen oder mit Ihren Eltern darüber zu sprechen?«

»So ist es, Herr Nijland. Ich war immer eine gute Tochter. Ich wollte alles Unheil – auch wenn es selbst verschuldet war – von meinen Eltern fernhalten. Allein die potenzielle Aussicht, dass mein Vater für Jahre hinter schwedischen Gardinen verschwinden würde, ist für mich unerträglich.«

»Soweit habe ich das verstanden«, versuchte Freddy Tempo zu machen, denn im Inneren bangte er um das Wohlergehen seiner Freunde, auch wenn er Rudy für alles Geschehene abgrundtief verachtete. »Aber wieso warst du mit einer Waffe im Café, als der Raubüberfall stattfand?«

Jetz schluchzte Lieke, doch sie versuchte, sich schnell wieder in den Griff zu kriegen.

»Nicht alles, was Rudy von mir verlangt hat, war rational begründbar«, gestand sie. »Zu Beginn konnte ich seine Bitten um Hilfe nachvollziehen. Er benötigte einen Zeugen, jemanden, der für ihn eine Person beschattete oder einen Gegenstand von A nach B brachte. Mit der Zeit wurden seine Aufträge aber immer absurder. Ich habe in ihnen keine Notwendigkeit mehr gesehen. Vielmehr hatte ich das Gefühl, ihm bereite es Freude, einem anderen Menschen genau das anzutun, was ihm angetan wurde. Vielleicht waren es Übersprungshandlungen, die ihn mich erpressen ließen. Vielleicht half es ihm, mit dem immensen Druck und der ständigen Todesgefahr besser umzugehen.«

Todesgefahr war das Stichwort, denn genau die lauerte momentan auf Gerrit und Rudy.

»Wie hat er es begründet, dass du beim Überfall an der Singel mit einer Waffe anwesend sein solltest?«, wollte Freddy wissen.

»Eigentlich gar nicht«, antwortete sie. »Da gab es keine wirkliche Begründung. Er hat mir wie immer mit der Maximalkeule gedroht: Wenn du dich weigerst, mir zu helfen, muss ich sterben, weil die Marokkaner mich umbringen werden. Wenn du mir hilfst, wird alles gut. Falls nicht, werde ich deine Eltern bei der Polizei anschwärzen.«

Beinahe wurde Freddy schwindelig. Was er hier zu hören bekam, war unglaublich. Rudy hatte als junger Mensch etliche menschliche Defizite gehabt, er galt als schwierig, aber in den letzten Jahren war er ihm menschlich immer vollkommen in Ordnung vorgekommen. Und jetzt so was.

»Na ja«, fügte Lieke noch hinzu, »er sprach davon, dass die Alaouis gerne einen Hintermann hätten, der ihnen, falls nötig, den Rücken freihält. Dabei kann ich gar nicht schießen. Und dann wollte er unbedingt, dass du mitkommst, Freddy.«

Jetzt konnte er nicht mehr und setzte sich ungefragt aufs Bett.

»Wir müssen …«, wollte er einen Versuch starten, deutlich

zu machen, dass sie Gerrit und Rudy aus der prekären Situation befreien müssten, doch Nijland übertönte ihn.

»Haben Sie vielen Dank für Ihre Offenheit, Frau van Dijk«, sagte er. »So langsam, beginne ich mir ein Bild von der Gesamtsituation zu machen. Aber: Was ist hier genau passiert?«

Ein neuer Schub Tränen brach sich Bahn, als ob Lieke erst durch seine Äußerung gerade wieder bewusst geworden wäre, dass sie vor einigen Minuten Zeugin eines barbarischen Mordes geworden war.

»Ihr müsst mir glauben, dass dies auch für mich ein Rätsel mit sieben Siegeln ist.«

»Erzähl uns einfach, was passiert ist«, versuchte Freddy sie zu ermuntern.

»Natürlich kenne ich Frau Bakker beinahe genauso lange wie Rudy selbst«, leistete Lieke seiner Aufforderung Folge. »Ich habe sie immer als gute Seele der Kanzlei gesehen. Sie war nie unhöflich oder so. Nie kam ein böses Wort über ihre Lippen. Natürlich habe ich bei ihr stets eine gewisse Begeisterung für ihren Chef gespürt. Es erinnerte mich an das Schwärmen eines jungen Mädchens für einen Star. Bei Rudy habe ich nie auch nur ansatzweise gespürt, dass er für Frau Bakker emotionale Begeisterung aufbringen konnte. Ich denke, auch wenn Rudy mir lange den Hof gemacht hat, ging es ihm in erster Linie gar nicht um mich. Er wollte vielmehr mich als Beute erlegen und in seinem Trophäenschrank verstauen. Vielleicht ist Rudy gar nicht zu tiefen emotionalen Bindungen in der Lage. Ich weiß es nicht. Während all der Jahre, in denen Rudy mit dem Schicksal meiner Familie und meinem Wohlergehen spielte, habe ich nie bemerkt, dass er mit Frau Bakker ein ähnliches Spiel trieb. Nie. Bis heute.«

Nijland schien inzwischen so angespannt zu sein, dass er vergaß, wo er war und sich eine Zigarette anzündete, was Lieke aber geflissentlich ignorierte.

»Freddy war bei mir, als es klingelte. Bereits an der Eingangstür signalisierte mir Frau Bakker, dass sie in großen

Schwierigkeiten steckt. Als sie bemerkte, dass ich nicht alleine war, wollte sie wieder flüchten, doch ich wollte ihr helfen und hielt sie davon ab. Deshalb habe ich dich weggeschickt, Freddy. Als du gegangen warst, hat sie mir ihr Herz geöffnet. Letztlich hat Rudy mit ihr ein ähnliches Spiel getrieben, wie mit mir. Nur, dass er sie nicht erpresst hat. Frau Bakker war mehr oder weniger psychisch von Rudy abhängig – behauptete sie zumindest. Dann erzählte sie mir, dass er den Überfall an der Singel schon vorher bis in die letzten Kleinigkeiten besprochen habe. Danach hat er ihr den Auftrag gegeben, eine beim Überfall erbeutete Statue in ihren Besitz zu bringen. Und damit begannen dann die wirklichen Probleme.«

Spätestens jetzt verstand Freddy nur noch Bahnhof, denn die Geschichte mit der Skulptur hatte er ja hautnah mitgekriegt. Was stimmte nicht an diesem Bild? Bevor er den Verstand zu verlieren drohte, sprach Lieke weiter.

»Angeblich hat der Alaoui- Clan Rudy massiv unter Druck gesetzt. Er sollte eine beim Überfall erbeutete Statue in Verwahrung nehmen. Anscheinend war den Alaouis die Gefahr zu groß, dass diese bei einer Zufallsrazzia oder ähnlichem bei ihnen gefunden werden konnte. Also sollte Rudy sie bei sich aufbewahren, da wohl niemand auf die Idee gekommen wäre, bei ihm Raubgut aus einem Überfall zu suchen. Er hat also Frau Bakker gebeten, nach Rotterdam zu fahren, um sich mit einem Mitglied des Alaoui-Clans zu treffen. Dort sollte das Kunstwerk übergeben werden. Anscheinend funktionierte auch alles. Aber als sie ihm den verpackten Gegenstand überreichte und er ihn öffnete, tickte er aus. Angeblich handelte es sich um einen wertlosen Tourismus Artikel, der für zehn Euro in verschiedenen Läden hier zu kaufen ist. Frau Bakker hat ihm mitgeteilt, sie werde bei seinen Spielchen nicht mehr mitmachen. Rudy geriet nun wirklich außer sich. Frau Bakker sagte, jetzt habe er völlig aus dem Häuschen gewirkt und sie habe es mit der Angst zu tun gekriegt, zumal er ihr sagte, das würde sie bereuen. Daraufhin hat er

Frau Bakker beschuldigt, mit den Alaouis unter einer Decke zu stecken. Er hat sie bedroht, weil er glaubte, sein eigenes Leben sei nun verwirkt. Wieso sollten die Alaouis mit ihm solche Spielchen spielen? Er fasste das als Kriegserklärung auf und zweifelte zugleich an der Loyalität seiner ältesten Mitarbeiterin. Kurz bevor sie mich hier aufsuchte, war sie noch bei Rudy in der Kanzlei gewesen. Dieser sei immer noch ganz außer sich gewesen. Alle Versuche, sie umzustimmen, weiter mit ihm im Klandestinen zusammenzuarbeiten, habe sie zurückgewiesen. Daraufhin wurden seine Blicke tödlich. Er habe ihr, warum auch immer, den falschen Kunstgegenstand aufgedrängt und ihr geraten, sich schnellstmöglich zu verstecken. Er vermutete, die Alaouis würden nun Killer auf ihn und sie ansetzen. Doch Frau Bakker war eine arme Seele, die hier auch keine Verwandten mehr hatte. Da auch er untertauchen musste, hat er ihr geraten, es bei mir zu probieren. Was sie leider auch getan hat.«

Mit jeder verstreichenden Sekunde drängte es Freddy immer mehr, »Halt!« zu brüllen und in Windeseile zum Restaurant der Alaouis aufzubrechen. Mit Blaulicht und Sirene. Wie auch immer alles genau gelagert war, Gerrit und Rudy schwebten in Lebensgefahr. Doch seine Freundin machte seine Pläne zunichte, indem sie fortfuhr.

»Zirka eine halbe Stunde nachdem ich Freddy weggeschickt hatte, klingelte es. Ich bin an die Gegensprechanlage gegangen und habe einen Paketboten gesehen. Ich dachte nicht daran, dass der Typ verkleidet sein könnte. Er bat mich, ins Haus gelassen zu werden, um seine Lieferung für einen Nachbarn bei mir abstellen zu können. Eigentlich wollte ich ihm sagen, dass es gerade überhaupt nicht passt, aber mir tun diese Leute im Niedriglohnsektor leid. Also habe ich die Tür geöffnet und die Wohnungstür einen Spalt offengelassen. Frau Bakker wollte sofort wissen, wer es sei, und ob Freddy zurückgekehrt sei. Als ich ihr die Geschichte mit dem Paketboten Typen erzählte, wurde sie kreidebleich und bat mich, die Tür sofort wieder zu schließen. Natürlich habe ich meinen Fehler daraufhin eingesehen. Frau Bakker und ich sind beinahe gleichzeitig von unseren Stühlen aufgesprungen, um die Wohnungstür wieder zu schließen und zu verriegeln. Doch da war es bereits zu spät. Ich war schneller als Frau Bakker, wollte mich gegen die Tür werfen, aber da wurde sie mir bereits mit voller Wucht entgegengeschleudert, sodass ich zu Boden ging. Ein Mann in Paketboten-Uniform, einer Sonnenbrille, einem Käppi und einem Tuch vor dem Gesicht hielt eine Pistole in der Hand. Er lief einfach an mir vorbei, und ließ mich auf dem Boden liegen. Da hörte ich auch schon den ersten Schuss. Mir war klar, hier konnte ich nichts mehr ausrichten und flüchtete deshalb so schnell ich konnte ins Bad. Dort habe ich mich verbarrikadiert und einen weiteren Schuss gehört. Offensichtlich suchte der Mann etwas in der Wohnung. Er hat auch an der Badezimmertür gerüttelt, dann aber davon abgelassen. Nach drei Minuten war der Spuk vorbei.«

»Ist Ihnen bereits aufgefallen, ob Ihnen irgendein Gegenstand geraubt wurde?«, fragte Nijland.

Lieke schüttelte den Kopf. Dann schlug sie sich mit der rechten Hand gegen die Stirn.

»Doch natürlich«, antwortete sie dann. »Frau Bakker hatte die »falsche« Statue in ihrer Tasche gehabt. Die habe ich nach dem Verschwinden des Mannes nicht mehr gesehen. Die muss der Täter mitgenommen haben.«

Nijland knurrte wie ein alter, hungriger Wolf.

»Hey!«, rief er den Polizisten zu, die noch in der Wohnung zugange waren. »Haltet Ausschau nach einer in Papier eingewickelten Statue. Falls ihr sie findet, bitte sofort Bescheid geben.«

14.

Showdown am Grachtengürtel

Freddys Handy bimmelte. Schlagartig schoss ihm das Blut in den Kopf. Welche Horrornachricht erwartete ihn jetzt? Falls Rudy oder Gerrit in der Zwischenzeit etwas passiert wäre, würde er bis in alle Ewigkeit mit dieser Schuld leben müssen. Mit zitternden Händen holte er sein Handy hervor und musste zweimal über die Oberfläche streichen, um es entsperren zu können.

»Ja?«

Sein Gesicht wurde noch angespannter, denn zu Beginn hörte er lediglich ein scharfes Ein- und Ausatmen. Nijland gestikulierte wie verrückt in seine Richtung – er solle unbedingt auf Lautsprecher stellen, was er auch sofort erledigte.

»Hallo?«, vergewisserte er sich, da der Anrufer immer noch keine Anstalten machte, sich zu melden.

»Gerrit hier.«

Die Stimme klang weit weg und verzerrt. Nijland trat ganz nah an Freddy heran, obwohl die Lautsprecherstärke laut genau eingestellt war.

»Gerrit, ist alles in Ordnung bei dir?«

Es folgten Statikgeräusche. Dann wieder wenige Geräusche, die wie Wortfetzen klangen.

»Gerrit, du musst lauter und deutlicher reden, wir verstehen dich nicht.«

Endlich ertönte ein leises, aber verständliches Flüstern aus dem Lautsprecher.

»Freddy? Freddy, gut, dass du dran bist. Hier laufen die Dinge aus dem Ruder.«

»Bist du in Sicherheit?«

»Weitestgehend. Ich bin einmal mehr aufs WC geflüchtet und dort durch ein kleines Fenster geflohen. Keine Ahnung, wo ich jetzt genau stehe.«

Nijland hatte sich eine neue Zigarette angezündet und seine Gesichtsfarbe signalisierte, dass sein Gehirn gerade wie ein Atomreaktor hochgefahren wurde.

»Was ist passiert, Gerrit?«

»Die Kurzversion: Ich bin wie besprochen in das Restaurant gegangen. Dort haben sich dein Freund Rudy und Mohammed Alaoui zusammen an einen Tisch gesetzt.«

Offensichtlich hatte Nijland nur Fragezeichen im Gesicht, aber er hatte den Kopf in Richtung Handy gebeugt, beinahe wie ein Hund über dem Futtertrog.

»Und dann?«, platzte es aus Freddy heraus, der nun nicht mehr länger imstande war, sich zusammenzureißen. »Was ist passiert?«

»Die beiden haben sich unterhalten. Aus der Unterhaltung wurde ein Streit. Rudy hatte einen in Papier eingewickelten Gegenstand dabei, der wohl auch Teil des Streits war. Dann wurden sie laut. Ich habe nur verstanden, dass sich beide gegenseitig vorgeworfen haben, sich betrogen zu haben.«

Freddy ballte die Faust in einer Siegesgeste zusammen – ha, jetzt hatte er sie endlich.

»Plötzlich hat Rudy den Gegenstand genommen und auf dem Tisch zertrümmert. Dann ging es Schlag auf Schlag. Rudy hat eine Pistole gezogen und Mohammed Alaoui damit bedroht. Ich glaube, er wollte ihn tatsächlich erschießen.«

Freddy und Nijland tauschten einen vielsagenden Blick aus.

»Und dann? Was ist dann passiert?«

Freddy konnte nicht anders, als immer dieselben Fragen herauszuschreien.

»Dann wurde Rudy überwältigt.«

»Was? Wie das denn?«

»Der Kellner hat sich von hinten an ihn herangeschlichen

und ihn mit einer anderen Waffe bedroht. Rudy blieb nichts anderes übrig, als aufzugeben, sonst hätte der Typ ein Sieb aus ihm gemacht.«

»Verdammte Scheiße. Hast du versucht, mit deiner …«

Gerade noch rechtzeitig bremste Freddy ab, denn er war sich nicht sicher, ob die Waffe seines Freundes legal angemeldet war.

»Ich habe mich wie vorhin schon beschrieben aus dem Staub gemacht«, schaltete Gerrit schnell.

»Okay, du bist also in Sicherheit, richtig?«

»Soweit ich das sagen kann, ja.«

»Super. Kannst du beobachten, was im Restaurant vor sich geht?«

»Nein, keine Chance. Aber ich bewege mich für die nächste halbe Stunde hier auch nicht weg. Vergiss es!«

Scheiße, dachte Freddy und ein Blick auf Nijland zeigte, dieser hegte exakt denselben Gedanken wie er.

»Hast du eine Ahnung, was weiter passieren wird?«

Doch wieder einmal gelang es Gerrit, seinen deutschen Freund in einer höchstbrisanten Situation positiv zu überraschen.

» Ja, ich habe noch kurz vor meiner Flucht gehört, was die beiden vorhaben.«

Jetzt platzte Freddy beinahe. Das gab's doch gar nicht. Was für ein Teufelskerl!

»Was?«, brüllte er so laut in den Hörer, dass Nijland ein wenig zurückschreckte. »Was hast du herausgefunden? Bitte beeil dich, es geht wahrscheinlich um Leben und Tod …«

»Wenn du mich auch mal zu Wort kommen lässt, gerne«, unterbrach ihn Gerrit. »Ich habe gerade noch gehört, wie Mohammed Alaoui zu Rudy sagte, sie würden nun in seine Kanzlei fahren, um die Dinge ein für Allemal zu klären und …«

»Du bist mit Geld nicht zu bezahlen, Gerrit«, jubelte Freddy, was Gerrit mit »Weiß ich doch« beantwortete und drückte, ohne sich zu verabschieden den roten Knopf, da er wusste, dass es jetzt auf jede einzelne Sekunde ankam.

»Die Kanzlei von Herrn de Jong?«, fragte Nijland hastig und schnippte die Asche in den großen Aschenbecher.

»Ja«, antwortete Freddy. »Wahrscheinlich sind sie bereits vor Ort.«

»Wie viele Personen?«

»Ich weiß von zwei Personen, die der Mocro- Mafia zuzurechnen sein könnten. Hinzu kommt Rudy, der sich vermutlich in einer großen Gefahrenlage befindet.«

Nijland legte sein Gesicht so in Falten, dass er wie eine französische Bulldogge aussah.

»Herrscht Lebensgefahr?«, fragte er laut, sah dabei aber niemanden spezifisch an.

»Ich denke, die Umstände legen nahe, dass es sehr schnell zu einer finalen Abrechnung kommen könnte«, aktivierte Freddy sein ganzes Wissen, das er über vergleichbare Situationen wie diese besaß. »Es scheint, Rudy will den Erpressungen der Marokkaner nicht mehr nachgeben und diese wollen vielleicht ein Exempel an ihm statuieren.«

»Mist!«, fluchte Nijland. »Dann müssen wir schnell machen. Wir haben keine Zeit auf das Taktikteam und die Polizeipsychologen zu warten …«

»Wieso? Eine Polizeipsychologin ist doch hier vor Ort«, entgegnete Freddy.

Voller Vehemenz knallte sich Nijland die Hand vor die Stirn.

»Okay, brechen wir auf. Kein Blaulicht. Kein Bedrohungsszenario. Wir bauen vor Ort Kontakt zu den mutmaßlichen Geiselnehmern auf, indem Sie Rudy anrufen, okay?«

Enthusiastisch hob Freddy den Daumen, doch Nijland war bereits mit einer Behändigkeit in den Flur hinausgespritzt, die er ihm nie im Leben zugetraut hätte. Dort bellte er auf Niederländisch Befehle und stellte wohl die Teams zusammen.

»Bist du in Ordnung, Lieke?«, fragte Freddy.

»Ja. Es tut mir leid, dass es so gekommen ist …«

Diese Einlassung hätte es eigentlich verdient, dass er sie in den Arm genommen, gestreichelt und das Gespräch mit ihr gesucht hätte. Aber das war ein Ding der Unmöglichkeit, denn Rudy schwebte in höchster Lebensgefahr und selbst wenn alles zutraf, was Lieke ihm berichtet hatte, musste es seine dringendste Pflicht sein, Rudy zu retten.

»Mach dir keine Sorgen, Lieke«, versuchte er sie deshalb zu beschwichtigen. »Wir werden uns bald aussprechen und alles wird wieder gut werden. Bitte versuche, dich zu beruhigen. Wenn es dir nicht gut gehen sollte, wende dich bitte an die Polizisten, die hier vor Ort sein werden. Sobald der Spuk vorbei ist, melde ich mich bei dir, in Ordnung?«

Ein Blick in ihre Augen und Freddy war bereit, alles zu vergessen. Lieke sah nun nicht mehr wie eine große, starke, niederländische Frau aus, sondern wie ein kleines besonders schutzbedürftiger Welpe, der sich nach nichts mehr sehnt, als nach der Liebe und Fürsorge seines Herrchens. Doch für Streicheleinheiten war nun leider keine Zeit.

»Pass auf dich auf, Freddy!«, hauchte sie ihm gerade noch zu, als er bereits schon halb zur Tür draußen war.

»Mach ich«, antwortete er laut und sprintete die Treppenstufen hinunter, da er bemerkt hatte, dass Nijland bereits die Wohnung verlassen hatte.

»Wäre es nicht effektiver, wenn wir die Strecke zu Fuß gehen würden?«, fragte Freddy Nijland, als beide auf der Rückbank des zivilen Polizeiautos saßen.

Bevor er antwortete, zog Nijland kräftig an seiner Zigarette und schien den Rauch vollständig in seine Lungen absorbieren zu wollen.

»Das wissen Sie besser«, antwortete der Kommissar äußerst einsilbig und schaute auf die Straße.

Natürlich hatte er recht. Es war auf jeden Fall besser, den Einsatz mit Autos durchzuführen, auch wenn sie zu Fuß genauso schnell am Tatort sein konnten. Immerhin war eine Flucht mit dem Auto nicht ausgeschlossen. Nijland erteilte dem Fahrer und Beifahrer Befehle. Diese gaben daraufhin der Einsatzzentrale die Informationen weiter. Ein taktisch mobiles Einsatzteam wurde angefordert und ein Hubschrauber in Alarmmodus versetzt. Freddy bewunderte die Umsichtigkeit seines niederländischen Kollegen und dessen äußere Ruhe, auch wenn er wusste, dass dieser Eindruck trog. Denn in Nijland brodelte es wie in einem Vulkan, keine Frage. Er war jetzt in seinem Element. Das Auto bremste zirka zwanzig Meter vor Rudys Sozietät ab. Freddy sah sich sorgfältig in alle Richtungen um. Einige Meter weiter parkte ein Mercedes verbotenerweise zur Hälfte auf dem Bürgersteig.

»Dahinten steht das Auto von Mohammed Alaoui«, sagte er. »Ich weiß das, da mein Freund und ich ihn auf dem Weg nach Rotterdam observiert haben.«

»Sehr gut«, lobte ihn Nijland. »Dann wissen wir zumindest, dass wir auf der richtigen Spur sind. Alles spricht dafür, dass sich das Trio, wie von ihrem Freund geschildert, in dem Haus an der Keizersgracht aufhalten.«

»Haben Sie eine Waffe für mich?«, stellte Freddy endlich die Frage, die ihm bereits die ganze Zeit über unter den Nägeln brannte. »Es kann ja schließlich zu einer Gefährdungssituation kommen, in der es hilfreich ist …«

Energisch winkte Nijland ab.

»Sind Sie in Deutschland berechtigt, eine Waffe zu tragen?«, fragte er.

»Ja, ich bin vollständig rehabilitiert worden und hätte jederzeit den Dienst wieder aufnehmen können«, antwortete er wahrheitsgemäß.

Nijland öffnete den Mantel und zog aus seinem zweiten Schulterholster einen beinahe winzigen Colt.

»Nur bei absoluter Gefährdungslage und zur Eigensicherung. Ich denke, mehr muss ich Ihnen ja nicht erklären«, sagte er.

Freddy nickte, checkte die Waffe und verstaute sie im hinteren Hosenbund.

»Und jetzt?«, konnte er seine Neugier nicht bremsen.

Ein langgezogener Seufzer folgte als Antwort.

»Ehrlich gesagt bin ich mit der Gesamtsituation ein wenig überfordert«, gab der Kommissar offen zu. »Es wäre von Vorteil, auf speziell für solche Situationen geschulte Einsatzkräfte zu warten. Aber das wird wohl kaum möglich sein. Das Risiko ist einfach zu hoch, dass es in der Zwischenzeit in der Anwaltskanzlei zu Gewalttätigkeiten kommt. Und weder Sie noch ich wollen dafür verantwortlich sein, oder?«

»Auf keinen Fall«, stimmte Freddy zu. »Ich bin auch gerne bereit, in das Haus hineinzugehen, um direkt mit den Geiselnehmern zu verhandeln.«

Doch der Mann mit dem Blumenkohlgesicht schüttelte den Kopf.

»Das scheint mir im Moment noch nicht nötig zu sein, aber danke für die Bereitschaft und ehrlich gesagt, finde ich das ganz schön mutig. Aber wir müssen jetzt einen Schritt nach dem anderen machen.«

Er zündete sich eine neue Kippe an der alten an und warf letztere aus dem Fenster.

»Wir müssen zunächst einen Kontakt nach Innen herstellen, um eine adäquate Situationsanalyse vornehmen zu können. Sie versuchen nun auf dem Festnetz oder Handy, Kontakt mit Rudy de Jong aufzunehmen, in Ordnung?«

»Selbstverständlich. Was soll ich sagen? Auf welches Ziel soll ich hinarbeiten.«

Beinahe resigniert zuckte Nijland mit den Schultern.

»Wenn ich das so genau wüsste. Versuchen Sie Herrn de Jong zu vermitteln, dass er ruhig bleiben soll und dass Unterstützung bereits vor Ort ist. Dann versuchen Sie, Alaoui an die Strippe zu kriegen.«

»Klar, mache ich. Gibt es irgendwelche Handlungsempfehlungen im Umgang mit Alaoui?«

Erneut legte sich das Gesicht des Kommissars so sehr in Falten, dass es den Anschein hatte, es bestünde ausschließlich aus Falten.

»Versuchen Sie auch hier beruhigend zu wirken. Weisen Sie ihn darauf hin, dass bisher nichts gegen ihn vorliegt. Wir haben keine Bewiese dafür, dass er am Überfall auf den Geldtransporter beteiligt war. Das Einzige, das wir bereits wissen, ist, dass Alaoui und sein Kompagnon über Waffen verfügen. Sagen Sie ihm ausdrücklich, dass diese Sache mit einem guten Anwalt im Sand verlaufen wird.«

Tatsächlich zwinkerte Nijland ihm zu. Freddy spürte, wie ihm das Herz bis zum Hals schlug. Es pochte, als ob es kurz vor der Explosion stehen würde. Sein Hals fühlte sich wie in einen Schraubstock gespannt an.

Jetzt hing also alles an einem seidenen Faden. Die Flut der Ereignisse prasselte in diesem Augenblick mit unerbittlicher Klarheit auf ihn nieder. Ob er jemals in der Lage sein würde, die Beziehung mit Lieke wieder zu richten, stand in den Sternen. Dafür war sie ihm gegenüber einfach nicht offen und ehrlich genug gewesen. Ein weiteres Mal war er von einer Frau bitter enttäuscht worden, was ihn in seinen Grundfesten erschütterte. Aber diese Aspekte musste er nun völlig ausblenden. Sein ehemaliger Freund Rudy war wohl bei genauerer Betrachtung mindestens ein emotionaler Krüppel, der es in mancherlei Hinsicht zu genießen schien, über andere verfügen zu können. Dennoch musste er alles dafür tun, ihn zu retten. Außerdem gehörten zu einer Geschichte immer zwei Seiten. Vielleicht kamen weitere Aspekte ans Tageslicht, die sein Verhalten besser erklären oder relativieren konnten. Auf jeden Fall verband ihn mit Rudy eine lange Freundschaft. Er musste ihn retten.

Er konnte es drehen und wenden wie er wollte. Alle Verantwortung in dieser vertrackten Situation hing nun von seinem Agieren ab. Und genau in diesem Augenblick spürte er, dass ihm alles zu viel wurde. Allein schon das Bewusstsein, einmal an Burnout erkrankt gewesen zu sein, reichte, um die Zweifel in seiner Brust, die er gegen sich selbst hegte, zu potenzieren. Aber es half alles nichts. Er musste sich nun der Realität stellen. Und mit jeder Sekunde, die verstrich, erhöhte sich die Wahrscheinlichkeit, dass die Geschichte kein gutes Ende mehr fand. Zudem drohte ihn ein ihm nur zu gut vertrautes Ohnmachtsgefühl zu ersticken. Sein Zeigefinger zitterte stark, als er über dem Knopf der Kurzwahltaste für Rudys Handy schwebte. Er atmete lang aus, wollte auf den Knopf tippen, verfehlte ihn aber, wiederholte die Prozedur und das Handy begann, die Verbindung zur Sozietät aufzubauen.

15.

Alter Gouda

Freddy spürte, wie sich ein Schweißfilm auf seiner Stirn bildete. Zu seiner Erleichterung war Rudys Handy nicht abgestellt. Es tutete und tutete, aber der Staranwalt schien nicht geneigt zu sein, abzuheben.

»Verdammter Mist!«, fluchte Nijland, als Freddy entnervt den Ausknopf drückte. »Wir benötigen den Kontakt. Nur so können wir vielleicht Einfluss auf das Geschehen nehmen. Noch einmal.«

Sofort drückte Freddy die Wahlwiederholung. Während er wartete, hielt er vor Anspannung den Atem an. Beinahe schien er zu spüren, was für eine existenziell bedrohliche Situation in dem Herrenhaus an der Gracht herrschte.

»Festnetz?«

Nijlands Frage kam ihm wie ein Geniestreich vor. Schnell suchte er die entsprechende Verbindung heraus. Nach achtmaligem Klingeln ging der Anrufbeantworter dran.

»Hier ist Rechtsanwalt Rudy de Jong. Leider bin ich momentan beschäftigt und kann Ihren Anruf nicht entgegennehmen. Bitte versuchen Sie es zu einem späteren Zeitpunkt noch einmal oder hinterlassen Sie nach dem Piepton eine Nachricht.«

»So ein Scheiß!«, brüllte Freddy die angestaute Angst und Aggressionen heraus. »Was tun wir jetzt? Soll ich in das Haus hineingehen? Ich kenne den Code, um in das Haus hineinzugelangen.«

Nijland formte eine imaginäre Pistole, zielte auf Freddy und drückte ab.

»Ausgezeichnet, dass wir den Code haben. Ich bin mir

aber im Moment noch unsicher, wie wir weiter vorgehen sollen.«

Dann hielt er ihm wie von Zauberhand ein kleines Notizbuch und einen Kugelschreiber hin.

»Bitte den Code notieren.«

Freddy tat, wie ihm geheißen wurde.

»Soll ich jetzt reingehen?«, fragte er ungeduldig. »Ich bin ja auch für solche Einsätze geschult und kenne mich in dem Haus gut aus.«

Jetzt wirkte Nijland wie ein geprügelter Hund, der die Wahl zwischen Stockschlägen oder dem Tierheim hatte.

»Wir probieren es ein letztes Mal.«

Sofort drückte er die Wiederholungstaste, doch auch dieses Mal ging wieder nur der Anrufbeantworter ran.

»Letzte Chance«, meinte er zerknirscht und schickte den Verbindungsaufbau zu Rudys Handy los.

Als er es tatsächlich klacken hörte, erlitt er beinahe einen Herzinfarkt. Er hatte es geschafft. Irgendjemand war an Rudys Handy gegangen.

»Hallo?«, brüllte er beinahe in den Hörer und erkannte aus den Augenwinkeln, wie gebannt der Kommissar ihn anblickte und quasi versuchte, mit den Ohren aus den Geräuschen Bilder werden zu lassen. »Hallo, wer ist da? Rudy? Sag doch bitte was.«

Die Leitung blieb still, aber immerhin wurde sie nicht unterbrochen.

»Hier Nijland, Kriminalpolizei«, meldete sich nun der Kommissar zu Wort. »Wir haben alle Zugänge zu Ihrer Wohnung gesichert und sind mit Spezialkräften vor Ort. Bitte verfallen Sie nicht in Panik. Aber geben Sie endlich ein Lebenszeichen von sich.«

Obwohl er sich beim besten Willen nicht hatte vorstellen können, wieso Rudy bei ihm schweigen und beim Kommissar reden sollte, hörte er ein Räuspern in der Leitung und für einen Augenblick hatte er den Eindruck, sein Herz würde in seinem Körper auf und ab springen. Das Räuspern klang vertraut. Rudy! Er war offensichtlich am Leben und in der Lage, an sein Handy zu gehen.

»Rudy, wir sind da, um dich zu retten«, sagte er unter Aufbringung all seiner Kräfte. »Aber du musst uns zunächst bitte ein Lebenszeichen von dir geben.«

Das mit sanfter Stimme vorgetragene »Mir geht es gut« drohte Freddy beinahe zu überwältigen, denn damit hatte er unter keinen Umständen gerechnet.

»Bist du allein?«, schloss er die für ihn logische Frage an.

Erneut hörten sie nur das Knistern in der Leitung. Dann ein Geräusch, als ob Rudy kräftig schlucken musste und dabei etwas in den falschen Hals bekam.

»Rudy, ist alles okay?«

Wieder kurze Stille. Dann die Erlösung.

»Nein, ich bin nicht allein, Freddy. Ich befinde mich in der Gesellschaft zweier Gentlemen mit marokkanischem Migrationshintergrund.«

Im Hintergrund war nun ein Gemurmel zu hören.

»Wirst du bedroht? Befindest du dich in Lebensgefahr?«

Nijlands Blick signalisierte ihm, dass er alles vollkommen richtig machte.

»Es ist kompliziert«, antwortete der Freund aus alten Studienzeiten zu seiner Überraschung.

Was war denn da los?

Wieso äußerte er sich so seltsam?

War ihm nicht klar, dass es nun auf jeden noch so kleinen Hinweis von ihm über Bewaffnung, das Bedrohungsszenario und andere Aspekte ankam?

Befand er sich psychisch so unter Druck, dass er vielleicht nicht anders konnte?

War eine Pistole auf seinen Kopf gerichtet und dachte er, die Gangster könnten jede Sekunde den Abzug drücken?

»Was?«, fuhr Freddy ihn nun scharf an. »Komm mal zu dir, Mann. Wir müssen wissen, was Sache ist. Befindest du dich in Lebensgefahr? Wirst du erschossen, wenn wir in das Haus reingehen? Oder wird es vielleicht sogar gewünscht, wenn ich oder Kommissar Nijland uns unbewaffnet und nicht verwanzt zu euch begeben? Vielleicht können wir dabei helfen, eine völlig ausweglos erscheinende Situation zu entschärfen und eine Lösung dafür zu finden?«

Wieder herrschte für kurze Zeit eine unerträgliche Stille in der Leitung. Dann folgte ein erneutes Räuspern. Rudy war wohl mehr als nur nervös.

»Freddy, mit deinen Fragen bin ich momentan überfragt. Ich bin mit der Situation völlig überfordert. Ich weiß nicht …«

Die Stimme verstummte. Dann hörte er, wie an dem Handy herumhantiert wurde.

»Hallo?«, meldete sich eine rau klingende Stimme und er war sich ziemlich sicher, dass es sich dabei um Mohammed Alaoui handelte, da dieser eindeutig der Clanobere und nicht der Kellner war. »Mit wem spreche ich?«

Verdammt, hätte er sich doch im Vorfeld nur bessere Antworten zurechtgelegt, aber dafür hatte er ja keine Zeit gehabt.

»Hier ist Freddy Walz. Ich bin ein alter Studienfreund von Rudy.«

»Dann sind Sie genauso ein Verbrecher wie er«, sagte der Mann völlig ruhig.

Nijlands und sein Blick trafen sich – bei beiden war die Stirn mit Fragezeichen übersät.

»Wie meinen Sie das?«, bemühte er sich, nicht zu viel Zeit verstreichen zu lassen und das Gespräch am Laufen zu halten. »Ich arbeite für Herrn de Jong. In seiner Kanzlei übernehme ich die Fälle, die deutsche Touristen betreffen.«

»Sie sind Deutscher? Das hätte ich nicht herausgehört. Dann haben Sie auch nicht direkt mit der Polizei zu tun, oder?«

Verdammt, was sollte er dazu nur sagen? Bestand die

Möglichkeit, dass Rudy den Marokkanern bereits etwas über ihn erzählt hatte? Dann konnte eine Lüge das Ende des Lebens seines Freundes bedeuten.

»Ich war früher einmal Polizist in Berlin«, entschied er sich dafür, so nahe wie möglich bei der Wahrheit zu bleiben. »Allerdings war ich dem Job nicht gewachsen. Er hat mich aufgefressen und ich habe an einem Burnout gelitten. Heute habe ich nichts mehr mit der Polizei zu tun.«

»Aber wir können doch davon ausgehen, dass Sie sich in Begleitung der Polizei befinden, oder? Das haben wir vorhin mitgehört. Vermutlich ist tatsächlich bereits alles hermetisch abgeriegelt, oder war das ein Bluff, um uns Angst einzujagen?«

Hilfesuchend blickte er zum Kommissar herüber, der, ohne viel nachzudenken, nickte.

»Ihre Vermutungen treffen zu«, sagte Freddy deshalb.

Obwohl sich der Mann bisher wie ein Vollprofi benommen hatte, hörte er jetzt einen kleinen Seufzer.

»Dann haben wir hier eine äußerst komplizierte Gesamtlage«, analysierte der Mann völlig zutreffend. »Haben Sie bitte einen Augenblick Geduld.«

Vor seinem inneren Auge glaubte Freddy zu sehen, wie der Mann das Handy abdeckte und sich mit seinem Komplizen beriet. Tatsächlich hörte er leise Hintergrundgeräusche, die nach einem kurzen Meinungsaustausch klangen.

»Sind Sie noch dran?«, vergewisserte sich Mohammed Alaoui, als die Beratung scheinbar beendet war.

»Ja.«

»Okay, hören Sie gut zu. Es ist in unserem Interesse, in Ihrem Beisein ein Gespräch zu führen, bei dem einiges über das Leben und Wirken des ehrenwerten Herrn de Jong ans Tageslicht gebracht wird.«

Im Hintergrund waren Geräusche zu hören, die wie Protest klangen, aber sofort wieder verstummten.

»Sind Sie dazu bereit?«

Ohne auch nur eine Sekunde zu zögern, antwortete er mit: »Ja, selbstverständlich.«

»Sie sind ein mutiger Mann«, stellte Alaoui sachlich fest. »Aber Sie müssen sich an die Regeln halten. Dann passiert weder Ihnen noch Herrn de Jong etwas. Dafür verbürge ich mich. Und wenn ich Ihnen mein Ehrenwort gebe und dabei auf das Leben meiner Tochter schwöre, sind das keine Nichtigkeiten, wie bei den Europäern. Sie können mir also vollkommen vertrauen. Haben Sie das verstanden?«

»Ja.«

»Kommen Sie unbewaffnet und alleine zum Hauseingang. Bringen Sie Ihr Handy mit, damit alle das Gespräch mithören können und die Wahrheit erfahren. Sollten Sie Polizisten im Schlepptau haben, bewaffnet sein oder sich sonst nicht an meine Bedingungen halten, können wir nicht ausschließen, dass es zu Blutvergießen kommt. Das liegt aber keineswegs in unserem Interesse. Falls Sie noch Fragen haben, ist jetzt der richtige Zeitpunkt dafür. Sollte dies nicht der Fall sein, erwarten wir Sie innerhalb eines Zeitkorridors von drei Minuten. Die Uhr tickt ab jetzt.«

»Gut«, stimmte Freddy zu, »ich komme, wie besprochen.«

»Sie müssen das nicht tun«, sagte Nijland, als er aufgelegt hatte. »Sie begeben sich dadurch in Lebensgefahr. Die Gangster klingen zwar recht vernünftig, aber das kann sich sehr schnell ändern. Ich würde Ihnen raten zu warten, bis unsere Spezialkräfte vor Ort sind.«

Freddy schüttelte energisch den Kopf.

»Mir ist die Gefahr zu groß. Ich weiß von früher, wie hervorragend ausgebildet Ihre Teams sind, aber dennoch wäre dann die Gefahr einer gewalttätigen Eskalation viel zu hoch. Außerdem bin ich das Rudy schuldig.«

Den für ihn wichtigsten Aspekt bei dieser Entscheidung verschwieg er. Er wollte unbedingt herausbekommen, was die Marokkaner über Rudy zu berichten hatten. Wenn er jetzt die Gelegenheit nicht beim Schopfe packte, war es äußerst unwahrscheinlich, jemals an diese Informationen zu kommen. Heute war wohl der Tag, an dem er einige seiner Beziehungen neu überdenken und justieren musste.

»Ich werde es Ihnen nicht verbieten«, meinte Nijland. »Aber ich habe Sie vor Zeugen ausdrücklich vor diesem Schritt gewarnt. Bitte geben Sie mir die Waffe zurück.«

Freddy reagierte sofort.

»Vergewissern Sie sich, ob Sie genug Saft auf Ihrem Handy haben.«

Freddy hob den Daumen.

»Ich muss los«, drängte er, »sonst ist das Zeitfenster geschlossen und Gott weiß, was dann passiert.«

»Richtig«, stimmte Nijland zu. »Noch ein letztes. Was ist das Codewort, damit wir wissen, dass wir das Haus sofort stürmen sollen?«

»Alter Gouda«, antwortete Freddy, verließ mit wackligen Knien das Polizeiauto und dachte zur Ablenkung an feinsten, alten, niederländischen Gouda, den er so sehr liebte.

16.

Rudys Imperium

Am Eingang nahm ihn ein schlanker Nordafrikaner in Empfang. Er war zwar mit einer Pistole bewaffnet, richtete diese aber nicht auf ihn oder versuchte, ihn einzuschüchtern. Als die Tür geschlossen war, durchsuchte ihn der Mann eingehend. Dann geleitete er ihn nach oben, in Rudys Büro. Rudy thronte geradezu hinter seinem Schreibtisch. Kein Anzeichen von Angst oder Verunsicherung. Beinahe hatte er den Eindruck Rudy sei der Chef der Bande. Dem widersprach aber die Präsenz Mohammed Alaouis, der bequem auf einem Sofa saß und eine Pistole auf Rudy richtete.

»Schön, dass Sie es einrichten konnten«, hieß er ihn willkommen.

»Die Freude ist ganz meinerseits«, entschied er sich, das Spiel mitzuspielen. »Hallo Rudy.«

»Immer schön dich zu sehen«, entgegnete dieser so lässig wie möglich.

»Machen Sie es sich doch bitte bequem«, bat ihn der zweite Marokkaner.

Freddy entschied sich für ein Sofa, das demjenigen von Mohammed gegenüberstand.

»Meine Herren, bitte lassen Sie mich wissen, inwiefern ich Ihnen in dieser vertrackten Lage helfen kann«, drängte Freddy, denn er wollte vermeiden, dass die entspannte Stimmung kippte.

»Ah ja, deshalb sind Sie ja da«, schien Alaoui sich erst jetzt wieder daran zu erinnern.

Beinahe fand Freddy, die beiden Gangster waren eine Spur zu cool, so, als ob sie nichts zu befürchten hätten.

»Gestatten Sie, dass ich das Handy einschalte?«, fragte er. »Der Sicherheit halber weise ich ausdrücklich darauf hin, dass unser Gespräch dann direkt von Kommissar Nijland und anderen Polizisten mitgehört wird.«

Täuschte er sich, oder erschrak Rudy bei dieser Ankündigung?

»Deshalb haben wir Sie ja hergebeten«, bekräftigte Mohammed sein Ansinnen.

»Gut, dann bin ich startbereit.«

Er blickte auffordernd zunächst zu Alaoui und dann zu Rudy, da er keine Ahnung hatte, ob es eine gewünschte Reihenfolge gab oder wie sich das Ganze überhaupt abspielen sollte.

»Sehr gut«, rührte sich Rudy als erstes und Freddy sah, wie Alaoui vor Empörung der Mund offen stehenblieb. »Dann werde ich der Polizei jetzt einen objektiven Tatsachenbericht liefern«, fuhr er fort und Mohammed schien sich dafür entschieden zu haben, ihn einfach agieren zu lassen. »Dabei handelt es sich zugleich um eine Anklage und ein Geständnis. Ich möchte betonen, dass ich einer der angesehensten Rechtsanwälte in den Niederlanden bin und es somit keinerlei ernsthafte Zweifel an meinen Aussagen geben sollte.«

Beinahe hatte er den Eindruck, Rudy würde auf Beifall hoffen, doch alles blieb stumm.

»Vor Jahren habe ich einen Fall übernommen, bei der ein Mitglied der Mocro-Mafia angeklagt war«, begann Rudy nun mit der eigentlichen Erzählung. »Der Fall endete mit einem Freispruch, aber dadurch begann mein Martyrium. Aus einem mir unbekannten Grund dachte die marokkanische Mafia wohl, ich sei ideal, um ihr bei ihren kriminellen Machenschaften behilflich zu sein. Aus juristischen Gründen, und um mich nicht unnötig selbst zu belasten, werde ich nicht ins Detail gehen, wie meine Hilfe dabei aussah. Ich versichere hiermit aber an Eides statt, dass die Mafia gedroht hat, mich umzubringen, sollte ich ihnen nicht wie gewünscht zu Diensten sein. Diese Drohung hatte eine äußerst beängstigende Wirkung auf mich, wie sich vielleicht alle vorstellen können. Doch dann passierte ein Schlüsselereignis, das mich umdenken ließ. Durch einen dummen Zufall waren meine Freundin Lieke van Dijk und der hier Anwesende Freddy Walz beim Überfall auf den Geldtransporter an der Singel zur falschen Zeit am falschen Ort. Ich bin zu Tode erschrocken, als ich erfuhr, dass Lieke dabei schwer verletzt worden ist. Dies war für mich der Punkt, meine Einstellung zu überdenken. Es ging schließlich nicht mehr nur um mein Leben, sondern auch um das meiner Freunde. Insofern habe ich heute Herrn Alaoui die Freundschaft gekündigt. Ich habe ihm klar gemacht, dass ich unter keinen Umständen mehr für ihn oder seine Organisation zur Verfügung stehen würde. Ich denke, es ist leicht nachvollziehbar, dass er von dieser Ankündigung nicht sehr begeistert war. Für die Mafia ist es ein Ding der Unmöglichkeit, jemanden unbehelligt aussteigen zu lassen. Das kommt einem Gesichtsverlust nahe. Folglich ist Herr Alaoui ausgerastet. Ich wurde in seinem Restaurant mit Waffengewalt bedroht und zum weiteren Mitmachen aufgefordert. Leider gibt es für diesen Vorfall keine Zeugen, die die Richtigkeit meiner Angaben bestätigen können.«

Da habe ich dich bereits bei deiner zweiten Lüge erwischt, dachte Freddy, versuchte, sich aber nichts anmerken zu lassen. Gerrit würde jederzeit bestätigen können, dass Rudy log, auch wenn dieser natürlich später die Gelegenheit besitzen würde, seine Aussage zu relativieren oder als missverständlich darzustellen.

»Herr Alaoui wollte mich zuerst kurzerhand eliminieren, doch dann schien er sich anders zu entscheiden. Er teilte mir mit, ich könne aussteigen, müsste dafür aber enorm viel Geld zahlen.«

Vor lauter Spannung verkrampften sich Freddy Finger, denn er glaubte regelrecht zu spüren, dass Rudy an dieser Stelle nicht die Wahrheit sagte.

»Deshalb befinden wir uns hier. Die beiden Herren haben mich als Geisel genommen. Sie nahmen an, dass ich die von ihnen geforderte »Ablöse« von einer Million Euro hier in meinem Büro haben würde. Ich möchte es bei diesen kryptischen Andeutungen belassen, da ich denke, dass du, und die Amsterdamer Polizei so schlau seid, um euch den restlichen Teil vorstellen zu können. Ich biete hiermit der Polizei und Staatsanwaltschaft völlige Kooperationsbereitschaft an und bin fest davon überzeugt, dass wir diese unappetitliche Geschichte bald ad acta legen und uns wieder dem normalen Leben zuwenden können.«

Freddy hatte während der Ausführungen seines Freunds die Marokkaner genau beachtet. Bei vielen Aussagen verzogen sie höhnisch den Mund und bei anderen wirkten sie wie vor den Kopf geschlagen. Es war ganz klar. Rudys Version würde der ihren vollkommen widersprechen.

»Möchten Sie hierzu Stellung nehmen, Herr Alaoui?«, fragte Freddy, der wie aus einem leichten Schlaf erwachte und dem schlagartig die Brisanz und Todesgefahr in dieser Situation vor Augen stand.

Der Nordafrikaner nickte und streichelte sich über den imposanten Schnurrbart.

»Allerdings«, sagte er dann. »Vielleicht hätte ich mich nicht auf diese Konstellation einlassen sollen, da ich befürchte, dass mir als einer Randexistenz hier deutlich weniger vertraut werden wird, als einem sehr renommierten Rechtsanwalt. Aber bei allen Enttäuschungen, Zurückweisungen und Ungerechtigkeiten, die ich in den Niederlanden erfahren habe, glaube ich immer noch daran, dass es sich um ein Land mit einem funktionierenden Rechtsstaat handelt. Dennoch ist es natürlich schwer abzuwägen, was ich erzählen kann, ohne mich selbst zu belasten. Deshalb werde ich weder zu den konkret erwähnten Tatbeständen, wie dem Überfall auf den Geldtransporter an der Singel noch zu anderen Themenbereichen der Organisierten Kriminalität etwas sagen. Was ich aber hiermit verkünden möchte, ist: Herr de Jong führt ein Doppelleben. Nichts ist so, wie es scheint. Herr de Jong ist ein kriminelles Mastermind, das seinesgleichen sucht. Hinter der Fassade des hervorragenden Anwalts und eines unbescholtenen Bürgers der Oberschicht verbirgt sich der Drahtzieher zahlreicher Verbrechen, die teilweise von der von Mitgliedern der Mocro- Mafia durchgeführt wurden.«

Jetzt musste Freddy tief ein- und ausatmen und er glaubte trotz der Entfernung zu spüren, dass es Nijland keinen Deut anders ging.

»Das Gegenteil von dem, was gerade behauptet wurde, ist der Fall. Nicht die Mocro-Mafia hat Herrn de Jong erpresst, sie bei Straftaten zu unterstützen. Vielmehr war es Herr de Jong, der Druck auf bestimmte Mitglieder der marokkanischen Mafia ausgeübt hat, damit sie weiterhin die von ihm orchestrierten Verbrechen begingen. Dabei hat er sich vor allem der juristischen Einschüchterung bedient. Es wäre falsch, an dieser Stelle auf die Tränendrüsen zu drücken, denn sowohl ich als auch andere Marokkaner sind Manns genug, mit einem solchen Druck umzugehen, auch wenn es – dies ist ein rein fiktives Beispiel – nicht angenehm ist, zu Straftaten aufgefordert zu werden und bei einer Verweigerung eine hohe Haftstrafe angedroht zu bekommenen. Außerdem, das möchte ich noch sagen, haben sowohl Herr de Jong als auch einzelne Mitglieder der Organisation gut an den Aktivitäten verdient. Wäre alles bis zum heutigen Tag auf diesem Niveau verlaufen, würden wir dieses Gespräch nicht führen. Mein Freund Raschid und ich haben uns nach Kräften bemüht, uns mit Herrn de Jong zu einigen.«

»Was für ein Quatsch«, meldete sich Rudy zu Wort, doch Freddys Blick ließ ihn sofort verstummen.

»Wir haben also Herrn de Jong mitgeteilt, wir würden für künftige Aufgaben nicht mehr zur Verfügung stehen. Wie von uns erwartet führte dies zu einer emotionalen Notlage bei dem unbescholtenen Anwalt, denn dieser ist ein absoluter Kontrollfreak, der ein »Nein« einfach nicht akzeptieren kann.«

Bei diesen Worten hatte Freddy den jungen Rudy vor Augen und musste der Wahrhaftigkeit dieser Aussagen zustimmen.

»Herr de Jong stellte uns in Aussicht, uns ziehen zu lassen, wenn wir noch zwei Aufträge für ihn erledigen würden.«

»Das ist eine gottverdammte Lüge!«, brüllte Rudy regelrecht und Freddy fragte sich, warum er aufgeregt war, denn der »Preis« dafür war ja noch gar nicht genannt worden. »Glauben Sie diesem Kamel kein Wort, denn …«

»Halt einfach deine Klappe, Rudy und spar dir deinen Rassismus«, brachte Freddy ihn zum Verstummen. »Herr Alaoui hat das Wort.«

»Ein weiterer Streitpunkt war ein Kunstgegenstand, den er, warum auch immer, unbedingt in seine Gewalt bringen wollte.«

Sofort war ihm klar, dass es sich dabei um die Skulptur handelte, die beim Überfall erbeutet worden war.

»Doch hier begann die Geschichte in Schieflage zu geraten. Denn auch andere von Herrn de Jong erpresste Personen wollten nicht mehr länger mitspielen. Ich kann meine Aussagen belegen und hoffe, dass die betroffenen Personen diese auch bestätigen. Es handelt sich einmal um seine Sekretärin Frau Bakker …«

»… die heute Abend erschossen wurde«, ergänzte Freddy und beobachtete, wie sich Alaouis Gesicht vor Widerwillen verzog, es Rudy aber schwerfiel, ein Grinsen zu unterdrücken.

»Das tut mir sehr leid zu hören. Obwohl ich weiß, wozu er alles in der Lage ist, hätte ich ihm nicht die Fähigkeit zu einem Mord zugetraut.«

Jetzt musste sich Freddy regelrecht an den Sofalehnen festhalten, damit er nicht auf den Boden fiel.

»Herr de Jong wollte uns unter der Bedingung ziehen lassen, dass wir Frau Bakker oder van Dijk , von denen mindestens eine ihn mit einem Geständnis bei der Polizei bedrohte, aus dem Weg räumen würden. Mit diesem Vorschlag hat er uns in meinem Restaurant konfrontiert, mit der Bemerkung, wir sollten uns um Lieke van Dijk kümmern, da sich bei der anderen bereits eine Lösung abgezeichnet hatte. Um eine Eskalation auf unserem »Boden« zu vermeiden, haben wir Interesse an einer solchen Lösung signalisiert, aber auch klar gemacht, dass er hier noch etwas drauflegen müsste. Zum Glück konnte einer unserer Kellner ihn überwältigen. Erstaunlicherweise hat er eingeschlagen. Er sagte uns, er würde 250.000 Euro drauflegen, wenn wir Frau van Dijk aus dem Verkehr ziehen. Wenn Sie nachher seinen Safe durchsuchen, werden Sie beinahe mit hundertprozentiger Sicherheit mindestens diese Summe vorfinden. Allerdings haben wir hier vor Ort den Spieß umgedreht. Ich möchte aber betonen, dass es nie unsere Absicht war, Herrn de Jong in irgendeiner Form Gewalt anzutun. Wir wollten ihm lediglich klipp und klar sagen, dass wir aussteigen werden. Für immer. Und wir legen niemanden dafür um. Wenn einer sterben würde, dann eventuell der, der uns seit Jahren erpresst und wie einen Stier am Ring durch die Arena treibt. Doch so weit ist es Dank Ihrer Intervention gar nicht gekommen. Ich biete hiermit meine vollumfängliche Kooperationsbereitschaft mit Polizei und Staatsanwaltschaft an. Ich verfüge über hinreichende Beweise und schlagkräftige Indizien, die meine Aussagen bestätigen.«

Voller Sorge blickte Freddy zu seinem ehemaligen Freund. Dessen Gesicht war zu einer vor Wut und Hass entstellten Fratze geworden. Auch bei den Alaouis schienen trotz aller Professionalität inzwischen die Nerven blank zu liegen. Was nur logisch war. Beide Seiten, Rudy und die marokkanische Mafia hatten sich nun unbeabsichtigt in eine Situation gebracht, aus der es kein Entkommen mehr gab. Das war klar. Durch seine Ermittlungen waren beide Seiten ins Visier der

Staatsmacht geraten und durch die Dynamik der Ereignisse waren beide nun wie in einer Mausefalle gefangen. Ein typisches Gefangenendilemma. Derjenige, der zuerst auspackte, hatte die besten Chancen, mit einem blauen Auge davon zu kommen. Wäre da nicht der Mord an Frau Bakker …

Freddy entschied, dass es nun an der Zeit war, dieses Schauspiel zu unterbrechen und ihm ein Ende zu machen. Langsam erhob er sich und Alaoui ließ ihn gewähren. Er spürte, wie sechs Augen ihn eingehend musterten und sich überlegten, was er vorhatte.

»Meine Herren«, sagte er mit staatsmännischer Stimme und Haltung, »wir haben nun zwei gegensätzliche, sich ausschließende Stellungnahmen zu ein- und demselben Sachverhalt gehört. Es ist für mich und sicherlich auch für Kommissar Nijland unmöglich, aus dem Stand heraus zu sagen, welche der beiden Positionen richtig ist. Ich denke, du Rudy und Sie, Herr Alaoui, haben mir beide Richtiges, aber auch Falsches berichtet. Am besten würden wir diese Situation nun auflösen, wenn Sie die Waffen auf den Boden legen und die Polizei bitten, sich zu uns zu gesellen. Sind Sie damit einverstanden?«

Nachdem er die Frage gestellt hatte, blickte er ausschließlich in Alaouis Richtung. Dieser nickte langsam, behielt aber seine Waffe noch in der Hand.

»Wunderbar«, meinte Freddy, »dann ist es doch jetzt an der Zeit für alten Gouda.«

Aus dem Nichts heraus hörte er jetzt ein irre klingendes Gelächter. Rudy hatte anscheinend den Verstand verloren. Aber nicht nur das. Wie von Zauberhand hielt er eine Pistole in der Hand und richtete diese auf Alaoui.

»Scheiß auf deinen alten Gouda«, meinte Rudy. »So, wie ich die niederländische Gesellschaft hier kenne, werden alle nur den armen Migrantenschweinen glauben und einen alten weißen Mann wie mich nicht ans Kreuz nageln.«

Wieder folgte das völlig entrückt klingende Gelächter.

Dann klickte es und aus der Pistole kam eine blaue Flamme. Gleichzeitig ertönte ein Schuss und Rudy presste schlagartig beide Hände auf Herzhöhe zusammen. Freddys »Nein!« kam zu spät, denn Rudys letzte Falle hatte zugeschnappt. Er hatte die Gangster mit einem Feuerzeug hereingelegt und seinen Selbstmord durch Fremdeinwirkung herbeigeführt. Raschids Arm, der noch die Pistole hielt, zitterte. Rudy krümmte sich nach vorne und brach dann zusammen. Freddy wollte schnell zu seinem Freund eilen. Wie aus weiter Ferne hörte er Alaouis »Sparen Sie sich die Bemühungen, Raschid ist ein begnadeter Schütze«. Dann hörte er, wie unten die Tür aufgebrochen wurde und Polizisten das Haus stürmten.

17.

Die alte Feuerwache

Eine Woche später musste Freddy einer völlig empörten Frau Hansen mitteilen, dass er ihr nicht länger als juristischer Beistand zur Verfügung stand.

»Das ist unerhört«, plusterte sie sich am Telefon auf. »Ich werde von einem faschistischen Ordnungshüter angegangen und dann besitze ich keine Rechtssicherheit mehr? Von wegen Probleme in der Sozietät de Jong. Sie wollen mich wohl für dumm verkaufen. Aber da haben Sie sich geschnitten. Aber so was von. Nur, weil sie Angst vor der niederländischen Polizei haben.«

Diese Unterstellung konnte Freddy noch weglächeln, doch die Verabschiedung setzte dem Ganzen die Krone auf.

»Sie Schlappschwanz, von Ihnen würde ich mich nicht einmal am Arsch lecken lassen«, brüllte sie geradezu hysterisch in den Hörer und legte dann mit einem fulminanten Knall auf.

Damit war die Causa Hansen ad Acta gelegt und Freddy weinte dieser Tatsache keine Träne hinterher. Insgesamt hatten ihm die schrecklichen Ereignisse der letzten Tage deutlich vor Augen geführt, dass es für ihn als Person besser war, wenn er einen Beruf ausübte, der nichts mit Rechtswissenschaft oder Polizei zu tun hatte.

Rudys Tod hingegen hatte ihn beinahe aus der Bahn geworfen. Als Polizist waren die sich in der Sozietät überstürzenden Ereignisse nicht sonderlich schockierend. Aber er hatte noch nie erlebt, dass eine Person, zu der er ein persönliches Verhältnis entwickelt hatte, vor seinen Augen erschossen wurde. Trotz der tragischen Todesumstände und einer gewissen Grundtrauer, fiel es ihm aber zusehends schwerer, im Nachgang positive Gefühle für Rudy zu entwickeln. Überhaupt stellte diese Episode sein Verständnis von Freundschaft fundamental in Frage. Juristisch hingen immer noch eine Million Fragezeichen über dem Fall. Kommissar Nijland besaß die professionelle und menschliche Größe, sich auch noch weiter mit ihm zu treffen und ihm Teile des Ermittlungsstands mitzuteilen. Da ging sogar noch mehr, wobei Freddy nicht genau einordnen konnte, wie ernst Nijlands Angebot gemeint war, das dieser wie folgt formulierte.

»Sie haben in der ganzen Causa de Jong und Alaoui ganz hervorragend agiert. Das meine ich sowohl von der geistigen Kombinationsfähigkeit her als auch beim Umgang mit der sehr gefährlichen Situation in der Kanzlei. So mutige und klardenkende Menschen wie Sie gibt es nicht allzu häufig. Viele meiner Kollegen lassen solche Grundqualifikationen vermissen. Ich weiß, dass Sie kein völlig unbelastetes Verhältnis zu Ihrem ehemaligen Beruf haben. Sollten Sie es sich trotzdem noch einmal anders überlegen, wäre ich sehr glücklich, wenn Sie mir Bescheid geben würden. Ich würde alle Register ziehen, damit Sie einer meiner Kollegen werden können.«

Die Beweislage war schwer und die Alaouis zogen es nunmehr vor, zu schweigen. Aber Nijland hatte sich in den Fall verbissen, und er suchte äußerst verbissen immer weiter nach Beweisen und Indizien, die die Schuld seines Freundes belegten.

»Ich gehe davon aus, bei Ihrem Freund ist wie in einem schlechten Hollywood Film so ziemlich alles aus dem Ruder gelaufen. Wieso sollte ein äußerst erfolgreicher, materiell wohlhabender und akademisch sehr gebildeter Mensch in die Untiefen des Verbrechens abdriften?«

Genau diese Frage stellte sich Freddy pausenlos, da es ihm hier schwerfiel, eine psychologische Plausibilisierung für Rudys Verhalten zu finden. Genau an diesem Punkt entwickelte Nijland eine große Umsicht und ein hohes Maß an Einfühlungsvermögen, die ihm Freddy per se nicht zugetraut hätte.

»Ich denke, Rudy de Jong war ein in sich zutiefst zerrissener Mensch. Vielleicht hatte er bereits genetische Dispositionen, die darauf hinausliefen, dass er es als Befriedigung empfand, über andere Menschen eine absolute Kontrolle ausüben zu können. Er war ein Kontrollfreak.«

Das deckte sich mit seiner eigenen Einschätzung. Gerade in der Jugend hatte er immer wieder unschöne Züge an Rudy festgestellt, die auf die beiden von Nijland beschriebenen Charakteristika zutrafen. Damals hatte Freddy seinem Freund sein junges Alter zugutegehalten und war davon ausgegangen, das zunehmende Lebensalter würde ihm zu einer positiveren Individualentwicklung verhelfen. Aber das Gegenteil war wohl der Fall gewesen. Die in der Jugend ersichtlichen negativen Persönlichkeitsmerkmale hatten sich noch verstärkt statt reduziert. Aber hinzu kam ein weiterer prekärer Punkt, den Nijland wie folgt zusammenfasste.

»Es gibt dieses Phänomen, dass Menschen, die in der Gesellschaft sehr erfolgreich sind, aus welchem Grund auch immer, das Bedürfnis haben, sich über die Regeln der Gesellschaft hinwegzusetzen. Vielleicht handelt es sich dabei um eine Art Größenwahn, in dem Sinne, dass ja wohl niemand diesen Personen etwas anhaben kann. Sie halten sich für unfehlbar und allen anderen Menschen gegenüber überlegen. Sie beziehen ein hohes Maß an Lust, Verbrechen zu begehen, gerade weil sie das eigentlich nicht nötig haben.«

So ganz zufrieden war Freddy mit diesem Erklärungsansatz allerdings noch nicht. Aber ihm fiel keine bessere Alternative ein. Rudy war und blieb ihm letztlich ein Rätsel. Ein Mensch mit vielen Gesichtern und auch positiven Seiten. Aber das Böse hatte in ihm letztlich die Oberhand gewonnen. Und das vielleicht nicht zuletzt deshalb, weil Lieke ihm in Sachen Liebe einen Korb gegeben hatte.

Das Thema Lieke lag Freddy am schwersten im Magen. Es war ihm unglaublich schwergefallen, nach den Enttäuschungen und der Scheidung von seiner Frau Monique, sich überhaupt noch einmal einer Frau zu öffnen. Deshalb hatte er sich bei der Entwicklung der Beziehung zu Lieke auch so viel Zeit gelassen. Bei der Beurteilung von Liekes Verhalten schlugen zwei Herzen in seiner Brust. Zunächst war da die persönliche Enttäuschung. Sie hatte sich ihm nicht offenbart. Wenige offene Worte hätten vielleicht geholfen, das ganze Drama zu verhindern. Sie wusste doch, dass er als ehemaliger Polizist in der Lage war, ihr zu helfen. Gerade bei der Gemengelage, mit der sie sich konfrontiert gesehen hatte. Außerdem war sie mit ihm wie mit einer Schachfigur umgegangen. Die Tatsache, dass sie es über sich brachte, ihn bei dem Überfall an der Singel an ihrer Seite zu haben, war schwer zu verzeihen. Natürlich hatte sie aber auch unter großem Druck gestanden. Nie im Leben wäre sie von sich aus auf die Idee gekommen, Freddy irgendeiner Gefahr auszusetzen. Und damit war er bereits bei den Teilen der Geschichte, die er ihr zugutehalten musste. Die Liebe und absolute Verbundenheit zu ihren Eltern waren an sich durchweg positive Eigenschaften. Sie war eine perfekte Tochter. Aus reiner Angst, dass ihre Eltern in ernsthafte Schwierigkeiten kommen könnten, wenn sie Rudys Anweisungen nicht folgen würde, hatte sie alles in ihrer Macht stehende unternommen, um die Familie zu schützen. Aus der Retrospektive gesehen war es leicht, ihr entgegenzuhalten, sie hätte sich eben bei ihren Eltern danach erkundigen müssen, ob es überhaupt stimmte, dass sie Steuern im großen Umfang hinterzogen hatten. Diesen Punkt hatte sie ihm bei einem kurzen Treffen nach Rudy Tod unumwunden zugegeben.

»Ich weiß, Freddy, dass ich dir großes Unrecht angetan habe. Ich habe dein Vertrauen missbraucht. Ich habe dich unnötig in Gefahr gebracht. Eigentlich hätte mir klar sein müssen, dass meine Eltern ehrliche und grundsolide Menschen sind, die keinen Hang zu kriminellen Machenschaften haben. Aber Rudy hatte mich dermaßen eingeschüchtert und eine irrationale Angst in mir entfacht, dass ich nicht in der Lage war, über den Tellerrand hinauszusehen.«

Bis zu diesem Punkt war er völlig d'accord mit ihr, das konnte man so sehen. Schwierig war hingegen der Abschluss der ersten Wiederannäherung gewesen.

»Ich weiß, dass ich dich nicht verdient habe, Freddy. Du bist ein ganz wunderbarer Mensch und hast eine bessere Frau als mich verdient. Ich habe dir Dinge angetan, die nicht zu entschuldigen sind. Um dich vor mir zu schützen, würde ich vorschlagen, dass wir keinen weiteren Kontakt mehr miteinander haben. Es bricht mir das Herz, aber es ist wohl besser.«

Kaum hatte sie diese Worte ausgesprochen, war sein Herz erneut entzweigebrochen, denn er spürte immer noch, wie sehr er sich zu ihr hingezogen fühlte. Und diese Attraktivität betraf nicht nur ihr unbestreitbar schönes Äußeres. Er liebte sie auch als Mensch. Die Aussicht, sie nie wiedersehen zu können, war ein vernichtender emotionaler Tiefschlag. Zugleich verstand er aber ihre Intention und rechnete ihr ihre Ehrlichkeit und Offenheit hoch an.

»Vielleich sollten wir es noch einmal ganz langsam angehen lassen«, hatte er voller Angst vorgeschlagen, da er befürchtete, sie würde bei ihrer Meinung bleiben und auf einer dauerhaften Trennung bestehen.

Doch als er seine Worte ausgesprochen hatte, war in ihren Augen ein begeistertes Funkeln zu sehen gewesen. Sie hatte zwar der Form halber noch einmal etliche Einwände gebracht, die gegen seinen Vorschlag sprachen, aber schließlich hatte sie klein beigegeben.

»Ich wäre äußerst glücklich, wenn wir uns beiden noch einmal eine Chance geben könnten. Damit meine ich konkret ein bis zwei Treffen in der Woche. Gerne zum Kaffee, aber auch am Abend, um zu essen. Oder wie wäre es mal mit

Kino? Lieke, ich habe dich gefunden und werde dich nicht mehr loslassen. Aber wir haben ja Zeit. Und für die positive Entwicklung unserer Beziehung sollten wir uns alle Zeit der Welt nehmen.«

Daraufhin war Lieke vor Erleichterung aufgesprungen, hatte dabei ihren Stuhl umgeworfen und war ihm in die Arme gesprungen. Was folgte war der schönste Kuss im bisherigen Leben des Freddy Walz. Als die anderen Kaffeehausgäste und die Bedienung bereits ein wenig pikiert herüberschauten, hatten sie die Zärtlichkeiten eingestellt. Ihre Verabschiedung »Ich kann dir gar nicht sagen, wie sehr ich mich auf das indonesische Essen mit dir in zwei Tagen freue« war Balsam für seine Seele gewesen.

Jetzt saß er gemeinsam mit Gerrit genau gegenüber der alten Feuerwache. Es war Markttag. Zahlreiche Stände boten kulinarische Köstlichkeiten, vom frischen Fischbrötchen bis zu besonders nachhaltig und wertvoll gealtertem Gouda, an. Von genau diesem hatte Freddy eine schöne 250 Gramm Scheibe ergattert, die nun offen auf dem Kaffeehaustischchen vor ihm und Gerrit stand. Dazu hatten sie sich zwei kleine Biere servieren lassen. Der Käse war einfach zu verführerisch, um ihm dauerhaft zu widerstehen, deshalb wetteiferten die beiden Freunde beinahe darum, wer den herrlichen Käse schneller genießen konnte. Ab und zu versteckte sich die Sonne hinter den Wolken, aber von der Temperatur her war es bestes T-Shirt Wetter. Freddy fühlte sich wohl und genoss die Anwesenheit seines Freundes. Es hatte sich gezeigt, dass es auch in Zeiten wie diesen noch wirkliche Freundschaften gab. Gerrit war mit ihm nicht nur durch dick und dünn gegangen, sondern hatte ihm jederzeit tatkräftig unterstützt. Völlig selbstlos und ohne Erwartung eines baldigen Paybacks. Die Gewissheit, einen Menschen in seinem Leben zu besitzen, auf den er sich immer verlassen konnte, erfüllte Freddy mit einem großen Glücksgefühl.

»Was machst du eigentlich übermorgen?«, fragte ihn Gerrit und der aus seinen Augen blitzende Schalk verriet, dass er bereits etwas Interessantes ins Auge gefasst hatte.

Obwohl er sich über das Angebot sehr freute, verzog er das Gesicht.

»Äh, es tut mir wirklich leid, Gerrit, aber da habe ich schon eine Verabredung zum indonesischen Essen.«

Gerrit pfiff, hob den Daumen und zwinkerte ihm zu.

»Du hast nicht nur in Amsterdam deine neue Heimat gefunden«, lautete dann sein Kommentar, »sondern du wirst hier auch eine Familie gründen, die über viele Jahrzehnte mit der Stadt eng verbunden sein wird. Besser könnte es doch gar nicht laufen ...«

Eigentlich hatte Freddy dem nichts hinzuzufügen. Vielleicht würde ihm ja die Realisierung von Gerrits Aussage eines Tages gelingen. Bis dahin war es aber noch ein langer Weg, das war klar.

»Ach, weißt du Gerrit«, entgegnete er, »ich denke, das Wichtigste ist doch die momentane Zufriedenheit. Und hier in Amsterdam fühle ich mich frei und kann mich vollkommen entfalten. Was will ich denn mehr?«

Doch Gerrit wollte ihn damit nicht durchkommen lassen.

»Nicht so hastig, mein deutscher Freund. Was rät dir denn dein Herz in Sachen Liebe? Könntest du dir überhaupt vorstellen, mit Lieke eine dauerhafte Beziehung einzugehen und vielleicht eine Familie mit ihr zu gründen?«

Wie so oft war er über Gerrits Offenheit überrascht. Aber er machte das genau richtig, wieso sollte man zu lange verbal herumeiern?

»Nun, wenn du mich so direkt fragst. Du glaubst gar nicht, was ich mir mit Lieke alles vorstellen kann. Davon machst du dir keinen Begriff.«

Er schnappte sich ein großes Stück des reifen Käses, kaute genüsslich darauf herum und genoss den cremigen Schmelz. Gerrit legte ihm freundschaftlich eine Hand auf die Schulter.

»Schau mal, Freddy. Auch wenn es aufgrund unterschiedlicher Umstände mit Lieke nicht einfach war, wieso solltest du dir das Leben unnötig schwermachen? Wenn du dir tatsächlich ganz viele großartige Sachen mit Lieke vorstellen kannst, worauf möchtest du denn noch warten?«

Obwohl er sich beinahe auf die Zunge biss, bemerkte er, wie er automatisch nickte.

Ende

Stefan Schweizer
Tödliche Seilschaften
Krimi

Taschenbuch
294 Seiten
13,00 EUR [D]
ISBN 978-3-948972-21-9
lieferbar

Ebook epub
ISBN 978-3-948972-22-6
Ebook PDF
ISBN 978-3-948972-23-3

Privatermittler Hardy ist pleite und perspektivlos, als ihm ein verlockendes Angebot unterbreitet wird: Er soll einem Berliner Clan helfen, sich an einem Innensenator zu rächen, der seine Immobilien beschlagnahmt.

Als Hardy Zusammenhänge zwischen einer Immobiliengesellschaft, die ein Sammelbecken von ehemaligen Stasi-Agenten ist, und den konfiszierten Wohnungen entdeckt, gerät er selbst in die Schusslinie und damit in Lebensgefahr.